MEISTER DER KONTROLLE

DIE GÖTTER VON VEGAS
BUCH 5

SIENNA SNOW

DIE GÖTTER VON VEGAS – BUCH 5

VON SIENNA SNOW

Ins Deutsche übertragen von Michael Krug

1

Gegenwart

Sebastian

ICH WAR EIN MISTKERL. Das wusste ich. Und in den nächsten Minuten würde sie es auch erfahren.

Ich hatte die letzten Monate damit verbracht, die Frau, die ich gleich heiraten würde, zu verführen und zu ficken.

Die meisten Menschen würden darin kein Problem sehen. Andererseits hatten sich die meisten Menschen auch nicht die letzten fünf Monate als jemand anders ausgegeben.

Als jemand, der nicht der Teufel war, für den sie ihren Verlobten hielt.

Im Wartesaal des Berliner Doms starrte ich auf mein Spiegelbild. Sobald der Blick ihrer wunderschönen kobaltblauen Augen auf mir landete, würde es nur zwei Möglichkeiten geben, das wusste ich. Entweder würde sie sich weigern, die Hochzeit zu vollziehen – was einen Krieg auslösen würde, den sich keine unserer Familien leisten konnte. Oder sie würde mich heiraten und mich für den Rest meines Lebens hassen.

So oder so wäre ich gefickt. Und nicht auf erfreuliche Weise.

Ich war niemand, der Schwäche zeigte oder sich darum scherte, was aus anderen wurde. Der Zweck heiligte für mich immer die Mittel. Nur würde ich diesmal das Einzige verlieren, was mir abgesehen davon etwas bedeutete, das Imperium niederzureißen, das mein Vater mit der Asche meiner toten Mutter geerbt hatte.

»Sebastian, bist du bereit, Junge?«, fragte eine Stimme in gediegenem Deutsch hinter mir.

Ich richtete die Aufmerksamkeit auf den großen, dunkelhaarigen Mann, der mir ähnlicher sah als mein eigener Vater.

»Ich bin bereit.« Ich holte tief Luft. »Wünsch mir Glück.«

Mein Onkel Fredrik musterte mich und schüttelte den Kopf. »Du hast dir die Suppe eingebrockt, Junge. Jetzt ist es an der Zeit, sie auszulöffeln. Wenn du auch nur davon träumen willst, deinem Vater die Zügel zu entreißen, solltest du die Benz-Frau besser heiraten. Ob sie dich hasst oder nicht, ist unerheblich. Hörst du?«

Fredrik wusste als Einziger in meiner unmittelbaren Familie, was ich getan hatte. Ich hatte den Schlamassel gebeichtet, in dem ich steckte, nachdem ich meine Braut zuletzt gesehen hatte. Schuldgefühle ließen einen Mann irrational handeln. Unter anderem hatte ich meinem Onkel, einem regelrechten Sittenwächter, davon erzählt, wie ich die Frau, der meine Seele gehörte, die letzten Monate belogen hatte.

Und nun stand ich da, ein Mann, der nicht an Liebe, sondern ausschließlich an sein Ziel geglaubt hatte, und ich musste mich der Tatsache stellen, dass ich gleich die Frau verlieren würde, die mich dazu gebracht hatte, mehr als nur Rache zu wollen.

»Ich hab's verstanden. So oder so wird heute eine Hochzeit stattfinden.« Ich hoffte nur, es würde keine erzwungene sein.

»Gehen wir. Dein Vater wartet.«

Richtig. Es empfahl sich immer, den egoistischen Mistkerl nicht warten zu lassen.

Ich folgte meinem Onkel durch die kunstvoll geschmückten Hallen der Kathedrale und den Gang hinauf zum Hauptaltar. Pater Joseph erwartete mich in seinen Roben.

Ich hatte ihm seit meiner Kindheit alle möglichen Sünden gebeichtet. Er kannte die Welt meiner Familie und zuckte nie auch nur mit der Wimper. Außerdem hatte er eine einzigartige Art, mich dazu anzuspornen, Dinge abseits des Familienunternehmens zu verfolgen.

Neben ihm stand mein Stellvertreter und Trauzeuge,

Lucas Flynn. Er schüttelte den Kopf, als ich mich näherte, weil er wusste, was für ein Shitstorm demnächst losbrechen würde. Ich ignorierte alle anderen in der überfüllten Kirche und fand mich mit meinem Schicksal ab.

Pater Joseph deutete aus seiner Sicht nach links, also auf die rechte Seite der Kirche, bevor seine leiernde Stimme auf Deutsch ertönte: »Der Herr ist mit dir. Es ist ein guter Tag zum Heiraten.«

Wenn der Mann nur die Wahrheit wüsste.

Ich nahm meinen Platz ein und wartete. Orgelmusik setzte ein, und die Türen öffneten sich.

Kaum geriet meine Braut in Sicht, heftete sich ihr Blick auf mich. Wissen und Schmerz sprachen aus ihren dunkelblauen Augen.

Ich war so was von im Arsch.

2

Acht Monate bis zur Hochzeit

Sebastian

»DU WIRST SIE HEIRATEN, und wenn es das Letzte ist, was du tust.«

Ich starrte meinen Vater mit ausdrucksloser Miene an. Der saß hinter seinem riesigen Schreibtisch, die Hände auf dem Wanst verschränkt.

Finster musterte er mich, als wäre er der Herr über alles und als sollte ich mich ihm besser fügen.

Ich hatte nicht vor, darin einzuwilligen, eine prüde, steife, verwöhnte Prinzessin zu heiraten, die keine Bereicherung, sondern eine Belastung wäre. Seit Generationen wurde jede Heirat in der Familie Weber vom Patriarchen arrangiert. Ich hatte gedacht, dem zu entgehen, weil sich Jonas Weber einen Dreck um mich oder meine Zukunft scherte.

Abgesehen davon, dass ich nicht heiraten wollte, hatte ich definitiv keine Lust, Jonas' Größenwahn zu fördern, indem ich eine überholte Familientradition wiederaufleben ließe.

Er mochte der große Boss von Weber International sein, einem Baukonglomerat, dass die Finger bei praktisch jedem größeren Projekt in Deutschland im Spiel hatte, aber dorthin hatte er es nicht ohne meine Hilfe geschafft.

Bevor ich durch meine Verbindungen und Beziehungen das Tagesgeschäft übernommen hatte, war Jonas Weber bloß ein Berliner Mafiaboss mit begrenzter Reichweite außerhalb seines Territoriums gewesen.

Aber so, wie der Mann redete, vermittelte er den Eindruck, er hätte im Alleingang das Imperium erschaffen, das er stolz leitete. Mit ihm allein an der Spitze wäre die Familie längst von einer der gegnerischen Organisationen überrollt worden, die in Berlin um Macht buhlten.

Hätte mir mein Großvater Steven nicht auf dem Sterbebett das Versprechen abgenommen, die Familie über Wasser zu halten, ich hätte allem den Rücken zugekehrt, bevor ich zum Studieren in die USA gegangen war. Mich verband nichts mit der Stadt, der Familie oder dem Land meiner Geburt. Mein Großvater war ebenso tot wie meine Mutter und meine Schwester.

Und alles wegen des Mistkerls, der mir gegenübersaß.

Nur weil ich es Opa Steven versprochen hatte, ertrug ich die schwachsinnigen Forderungen meines Vaters. Wie ein so großer Mann wie mein Großvater einen solchen großmäuligen Besserwisser zeugen konnte, der nur herumhockte, statt sich die Hände schmutzig zu machen, überstieg meinen Verstand. Ich wäre nicht im Geringsten überrascht, wenn Jonas Weber nicht mal wusste, wie man eine Schusswaffe abfeuerte.

»Das Letzte, was ich brauche, ist eine Braut. Ich will nicht, dass irgendeine Debütantin als Rache an unserer Familie entführt wird.«

»Diskutier nicht mit mir, Junge. Es ist beschlossen. Du tust, was ich sage.«

»Ich leite das Geschäft. Ich habe das Sagen. Wie kommst du darauf, dass ich mich dir unterordne, nur weil du es befiehlst?«

Ein berechnendes Funkeln trat in die Augen meines Vaters. »Ich weiß, dass du tun wirst, was ich sage, weil du den Ruhm willst. Bisher hast du alles in meinem Namen gemacht. Und wenn du je die volle Kontrolle willst, wirst du die Tochter von Russo Benz heiraten.«

»Werde ich nicht.«

Er ließ die Faust auf den Tisch niedersausen. »Du wirst, und zwar mit einem Lächeln. Ist mir egal, ob du sie danach nur ein einziges Mal fickst, um die Ehe zu vollziehen, aber heiraten wirst du sie.«

»Nenn mir einen guten Grund, warum ich dabei mitmachen soll. Ich brauche dich nicht.«

»Du willst, dass ich zurücktrete. Das mache ich innerhalb

eines Monats, nachdem du das Gelübde abgelegt hast.«

Das erschien mir zu einfach. Er führte irgendetwas anderes im Schilde.

»Das kauf ich dir nicht ab. Du würdest die Macht nie aufgeben. Dafür stehst du viel zu sehr darauf.«

Sein Blick verfinsterte sich. Ich tischte ihm als Einziger in seinem Umfeld schonungslos die Wahrheit auf, ohne zu fürchten, dass er einen Anschlag auf mich anordnen könnte. Die Männer, die er damit beauftragen könnte, waren nämlich alle loyal zu mir. Sie würden die Waffe eher auf Jonas selbst richten, als auch nur daran zu denken, mir etwas anzutun.

»Wer behauptet, nicht auf Macht zu stehen, der lügt.« Kurz verstummte er. »Ich habe einen Vorschlag für dich.«

»Ich höre.«

Das Grinsen in seinem Gesicht verriet mir, dass er glaubte, mich in der Tasche zu haben. »Du versuchst seit zehn Jahren herauszufinden, wer deine Hure von einer Mutter ermordet hat. Tja, ich nenne dir den Namen.«

Zähneknirschend unterdrückte ich den Drang, ihn zu schlagen.

»Und du bist das Weichei, das zugelassen hat, dass seine Frau und seine Tochter vergewaltigt und ermordet wurden.« Ich feuerte mit bewusster Kaltschnäuzigkeit gegen sein Ego.

Am besten ging man Jonas mit einem ruhig berechneten Schlag unter die Haut. Er hatte nie die Disziplin oder Fähigkeit besessen, solche Treffer abzuwehren.

Opa Steven hatte mir beigebracht, dass man die Familie nur führen konnte, indem man die Emotionen unter Verschluss hielt, niemals Schwäche zeigte und vor allem unter keinen Umständen Entscheidungen aus einer Laune heraus traf.

Jonas lief rot an. Die Erwähnung meiner kleinen Schwester Hannah traf immer einen Nerv. Sie verkörperte das Einzige, was er je wirklich geliebt hatte – nicht seine Ehefrau oder ich. Hannah war ein Licht in einem Haus voller Zorn, Forderungen und Hass gewesen. Ich habe Hannah nie missgönnt, dass sie den Züchtigungen entgangen ist, die Jonas mir hatte angedeihen lassen, um einen Mann aus mir zu machen. Hannah hatte mich versteckt, wenn Jonas wegen diesem oder jenem wütend gewesen war. Sie hatte oft einen Weg gefunden, ihn von mir abzulenken.

»Deine Mutter war dafür verantwortlich, dass Hannah an dem Tag bei ihr war. Die Schuld trifft sie.«

»Und du hast nichts getan, um die beiden zu beschützen.«

An dem Tag, an dem meine Mutter und Hannah entführt worden waren, hatte Jonas ihre üblichen Leibwächter zu einem Einsatz abgezogen. Als Ersatz waren Neulinge bei ihnen. Jemanden ohne Erfahrung mit dem Schutz der Ehefrau eines Mafiabosses zu betrauen, war mehr als dumm. Aber Jonas hatte sie für entbehrlich gehalten. Dass sich Hannah spontan entschieden hatte, sie zum Einkaufsbummel zu begleiten, war niemandes Schuld. Nach meiner Rückkehr nach Hause hatte ich erfahren, dass Mama und Hannah den Ausflug alle zwei Wochen unternommen hatten. Also hätte Jonas davon wissen müssen.

»Ich hätte unmöglich wissen können, dass sie sich nicht mit ihrem Liebhaber trifft.«

Jonas warf ihr ständig vor, ihn betrogen zu haben.

Jedermann wusste, dass es nicht stimmte. Wegen Jonas' Paranoia hatte Mama Tag und Nacht unter Beobachtung gestanden.

Ursprünglich war sie meinem Onkel Andrew versprochen gewesen, dem älteren Bruder meines Vaters. Sie waren seit ihrer Jugend befreundet gewesen und hatten sich später ineinander verliebt. Eine perfekte Paarung, um benachbarte Familien zusammenzubringen. Als Andrew bei einem Revierkrieg umgekommen war, hatte Opa Steven den Ehevertrag stattdessen für Jonas arrangiert. Nach Ansicht der Familien war ein Sohn so gut wie der andere, wenn sich dadurch Frieden bewahren ließ.

Erst nach der Hochzeit erkannten Opa Steven und alle anderen, was für ein verkommener, sadistischer Mistkerl Jonas war. Die lebensfrohe Frau, als die man meine Mutter beschrieb, verschwand spurlos. Das einzig Wichtige in ihrem Leben wurden Hannah und ich. Selbst wenn sie eine Affäre gehabt hätte, ich hätte ihr nicht verübelt, dass sie in ihrer Welt voller Misshandlungen ein wenig Trost suchte.

»Es hat keinen Liebhaber gegeben. Das hast du dir nur in deiner Paranoia eingebildet, weil deine Frau deinen toten Bruder mehr geliebt hat, als du sie je interessiert hast. Du hattest die Chance, sie zurückzuholen. Stattdessen hast du in deinem Büro hier gehockt und hast zugelassen, dass man sie abgeschlachtet hat.«

»Webers verhandeln nicht. Arabella hat gewusst, wie gefährlich es war, mitten im Krieg auszugehen.«

Von dem – relativen – Frieden, den die Familie unter Opa Steven fünfundzwanzig Jahre lang genossen hatte, war wenige Monate, nachdem Jonas das Ruder übernommen hatte, nichts mehr übrig gewesen.

»Stimmt – du tust ja lieber so, als hättest du keine Wahl gehabt, indem du dem Opfer die Schuld an deinem fehlenden Mumm in die Schuhe schiebst.«

Allmählich wurde es langweilig. So lief es ständig zwischen uns ab. Jonas befahl mir etwas, und ich ignorierte ihn. Aus irgendeinem Grund hatte er mich bei meiner zweiten Erwiderung noch nicht aus seinem Büro geworfen.

Es schien mir an der Zeit zu sein, die Diskussion zu beenden. Ich hatte noch etwas zu erledigen, und der Schlagabtausch mit diesem Arschloch hielt mich von der Vorbereitung dafür ab. Wenn der Idiot nur wüsste, dass ich nicht nur den von ihm vernachlässigten Betrieb leitete, sondern zugleich als Spion für Interpol arbeitete, die Organisation, die ihn zu Fall bringen wollte. Durch meine Verbindungen und meine Position hatte ich Möglichkeiten, für die andere das Zehnfache an Personal bräuchten.

Ich wollte gerade aufstehen und Jonas mitteilen, dass er sich seine Pläne sonst wohin stecken könnte, als er eine Pistole hervorholte und auf mich richtete.

So entschlossen er auch dreinschaute, er würde nicht abdrücken. Dafür brauchte er mich zu sehr. Ich hielt seinem finsteren Blick stand.

»Du wirst diese Frau heiraten. Du wirst unseren Besitz erweitern. Du wirst dich fügen.«

»Wie schon gesagt: Nenn mir einen guten Grund, warum ich das sollte. So wie ich das sehe, profitierst nur du davon.«

»Nein, Junge, es geht um dich. Wie dringend willst du

rausfinden, wer Arabella und Hannah auf dem Gewissen hat?«

»Warum sollte dich das jetzt interessieren? Du hast früher nie nach den Tätern gesucht, und bis ich es konnte, war die Spur längst kalt.«

»Das stimmt nicht. Und ob ich nach ihnen gesucht habe. Immerhin hatte ich mein kleines Mädchen verloren. Ich habe jede Verbindung genutzt, um die Täter aufzuspüren.« Zu meiner Überraschung wurde seine Stimme brüchig.

Ich hörte zum ersten Mal, dass er versucht hatte, sich an den Schuldigen zu rächen. Damals war ich zum Studieren in den USA gewesen. Als ich erfuhr, dass Mama und Hannah nach ihrer Entführung umgebracht worden waren, hätte mich das beinah vernichtet. Hätte Opa Steven mir ihren Tod nicht verschwiegen, wäre ich mit dem nächsten Flug zurück nach Deutschland geflogen, statt mein Examen abzuschließen.

Als ich endlich nach Hause gekommen war, konnte ich nichts mehr tun. Jonas hatte gewettert, dass Mama es verdient hätte, aber nicht seine Hannah. Damals hatte er keine Anstalten gemacht, die Mörder zu finden, er hatte nur allen anderen die Schuld gegeben, unter anderem mir.

»Einigen wir uns darauf, dass wir uns nicht einig sind. Deine Bemühungen waren höchstwahrscheinlich genauso halbherzig, wie du die Familie führst.«

»Pass auf, was du sagst, Junge. Noch habe ich hier das Sagen.« Er fuchtelte so hektisch mit der Waffe herum, dass ich fürchtete, er könnte mich eher versehentlich als mit Absicht abknallen.

»Boss.« Einer von Jonas' Sicherheitsleuten bewegte sich auf ihn zu. »Sie brauchen ihn, Sir.«

Sogar seine eigenen Leute wussten, dass sie ohne mich keine Zukunft haben würden.

»Mach schon, alter Mann. Tu es. Nur vergiss nicht, falls ich überlebe, reicht ein Wort von mir, um dein Leben dramatisch zu verschlechtern. Was glaubst du, auf wessen Seite sich unsere Verbündeten stellen werden? Auf deine oder auf meine?«

Jonas legte die Waffe auf den Tisch und bedeutete einem seiner Männer, sie zu nehmen. Der Mann kam dem Wink sofort nach und wickelte sie in ein Taschentuch.

»Um deinen Willen durchzusetzen, würdest du gegen die Wünsche deines lieben Opas verstoßen? Oder bedeutet dir ein Versprechen am Sterbebett nichts?«

Woher zum Teufel sollte er von dem Versprechen wissen? Ich war als Einziger im Raum gewesen, als ich ihm schwören musste, dass ich die Familienordnung bewahren würde. In Opas Welt bedeutete das, Jonas musste am Ruder bleiben, bis die nächste Generation geboren wäre. Dann – und erst dann – würde ich die Zügel in die Hand bekommen, auch wenn ich hinter den Kulissen bereits alles leitete.

»Du hattest sein Zimmer verwanzt. Der Mann hat für dich ein Imperium aufgebaut, und du hast ihm keinerlei Respekt entgegengebracht, nicht mal am Ende.«

»Der Mann war nicht der Heilige, als den du ihn sehen willst. Er hatte genau so viel Dreck am Stecken wie wir anderen. Respektiert haben ihn die Leute nur aus Angst.«

Und Jonas war der wohl schäbigste Typ von uns allen.

Eines nahen Tages würde die Welt, wie er sie kannte, in sich zusammenstürzen. Das Fundament dafür legte ich bereits Stück für Stück.

»Wir drehen uns im Kreis. Meine Antwort auf deinen Vorschlag ist nein.«

Damit stand ich auf und steuerte auf die Tür zu.

Als ich die Finger auf den Türknauf legte, sagte Jonas: »Nicht ich habe diese Ehe arrangiert. Ich bin nur derjenige, der den Vertrag durchsetzt.«

Ich drehte mich um, glaubte kein Wort aus seinem Mund. Das ganze Gespräch kam einer einzigen Zeitverschwendung gleich. Ich hatte einen Auftrag in Italien zu erledigen, und mein Flugzeug stand bereit zum Abflug, sobald ich am Rollfeld wäre.

»Und wer hat sie arrangiert?«

»Arabella und dein Opa. Hier ist der Beweis.« Er holte einen Umschlag hervor und warf ihn auf den Tisch.

Ich ging zurück, schnappte mir den Umschlag und öffnete ihn. Ich konnte nicht glauben, was ich las.

Vor zehn Jahren, nur wenige Monate vor Mamas Tod, hatte Opa Steven mit ihr als Zeugin einen Verlobungsvertrag zwischen Eloisa Benz und mir unterzeichnet. Zugleich sah die Vereinbarung vor, sämtliche Benz-Gebiete von Berlin bis zur Ostsee und im Westen bis zur Nordsee mit dem Weber-Besitz zusammenzulegen. Durch die Heirat würde das größte zusammenhängende Territorium in Deutschland entstehen.

Ich fuhr mir mit der Hand durchs Haar. Das durfte nicht wahr sein. Es musste einen Ausweg geben. Immerhin lebten wir im 21. Jahrhundert.

Dann hallten mir Opa Stevens Worte durch den Kopf. »Versprich mir, dass du die Familie am Laufen hältst und nicht von den Plänen abweichst, die ich in Gang gesetzt habe. Manches wirst du nicht verstehen. Du wirst es verweigern wollen. Trotzdem musst du es durchziehen. Versprich es mir, Junge. Lass mich mit dem Wissen zu deiner Oma gehen, dass die Zukunft der Familie gesichert ist.«

Scheiße, Scheiße, Scheiße.

Ich hatte keine Wahl. Mein Wort brach ich nie. Ich würde diese Eloisa Benz heiraten müssen. *Gott steh uns beiden bei.* So ziemlich das Letzte, was eine Frau tun sollte, war der Eintritt in meine Familie.

3

Isa

»Isa, wo bist du gewesen?« Meine Großmutter schob mich auf das Büro meines Vaters zu. »Alle haben dich gesucht.«

Ich kniff mir den Nasenrücken. Da ich nicht genug geschlafen hatte, fühlte ich mich nicht in der Stimmung, mich damit auseinanderzusetzen, was auch immer ich an diesem Tag falsch gemacht hatte. Gern wäre ich die Debütantin gewesen, die sich meine Eltern wünschten, aber das steckte einfach nicht in mir. Ich konnte mich nur verstellen. Zumindest in der Öffentlichkeit.

»Ehrlich, Oma. Diesmal hab ich nichts gemacht.«

Skeptisch zog sie die rechte Augenbraue hoch. »Hasi, wir

wissen beide, dass du dir nichts Böses dabei denkst, aber dein Verhalten lässt zu wünschen übrig.«

Eigentlich hätte mich stören sollen, dass mich meine Großmutter als knuddeligen Karottentiger bezeichnete, aber den Kosenamen benutzte sie schon für mich, seit ich ein pummeliges Baby war und kaum auf meinen Stummelbeinchen laufen konnte.

»Papa schmollt doch nur, weil ich nicht mache, was er will. Frauen können durchaus arbeiten und etwas erreichen, auch wenn sie die Möglichkeit haben, es nicht zu müssen.«

»So einfach ist das nicht, Isa. Du bist nicht wie andere junge Frauen. Es würde unsere Familie zerstören, wenn du verletzt oder entführt wirst.«

Ich ließ die Schultern hängen. Das bekam ich nahezu jeden Tag meines Lebens zu hören. Es war meine Bürde als einziges Kind von Russo Benz, vor allem als Frau. Wäre ich mit dem bevorzugten Geschlecht geboren worden, müsste ich nicht mit den Einschränkungen leben, die mir auferlegt wurden.

»Ich bin nicht so schwach, wie alle glauben.«

Statt etwas zu erwidern, küsste mich Oma auf die Stirn und schob mich in Richtung des Flurs zu Papas Büro.

Es war ein aussichtsloses Unterfangen, meiner Oma begreiflich zu machen, dass ich mehr vom Leben wollte, als den richtigen Partner zu heiraten oder nützliche soziale Kontakte zu knüpfen.

Die Welt um uns herum war moderner geworden, doch die organisierten Familien mit ihrer generationenalten

Geschichte hatten sich nicht weiterentwickelt. Wenn irgendjemand Wind davon bekäme, was ich regelmäßig tat, würde Papa mich im Haus einsperren und rund um die Uhr bewachen lassen, so viel stand fest. Zum Glück hatte ich mir die Loyalität der Leibwächter gesichert, die Papa mir schon zuteilte, seit ich fünf Jahre alt gewesen war. Natürlich half dabei, dass ich ihr Gehalt für das Bewahren meiner Geheimnisse mit einem satten Bonus ergänzte.

Ich trat vor die große Holztür zu Papas Büro und klopfte.

»Komm rein, Schatz«, rief Papa von der anderen Seite.

Wohl niemand würde glauben, dass ein Mann, der seit über fünfundzwanzig Jahren als berüchtigt für die skrupellose Kontrolle über sein Territorium galt, Kosenamen für seine Tochter benutzte.

Ich trat ein und rechnete damit, dass Papa allein sein würde. Stattdessen saß Mama auf einem Stuhl ihm gegenüber. Händeringend achtete sie darauf, mir nicht in die Augen zu sehen. Ihr verquollenes Gesicht verriet mir, dass sie geweint hatte, und Papa sah kaum besser aus.

Ich verengte die Augen zu Schlitzen, als sich Besorgnis einstellte. Meine Mutter weinte selten, so gut wie nie.

»Was ist denn los? Stimmt was nicht?«

»Das war dein Werk. Also sag du es ihr«, wandte sich Papa an Mama. Der Zorn in seinem Ton legte nahe, dass sie etwas hinter seinem Rücken getan hatte, was auch immer es sein mochte. »Dass jemand aus dieser Familie meine Tochter anfasst, ist das Letzte, was ich will.«

Was um alles in der Welt ging vor sich?

»Mama. Was hast du getan?«

Tränen liefen ihr übers Gesicht. »Du musst wissen, dass ich dem zugestimmt habe, als dein Opa noch gelebt hat. Ich hätte nie damit gerechnet, dass Arabella sterben könnte. Sonst hätte ich den Vertrag nie akzeptiert.«

Arabella? Sie konnte nicht Arabella Weber meinen. Die Frau war als Kind die beste Freundin meiner Mutter gewesen. Allerdings war der Kontakt abgebrochen, als sie Jonas Weber geheiratet hatte. Mama meinte immer, wenn Arabellas erster Verlobter weitergelebt hätte, wäre sie glücklich geworden, statt eine elende Ehe mit Jonas Weber ertragen zu müssen. Dass sie entführt und ermordet worden war, ohne dass ihr Ehemann irgendetwas unternommen hatte, um sie zu retten, schien es zu beweisen.

Hat Mama gerade »Vertrag« gesagt? Was zum Teufel soll das heißen?

»Ich kann dir nicht folgen. Welcher Vertrag?«

Meine Mutter zog ein Taschentuch aus der Schachtel auf Papas Schreibtisch und tupfte sich die Augen ab.

»Spuck's schon aus, Christina.«

»Ich ... ich ...« Sie zögerte.

»Ach, Herrgott noch mal. Deine Mutter und dein Großvater haben deine Ehe mit Sebastian Weber arrangiert. Ich habe die Einzelheiten erst erfahren, als Weber uns den Vertrag geschickt hat. Mit dem Hinweis, dass es an der Zeit wäre.«

»Das kann nur ein Scherz sein. Ich werde nicht heiraten. Ich kenne den Mann ja nicht mal.«

Wer gedacht hatte, ich würde mich ohne Widerspruch damit abfinden, konnte nicht alle Tassen im Schrank haben.

»Das ist noch nicht alles. Durch die Ehe werden unsere Familien zusammengeschlossen. Und weil ich keinen Sohn habe, wird Webers Sohn nach meinem Tod alles übernehmen. Das bedeutet, dein gemeinsames Kind mit Weber wird irgendwann über alles regieren.«

Das konnte nicht wahr sein. Niemand machte noch bei diesem idiotischen Mist mit. Nein, das stimmte nicht – niemand außerhalb Familien wie meiner. Ich hätte nie gedacht, dass ausgerechnet meine Mutter so etwas zustimmen würde.

»Das versteh ich nicht. Warum hat Opa sich darauf eingelassen? Und warum hast du mitgemacht?«, fragte ich meine Mutter vorwurfsvoll. »Ich muss fünfzehn gewesen sein, als der Vertrag aufgesetzt worden ist. Und er ist wahrscheinlich … Ich weiß nicht mal, wie alt er ist.«

Aus ihren Augen sprach Traurigkeit, doch das kümmerte mich nicht. Sie hatte weder mir noch sonst jemandem von uns je davon erzählt, obwohl sie die gesamte Familie aufs Spiel gesetzt hatte. Mein Herz zog sich schmerzhaft zusammen. Sie wusste seit meiner Zeit als Teenager, dass ich von Traditionen wenig hielt. Ich verkörperte eher das Gegenteil einer wohlerzogenen Prinzessin.

Statt auf die Fragen einzugehen, die ich beantwortet haben wollte, sagte sie schließlich: »Er war neunzehn.«

»Hat er davon gewusst? Bin ich die Jahre seither ahnungslos verlobt gewesen?«

»Er hat es nicht gewusst«, meldete sich mein Vater zu Wort. »Er wird demnächst dieselbe Neuigkeit erfahren.«

»Das kann nicht bindend sein. Es ist nicht legal.« Ich

weigerte mich, das als mein Schicksal zu akzeptieren. Allerdings ahnte ich tief in meinem Inneren, dass es keinen Ausweg geben würde.

»Schatz, es tut mir leid. Der Vertrag wurde von den Oberhäuptern unserer Familien geschlossen. Unsere Ehre hängt daran. Dein Opa wollte es und hat es so eingefädelt, dass wir ... dass *du* nicht ablehnen kannst.«

Mein Temperament kochte über. »Was soll das heißen?«

»Wenn du dich weigerst, gehen unser Betrieb und unser gesamter Besitz an die Webers. Der Teil ist sehr wohl legal. Wenn du zustimmst, geht ein Treuhandfonds in Höhe von einhundertfünfzig Millionen Euro auf uns über. Auf dich und mich.«

»Und wenn er sich weigert?«

»Wird er nicht.« Der Tonfall meines Vaters ließ mich vermuten, dass Sebastian Weber genauso übel wie sein Vater sein musste. »Er soll alles erben. Im Wesentlichen wird er die Kontrolle über halb Deutschland und Teile Polens sowie der Niederlande haben. Niemand würde darauf verzichten. Und Jonas Weber erhält als zurückgetretenes Familienoberhaupt seinen eigenen Fonds.«

Mein Magen krampfte sich zusammen. Ich wollte das Geld nicht. Ich brauchte es nicht. Ich verdiente genug, um mich zu versorgen.

Nur spielte das keine Rolle. Ich würde für meine Familie jemanden heiraten müssen, der mir noch nie begegnet war und von dem ich nur annehmen konnte, dass er eine verdammt dunkle Seite hatte. Aber wem wollte ich etwas vormachen? Die meisten in unserer Welt aufgewachsenen Männer waren nicht nett und zuvorkommend, sondern skrupellose Typen, die sich nahmen, was sie wollten, und dabei nicht vor – teils tödlicher – Gewalt zurückschreckten.

Mein Vater hatte in meinen Augen immer eine Ausnahme davon verkörpert. Andererseits konzentrierte ich mich auch nur auf den Mann, der mich großgezogen hatte. Nicht auf den Mafioso, der sein Territorium seit zwanzig Jahren mit allen erforderlichen Mitteln ausdehnte und unter Kontrolle behielt. Mein Vater vergötterte mich. Er hätte gern mehr Kinder gehabt, vor allem einen Sohn. Allerdings liebte er Mama zu sehr, um sich von ihr scheiden zu lassen oder sich eine Geliebte zu nehmen, die ihm Kinder schenken könnte.

»Das mache ich nicht«, verkündete ich barsch. »Ich bin kein Kind, das ihr herumkommandieren könnt. Papa, ich habe ein Leben. Ich bin noch nicht bereit, irgendjemanden zu heiraten.«

Mein Vater verengte die Augen zu Schlitzen und ließ flüchtig den Mafiaboss durchscheinen, den alle fürchteten. »Du wirst. Ich lasse nicht von einer einfachen Hochzeit alles zerstören, was ich über Jahre aufgebaut habe. Ich habe vor, die Familie bis zu meinem Tod zusammenzuhalten. Dafür müssen wir alle Opfer bringen. Und du eben dieses.«

»Aber Papa ...«

»Isa, es reicht.« Die scharfe Warnung ließ mich zusammenzucken. »Ich habe dich viel zu lange verhätschelt. Du wirst das für unsere Familie tun. Du wirst ihn heiraten. Und du wirst einsetzen, was immer nötig ist, damit wir den Mann in der Hand haben. Er wird nach meiner Pfeife tanzen, nicht umgekehrt.«

Ich starrte meinen Vater an und konnte nicht fassen, wie verändert er sich gab. So hatte er noch nie mit mir geredet.

Ja, ich war in Luxus und verwöhnt aufgewachsen, aber ich war zur Schule gegangen. Verdammt, ich hatte einen Hochschulabschluss. Noch dazu aus Oxford. Ich hatte mir eine Karriere als Kunstexpertin aufgebaut und mich auf Schätzungen und Echtheitsprüfungen spezialisiert. Ich konnte eine Fälschung spielend entlarven, ganz gleich, wie gut sie sein mochte. Kein besonders glamouröser Job, aber ich konnte arbeiten, wann ich wollte, und hatte gleichzeitig die Freiheit, mich auf mein Kerngeschäft zu konzentrieren, dass ich ohne Wissen meines Vaters betrieb. Ich hatte mich auf einem von Männern dominierten Gebiet durchgesetzt.

Es ärgerte mich maßlos, dass man meinen Wert auf mein Aussehen, meine Herkunft und meine Familie reduzieren wollte. Ich wäre gern der Sohn gewesen, der meinem Vater nicht vergönnt war, und ich hatte lange gebraucht, um mich damit abzufinden, dass ich nie eine Chance bekommen würde, das Familienimperium zu übernehmen. Die patriarchalischen Verhältnisse herrschten seit etlichen Generationen und würden sich so schnell nicht ändern. Aber *damit* hätte ich dennoch nie gerechnet.

»Lass mich das klarstellen. Ich soll meinen Körper an einen Mann verkaufen, dem ich noch nie begegnet bin, ihn mit meinen Reizen blenden und irgendein Druckmittel finden, dass du gegen ihn einsetzen kannst, damit er spurt. Man könnte also auch sagen, ich bin eine Hure, die von ihrer

Mutter und ihrem Großvater an den Meistbietenden verkauft worden ist.«

Ich konnte meine Wut auf meine Mutter nicht bändigen und achtete nicht darauf, wie sie bei meinen Worten zusammenzuckte.

Mein Vater knirschte mit den Zähnen. Gut. Ich hatte einen Nerv getroffen. Ihm hatte nicht gefallen, was ich zu sagen hatte. Die gefühlskalte Art konnte er bei anderen versuchen, aber ich wusste, dass unter der Maske, die er vor meinen Augen aufgesetzt hatte, immer noch mein Vater steckte.

»Isa, ich hatte bei der Hochzeit mit deinem Papa auch nichts mitzureden«, sagte meine Mutter im Flüsterton. »Aber wir haben uns lieben gelernt.«

»Davon will ich nichts hören.« Ich stand auf. Ich musste weg, bevor ich den Verstand verlieren würde. »Du hast gewusst, wie ich empfinde. Du hast gewusst, dass ich niemand bin, der macht, was alle erwarten. Ich halte euch gerade echt nicht aus. Alle beide nicht.«

Als ich Papa einen wütenden Blick zuwarf, sah ich Bedauern aufblitzen, bevor er es hastig verbarg.

Am liebsten wäre ich weggerannt und hätte mich versteckt, aber wo konnte ich schon hin? Außerdem war ich nie jemand gewesen, der vor Problemen weglief.

Ich wandte mich ab und stapfte zur Tür.

Kaum hatten sich meine Finger um den Türknauf gelegt, sagte mein Vater: »Die Verlobung steht fest. Nächsten Frühling bist du Eloisa Weber.«

Ich erstarrte. Nur noch acht Monate.

Nach einem tiefen Atemzug schaute ich über die Schulter zurück. »Dann sollte ich den Rest des Lebens, wie ich es kenne, wohl besser genießen. Und ich will den Mann nicht vor dem Hochzeitstag kennenlernen. Die ständige Erinnerung daran, wem meine Freiheit gehören wird, ist das Letzte, was ich in den nächsten acht Monaten will.«

4

Drei Monate später

Sebastian

»SCHÖN, dass Sie wieder in der Stadt sind.« Ein großer Mann in einem maßgeschneiderten Anzug kam auf mich zu, als ich *Verberne Schutzer* betrat, einen der neuesten Underground-Clubs in Berlin. Wer niemanden kannte oder eingeladen wurde, hörte nie von dem Lokal und hatte keinen Zutritt. Es war definitiv kein Schuppen, vor dem die Leute Schlange standen. Wer auf die eine oder andere Weise davon erfuhr und ihn zu betreten versuchte, wurde von Türstehern in

Empfang genommen, die Außenstehenden gern und deutlich erklärten, dass sie nicht willkommen waren.

Ich schlug in die mir entgegengestreckte Hand ein. »Freut mich, Sie wiederzusehen, Justin.«

»Man merkt Ihnen an, dass Sie in der Sonne gewesen sind. Muss eine angenehme Abwechslung zum Wetter hier gewesen sein. Lassen Sie mich raten – Sie haben es sich an irgendeinem Tropenstrand mit Cocktails und heißen Frauen gutgehen lassen.«

Wenn er nur wüsste. Meine Rippen schmerzten noch von meinem letzten Einsatz, außerdem hatte ich gerade meinen besten Freund und Partner verloren, Adrian Kipos. Der Mistkerl hatte beschlossen, den Job an den Nagel zu hängen. Somit stand ich allein da. Ich konnte dem Mann keinen Vorwurf machen. Er war wieder mit der einzigen Frau zusammen, die er je geliebt hatte, und für eine Zukunft mit ihr musste er diesen Lebensstil aufgeben. Nur hatte ich dadurch den Einzigen verloren, dem ich bedingungslos mein Leben anvertraut hätte.

Adrian und ich hatten direkt nach dem College bei unseren jeweiligen Organisationen angefangen. Als Amerikaner war Adrian bei der CIA eingestiegen, mein Weg hatte mich zu Interpol geführt. Wir hatten jeweils unsere Gründe dafür. Ich wollte den Mann zu Fall bringen, der meine Mutter hatte sterben lassen.

»So ähnlich.«

»Ich bin froh, dass ich Sie überreden konnte, sich den neuen Club anzusehen. Bei dem hier hat der Boss wirklich keine Kosten und Mühen gescheut.« Er deutete nach rechts.

»Ich bringe Sie zu einem Tisch. Dann sehe ich nach, ob der Boss gerade Zeit für Sie hat.«

Oh, und ob ich »den Boss« treffen würde. Ich wollte sehen, wie genau die von mir gesammelten Informationen dem öffentlichen Image entsprachen.

Wir gingen durch einen schwach beleuchteten Flur, bis wir eine schwere Metalltür erreichten. Justin hielt den Daumen über ein Lesegerät, und die Tür öffnete sich. Ein Hip-Hop-Beat drang explosiv heraus.

»Was halten Sie davon?«, fragte Justin, als wir den Club betraten.

Ich hatte erst einen anderen Ort dieser Art mit so klaren Linien und scharfen Kontrasten heller und dunkler Farben gesehen. Und das war einer der in Las Vegas von den milliardenschweren Lykaios-Brüdern betriebenen Clubs. Dieser Ort unterschied sich davon nur durch seine unverhohlen erotische Anmutung. Überall verteilt befanden sich Skulpturen, die Paare in intimen und doch dezenten Posen darstellten. Eine Verlockung der Sinne, als hätte man einen gehobenen BDSM-Club statt einer Edeldisco betreten.

»Ist definitiv einzigartig. Das würde man nicht erwarten. Aber ich vermute, genau die Wirkung wollte Ihr Boss bei den Gästen erzielen.«

Justin grinste. »Richtig. Der Boss hat ein Händchen dafür, eine Atmosphäre zu schaffen, die dem Gegenteil der Norm entspricht.«

»Eine wahre Rebellion in der Welt der Unterhaltung.«

Wir blieben in der Nähe einer Reihe von Sofas stehen, strategisch in Sichtweite der Tanzfläche, aber weit genug davon entfernt, um einen Anschein von etwas Privatsphäre zu vermitteln.

»Ist die einzige Möglichkeit, sich von der Masse abzuheben. Hier, bitte. Machen Sie es sich bequem. Nikita kommt gleich, um Ihre Bestellung aufzunehmen. Ich suche inzwischen den Boss. Wenn sie Zeit hat, schicke ich sie her.«

Ich nickte. Ich war mir nicht sicher, ob Justin seinen Boss bewusst als »sie« bezeichnet hatte. Die Besitzerin war berüchtigt dafür, unter dem Radar zu bleiben und nach Möglichkeit nicht durchdringen zu lassen, dass sie als Frau erfolgreich in einer vor allem in Deutschland von Männern beherrschten Branche agierte. Die Welt der Nachtclubs galt als genauso rücksichtslos wie die, in der ich aufgewachsen war. Andererseits besaß »der Boss« genauso viel Erfahrung darin wie ich.

Nachdem ich mir einen Drink bestellt hatte, beobachtete ich die Gäste. Die meisten wirkten betucht, keine typischen Besucher von Underground-Clubs. Diese Leute hatten richtig Geld. Die Kleidung mochte leger sein, aber die Qualität und die Marken besagten genug.

Während ich die Einrichtung auf mich wirken ließ, betrachtete ich die Skulpturen genauer. Sie sahen nach mehr als durchschnittlichen Nachbildungen der Werke alter Meister aus. Insbesondere eine entsprach exakt etwas, das mir vor nicht allzu langer Zeit in einem Auktionskatalog untergekommen war. Entweder hatte »der Boss« wirklich Unsummen in das Lokal investiert oder eine Nachbildung in Auftrag gegeben, die dem Original wie ein Ei dem anderen glich.

Der DJ wechselte zu einem in Europa beliebten Sound,

einer Mischung aus Hip-Hop und Techno. Die Menge auf der Tanzfläche wurde dichter. Die Leute drängten sich um ein Plätzchen, um sich in den Beats zu verlieren, die aus den sorgfältig versteckten Lautsprechern dröhnten.

»Möchten Sie sonst noch etwas?«, erkundigte sich Nikita, als sie mein Getränk vor mir abstellte.

Ich schüttelte den Kopf, und sie ging.

Und dann erblickte ich sie.

Nicht die gut gekleidete, wohlerzogene Prinzessin, wie sie auf manchen Fotos aussah. Auch nicht der Wildfang im Schlabberlook nach stundenlangem Training am Schießstand.

Atemberaubend, verführerisch, mit einer Aura von Unschuld, die spontan den Beschützerinstinkt eines Mannes erweckte.

Schlichtweg umwerfend.

Ihr Blick landete auf mir, und mir stockte der Atem, als hätte mir jemand die Luft aus der Lunge gepresst.

Das war die Frau, die meine Mutter und mein Opa für mich ausgesucht hatten? Ich konnte es nicht glauben.

Das schwarze, offene Haar umrahmte wallend derart blaue Augen, dass sie beinah künstlich wirkten. Und diese vollen Schmolllippen erweckten in einem Mann unwillkürlich Visionen von perfekten Verwendungsmöglichkeiten für sie. Das enganliegende Kleid war konservativ genug, um nicht zu viel zu zeigen, zugleich elegant genug, um als modisch durchzugehen.

Nach einem Schluck von meinem Whiskey erhob ich

mich von der Couch und setzte mich in ihre Richtung in Bewegung.

Sie beobachtete, wie ich sie musterte, und sah mir in die Augen. Aus ihren sprach nicht nur eine Herausforderung, sondern auch Interesse.

Als ich mich ihr auf einen Meter genähert hatte, streckte ich ihr wortlos die Hand entgegen, die sie nach kurzem Zögern ergriff.

Die erste Berührung fühlte sich elektrisch an, und mein Schritt reagierte sofort. Ihr stockte der Atem, und Hitze schoss in die kobaltblauen Augen.

Heilige Scheiße. Was ging hier vor sich?

Eine solche Anziehungskraft hatte ich vorher noch nie erlebt. Der Höhlenmensch in mir wollte, dass ich sie mir über die Schulter werfe und mit ihr irgendwohin gehe, wo ich mich tief in ihr vergraben und sie dazu bringen konnte, meinen Namen zu rufen, wenn sie kam.

Das entsprach überhaupt nicht dem, was ich erwartet hatte, als mir die unausgegorene Idee gekommen war, meine künftige Braut kennenzulernen.

Ich legte die Finger um ihre kleine, beinah zu zierliche Hand und führte sie zur Tanzfläche. Als wir uns einen Weg durch die Menge bahnten, bemerkte ich, dass die Leute bei ihrem Anblick eine Schneise freigaben. Alle schienen zu wissen, wer sie war.

Inmitten der Tanzenden hielt ich inne und drehte mich ihr zu. Sie bewegte sich näher und schlang den freien Arm um meinen Nacken. Ich ließ ihre Hand los, legte einen Arm um ihre Taille, den anderen auf ihren Rücken und zog sie an mich.

Um uns herum dröhnte die Musik. Wir sprachen beide kein Wort, ließen uns von dem Funken zwischen uns beim Tanz führen. Als sich ihr Körper an mich schmiegte, bestand endgültig kein Zweifel mehr an dem Verlangen, das mich durchströmte.

Wenn ich nicht aufpasste, würde mich die Frau um den Finger wickeln.

Sie roch unglaublich gut – ein Hauch von etwas Blumigem und Würzigem. Ich widerstand dem Drang, die Hand in ihr Haar zu krallen und ihren Kopf zurückzuziehen, um noch besser an ihrem Hals riechen zu können.

Hatte ich eine ähnliche Wirkung auf sie wie sie auf mich?

»Warum sehen Sie mich so an?«, fragte sie schließlich und brach das Schweigen zwischen uns.

»Ich versuche nur, Sie zu durchschauen.«

»Was gibt's da zu durchschauen? Ich bin eine Frau, die einen Abend in einem Nachtclub genießt.«

Als sie sich im vom DJ gemischten Rhythmus an mir rieb, hätte ich beinah lauf aufgestöhnt.

»Das fällt mir schwer zu glauben, *Boss*.« Ich schenkte ihr ein wissendes Lächeln, das sie erwiderte.

»Oh, also bist du der VIP, zu dem Justin mich geschickt hat? Dann kann ich auf das förmliche Sie wohl verzichten.«

»Gern. Und ich bin froh, dass wir uns so kennenlernen, nicht in geschäftlichem Rahmen.«

»So? Wie meinst du das?« Sie spielte mit mir.

»So, dass ein Mann eine Frau attraktiv findet und die Chemie auf Anhieb stimmt.«

Ihr stockte der Atem, doch sie versuchte, es zu überspielen.

»Gib ruhig zu, dass du es auch fühlst.« Ich presste mich an sie, holte ihr Gesicht näher zu mir.

Sie leckte sich über die Lippen, während sie mir in die Augen sah. »Ich kann nicht.«

»Warum nicht?«

»Weil nichts daraus werden kann.«

»Da bin ich anderer Meinung.« Bevor ich mehr sagen konnte, drängte sich eine Gruppe von Frauen um uns herum und rempelte mich an der Schulter.

Fast sofort steuerte ein Hüne von einem Mann in unsere Richtung. Eloisa schüttelte den Kopf, und er kehrte prompt zu seinem Platz an einer Säule zurück.

Offenbar behielten Leibwächter sie auf Schritt und Tritt im Auge. Damit hätte ich rechnen sollen. Benz würde seine Prinzessin nicht unbewacht lassen. Allerdings fiel mir schwer zu glauben, dass er von der Tätigkeit seiner Tochter im skrupellosen Nachtclubgeschäft wusste.

»Ist ein schönes Lokal. Anders. So was würde ich von den Lykaios-Brüdern in Las Vegas erwarten.«

Jeder in der Unterhaltungsbranche wusste, wer die Gebrüder Lykaios waren. Sie hatten in Las Vegas ein Imperium geschaffen, das sich dem Vergnügen verschrieb, von Casinos und Hotels bis hin zu Sportveranstaltungen, Shows und Nachtclubs. Jeder Bruder hatte seinen eigenen Schwerpunkt. Hagen Lykaios' besonderes Interesse galt dem Nachtleben.

Eloisa schenkte mir ein strahlendes Lächeln, das ihre Schönheit noch betörender werden ließ. »Das fasse ich als Kompliment auf. Ich kann nur hoffen, je den Erfolg zu erreichen, den Hagen Lykaios erzielt hat. Wie bei seinen Lokalen gleicht auch bei mir keines dem anderen. Jedes hat eine eigene Ausstrahlung, allerdings mit eher europäischem Flair.«

Ihr Enthusiasmus verriet mir, dass es sich nicht bloß um ein Hobby handelte, sondern um ein echtes Unterfangen, das sie zum Erfolg führen wollte.

»Wie viele hast du denn?«

»Ich kenne dich nicht gut genug, um dir das zu verraten.«

»Dann lern mich kennen.«

»Du gibst nicht leicht auf.«

»Durch Aufgeben hat noch niemand Erfolg gehabt.«

Die Musik änderte sich, und sie trat aus meiner Umarmung zurück.

»Danke für den Tanz.«

»Ich möchte dich wiedersehen«, sagte ich, als sie sich zum Gehen wandte.

Abrupt hielt sie inne und sah mich wieder an. »Ich kann nicht.«

»Warum nicht?«

Kurz schloss sie die Augen und seufzte resigniert. »Weil ich einem anderen versprochen bin.«

Mit den Worten hätte ich nicht gerechnet. Sie entschied sich für die Wahrheit, nicht für einen Vorwand.

»Versprochen? Also verlobt?«

»Ja, genau.« Ihre verbissene Kieferpartie verriet mir, dass die Aussicht auf die Hochzeit mit mir sie ungefähr genauso begeisterte wie zuvor mich.

»Du scheinst nicht glücklich darüber zu sein. Ich dachte, Frauen freuen sich in der Regel auf ihre Hochzeit.«

Sie schluckte, und ich harrte ihrer Antwort.

»Die Sache ist arrangiert. Ich bin dem Mann noch nie begegnet. Ich lerne ihn erst am Tag unserer Hochzeit kennen.«

»Ist das nicht ein bisschen archaisch? Niemand arrangiert heutzutage noch Ehen. Und wenn, würde sich das Paar wenigstens vor dem großen Tag treffen.«

»Die Welt, aus der ich stamme, ist nicht modern. Sie hält sich nicht an die Regeln der Gesellschaft. Und ich habe entschieden, dass ich ihn nicht vorher kennenlernen will. Was sollte das schon ändern? Jegliche Einwände gegen unsere Ehe sind irrelevant. Sonst müssen unsere Familien die Konsequenzen tragen.«

»Klingt bei dir so, als wäre deine Familie die Mafia und als ginge es um Territorien.« Sie hatte mir gegenüber die Wahrheit ausgepackt, also hielt ich es genauso.

»Ich habe mich mit meinem Schicksal abgefunden. Tut mir leid, dass wir uns nicht früher kennengelernt haben. Dann hätten wir sehen können, wohin ...« Sie verstummte kurz. »... das zwischen uns hätte führen können. Danke noch mal für den Tanz.«

Als sie weggehen wollte, ergriff ich ihren Arm. »Was ist mit Freundschaft?«

»Freundschaft?« Eine verwirrte Falte bildete sich zwischen ihren Brauen. »Ich kann dir nicht folgen.«

»Was, wenn wir Freunde werden? Mehr nicht. Ich würde dich gern näher kennenlernen.«

»Ich habe nicht viele Männer als Freunde.« Sie blickte auf meine sie festhaltende Hand hinab, während ich die Wärme ihrer Haut genoss. »Außerdem ...«

»Außerdem was?«

Sie hob den Blick, sah mir in die Augen. »Das würde nicht klappen. Ich wüsste nicht, wie ich mit jemandem befreundet sein sollte, zu dem ich mich hingezogen fühle.«

»Du bist sehr direkt.«

»So halte ich es gern. Sonst würde man nur mein Äußeres und das Image sehen, das meine Familie von mir geschaffen hat.«

»Du weißt also, dass du wunderschön bist?«

»Ich sehe aus wie meine Mutter, also ja. Was nicht bedeutet, dass ich von irgendjemandem dafür geschätzt werden will.« Ein leichter Anflug von Verärgerung in ihrem Ton verriet mir, dass es sich für sie um ein heikles Thema handelte.

»Sag mir wenigstens deinen Namen.«

»Isa.« Sie sah auf die Armbanduhr. »Ich muss los.«

In ihrer Stimme schwang ein Hauch von Panik mit. Gern wäre ich hartnäckig geblieben, aber das konnte ich nicht. Ich hatte kein Anrecht auf sie. Zumindest nicht, soweit sie wusste.

»Ich bin Baz.«

»Ein ungewöhnlicher Name.«

»Den Spitznamen hat mir meine Mutter verpasst.«

»Wofür steht er?«

»Dazu musst du dich morgen mit mir zum Kaffee treffen.«
Sie schüttelte den Kopf. »Ich kann nicht.«

»Natürlich kannst du. Wir treffen uns morgen Nachmittag
gegen zwei Uhr bei *Emmas*. Ich bin sicher, du weißt, wo das
ist, du kannst es ja an der Straßenecke sehen.«

»Ich werde nicht kommen.«

»Hoffen kann ich trotzdem.« Ich sah ihr tief in die Augen,
als ich sie losließ, dann wandte ich mich ab und steuerte auf
die Tür zum Ausgang zu.

5

Isa

Gegen vier Uhr morgens betrat ich meine Wohnung, mehr als bereit für ein paar Stunden Schlaf. Ich war erschöpft, nachdem ich in der arbeitsreichen Nacht ein Feuer nach dem anderen gelöscht hatte, was bei der Eröffnung eines neuen Clubs nicht anders zu erwarten war. Und ich war von der Begegnung mit Baz reichlich durcheinander.

Ausgerechnet nach meiner Verlobung musste ich einem Mann begegnen, bei dem sich etwas so Intensives in mir regte.

Baz hatte mir das Gefühl vermittelt, tief in mich blicken zu können, bis in die Seele. Dorthin, wo ich sämtliche Geheimnisse verwahrte.

Und er wollte sich auf einen Kaffee treffen. Als Freunde.

Wäre das bei einem Mann, zu dem ich mich hingezogen fühlte, überhaupt möglich?

Ich ging geradewegs in mein Schlafzimmer und zog den Reißverschluss seitlich an meinem Kleid auf. Als ich mir den Designerstoff über den Kopf zog, klingelte mein Telefon.

Ich warf das Kleid auf einen nahen Stuhl und ging zurück ins Wohnzimmer, wo ich meine Handtasche abgelegt hatte.

Das Klingeln endete.

Ich holte das Handy heraus, blickte auf das Display und stöhnte.

Oma.

Das würde ein längerer Vortrag werden. Ich sollte es mir besser bequem machen.

Rasch rannte ich zum Schrank, holte mir Shorts und ein Tanktop, zog beides an und rief Oma zurück, während ich auf mein Bett kroch.

»Wo bist du gewesen? Du solltest im Bett sein und nicht durch die Stadt rennen. Du bist verlobt, um Himmels willen.« Die Verärgerung in ihrer Stimme ließ sich nicht überhören.

Einfach machte ich es meiner Familie nicht, das musste ich zugeben. Wenn ich nicht gerade zu einem Abendessen oder einer Versammlung erscheinen musste, mied ich meine Angehörigen. Und selbst bei solchen Gelegenheiten beschränkte ich die Gespräche auf ein Minimum und erfand stets eine Ausrede, um früh zu gehen. Ich wollte jedes bisschen Freiheit genießen, das ich bekommen konnte, bevor ich Frau Sebastian Weber werden würde.

Traurig daran war, dass ich die Nächte hauptsächlich mit Arbeit verbrachte. Zwar in meinen zahlreichen Nachtclubs, trotzdem blieb es Arbeit.

»Guten Morgen, Oma. Warum so aufgebracht? Ich *bin* doch im Bett. Ist nur ein bisschen früh für einen Anruf.« Als ich gähnte, spürte ich, wie mein Körper sein Recht auf Schlaf verlangte.

»Lüg mich nicht an. Ich bin nicht so naiv wie dein Vater, der glaubt, sein liebes Mädchen würde jeden Abend zu Hause verbringen, obwohl es zu einer Ehe gezwungen wird.«

Ich hätte nicht gesagt, dass mein Vater naiv war. Im Verlauf des letzten Monats hatte ich gemerkt, dass er versuchte, den Schlamassel wiedergutzumachen, indem er mich tun ließ, was ich wollte. Er wusste durchaus, dass ich jeden Abend ausging. Ich verheimlichte es auch nicht. Nur dachte er, ich wäre mit Freundinnen zusammen. Dass ich stattdessen meine Geschäfte führte, wusste er nicht. Solange meine Leibwächter meldeten, dass es mir gut ging, ließ er mich in Ruhe.

»Wenn ich mit jemandem ins Bett ginge, hättest du einen guten Grund, mich im Auge zu behalten. Tu ich aber nicht.«

»Solltest du auch besser nicht.«

Ihr empörter Ton drohte, Gelächter aus mir hervorbrechen zu lassen. Aber sie gehörte zur uralten Schule, also hörte ich weiter zu und behielt meine Belustigung für mich.

Wahrscheinlich glaubte Oma sogar, ich wäre noch Jungfrau. Gott, wenn sie wüsste, dass meine Entjungferung vor ihrer Nase stattgefunden hatte, während ich mit ihr in der Schweiz im Urlaub gewesen war.

Damals war ich siebzehn Jahre alt und kurz vor dem Wechsel an die Universität. Ich hatte einen achtzehnjährigen Diplomatensohn kennengelernt, mit dem ich eine kurze Affäre hatte. Wir hatten beide gewusst, dass es angesichts unserer Eltern zu nichts führen konnte. Am Ende waren wir Freunde geworden. Freunde, die über die Jahre in Verbindung geblieben waren – und letztlich zusammenarbeiteten, seit ich meinen ersten Club eröffnet hatte.

»Oma, ich werd nicht weglaufen. Ich genieße nur mein Leben und meine Freiheit. Außerdem, wo sollte ich schon hin?«

Einige Sekunden lang herrschte Stille.

»Mach keinen Ärger. Dein Papa und deine Mama haben schon genug um die Ohren.«

Ich knirschte mit den Zähnen. Seit ich von dem Vertrag erfahren hatte, wechselte ich mit meiner Mutter kein Wort mehr, als ich unbedingt musste.

Ich konnte immer noch nicht verstehen, warum sie es mir verheimlicht hatte.

Verdammt, warum hatte sie es sogar Papa verheimlicht?

Die beiden verkörperten den Inbegriff einer Mafia-Romanze. Ihre Geschichte konnte es mit den beliebtesten Romanen aufnehmen.

»Oma, ich bin müde. Ich will jetzt schlafen.«

Oma seufzte. »Es ist nicht leicht für deine Mutter. Sie hat geschworen, die Wahrheit vor allen zu verbergen.«

»Wem hat sie es geschworen?«

»Das spielt keine Rolle, Isa. Du musst nur wissen, dass sie nicht die Böse ist, für die du sie hältst. Wenn du schon jemandem die Schuld geben willst, dann deinem Opa. Möge Gott seiner Seele gnädig sein, der Mann hat Entscheidungen getroffen, bei denen niemand mitzureden hatte. Warum er zu Weber gegangen ist, hat er mit ins Grab genommen.«

Der Tod meines Großvaters lag drei Jahre zurück. Ich hatte ihn von ganzem Herzen geliebt. Er war so raubeinig, mürrisch und skrupellos gewesen wie mittlerweile mein Vater.

Wenn ich auch nur ansatzweise verstehen wollte, was er sich dabei gedacht hatte, würde ich mit meiner Mutter reden müssen, das wusste ich.

»Vermisst du ihn?«

»Jeden Tag.«

»Hast du ihn immer geliebt?«

Warum hatte ich das nicht schon längst gefragt?

Vielleicht, weil ich nie eine Zeit erlebt hatte, in der Opa und Oma kein verliebtes Paar gewesen waren. Opa war traditionell gewesen und hatte klaren Vorstellungen von der Rollenverteilung zwischen Männern und Frauen gehabt, aber er hatte Oma immer wie einen Schatz behandelt.

»Nein, eigentlich habe ich ihn die ersten zwei unserer dreiundfünfzig gemeinsamen Jahre gehasst.«

»Was?«

»Er hatte eine Geliebte, und das wollte ich nicht akzeptieren, ganz gleich, wer er war. Zwei Jahre hat es gedauert, bis er sich am Riemen gerissen hat. Als dein Opa aufgehört hat, das Leben eines Junggesellen zu führen, habe ich ihm eine Chance gegeben.«

»Und wie lange hat es gedauert, bis du ihn geliebt hast?«

»Noch ein Jahr. Ungefähr zu der Zeit, als deine Tante Carolena geboren wurde, wusste ich, dass er sich verändert hatte.«

Meine Tante Caro kam einer Naturgewalt gleich, und ich liebte sie. Die Frau war nach ihrer arrangierten Hochzeit vor zwanzig Jahren nach Amerika gezogen und hatte nie zurückgeblickt. Sie war mit einem Vermögensverwalter verheiratet, der Familien wie meine betreute. Obwohl sie ein verhätscheltes Leben in Luxus hätte führen können, betrieb sie eine Kette von Second-Hand-Läden, spezialisiert auf den Handel mit einmal bis nie getragener Designermode.

»Glaubst du, es besteht Hoffnung für mich?«

Warum fragte ich das?

Ich glaubte nicht, dass ich je einen Mann lieben lernen könnte, der die Zukunft meiner Familie in den Händen hielt.

Was würde ich tun, wenn Sebastian mir verböte, meine Betriebe zu führen oder generell zu arbeiten?

Ich kannte etliche Frauen in unserer Welt, die alles hatten aufgeben müssen, was sie vor ihrer Hochzeit geschätzt hatten, um sich ganz auf die Bedürfnisse und Wünsche ihres Ehemanns und seiner Familie zu konzentrieren.

»Es besteht immer Hoffnung, Hasi.«

»Danke, Oma.« Ich ließ ein lautes Gähnen vernehmen. »Wir sehen uns morgen.«

»Schlaf jetzt. Du wirst es brauchen.«

Was stand denn an, dass ich Schlaf brauchen würde? Meine Eltern konnten mich wohl schlecht mit einer weiteren Überraschungshochzeit überrumpeln.

»Warum?«

»Dein zukünftiger Schwiegervater trifft sich zu Mittag mit der Familie zum Brunch.«

Jäh riss ich die Lider auf. »Was?«

Dass ich meinen zukünftigen Ehemann nicht vor der Hochzeit kennenlernen wollte, erstreckte sich natürlich auch auf dessen Familie. Das hatten meine Eltern offenbar nicht verstanden.

»Du hast mich schon gehört. Komm nicht zu spät. Schlaf gut.« Damit legte sie auf.

Mit diesen Neuigkeiten war an erholsamen Schlaf nicht mehr zu denken.

GEGEN ZWÖLF UHR dreißig traf ich beim *El Pesto* ein. Das italienische Restaurant lag etwas außerhalb des vornehmen Viertels, in dem meine Eltern lebten und in dem ich aufgewachsen war. Ich verspätete mich und rechnete mit verärgerten Blicken meiner Familie. Da ich sonst nie zu spät kam, würden alle denken, ich hätte es absichtlich getan.

Aber woher sollte ich wissen, dass ausgerechnet an diesem Tag ein schwerer Verkehrsunfall auf der Straße zwischen meiner Wohnung und dem Restaurant für einen Stau sorgen würde?

Offen gestanden konnte ich nicht behaupten, allzu aufgeregt darüber zu sein. Mit dem Mann zu brunchen, der beschlossen hatte, es wäre an der Zeit, dass ich seinen Sohn heiratete, war das Letzte, worauf ich Lust hatte.

Ein großer, gertenschlanker Mann mit grau meliertem

Haar eilte auf mich zu. »Fräulein Benz. Herzlich willkommen. Ihre Familie wartet bereits im Salon.«

»Schön, Sie zu sehen, Romy. Wie geht's den Mädchen?« Ich beugte mich vor und küsste ihn auf die Wangen.

Romy war bereits der persönliche Kellner meiner Familie, seit mein Opa noch die Familie geleitet hatte. Er kannte die Vorlieben und Abneigungen aller und besaß die geradezu unheimliche Fähigkeit, die Wünsche seiner Gäste vorherzusehen.

»Sehr gut. Danke der Nachfrage.« Er führte mich durch den Hauptgästeraum in einen Flur dahinter.

Meine Eltern aßen nur dann in der Öffentlichkeit, wenn sie bewusst gesehen werden wollten. Sonst bevorzugten sie Privatsphäre und die Gewissheit, nicht beobachtet zu werden.

Ich hatte gehört, dass Jonas Weber eine völlig andere Einstellung zu öffentlicher Aufmerksamkeit hatte. Er liebte Medienberichterstattung und lehnte sich weit aus dem Fenster, um sie zu bekommen. Wenigstens dachte sein Sohn in der Hinsicht nicht wie er. Den letzten Monat hatte ich das Internet nach Informationen über ihn durchforstet. Ich hatte sogar meine Freundin Ana kontaktiert, die kürzlich bei Solon ausgeschieden war, einer auf Untergrundinformationen spezialisierten Sicherheitsagentur.

Nachdem Ana ihre erste Verblüffung darüber überwunden hatte, dass ich sie danach gefragt hatte, erklärte sie sich bereit, mir zu helfen. Allerdings warnte sie mich vor, dass ihre Informationen begrenzt sein würden, da sie nicht mehr »offiziell« für Solon arbeitete.

Angesichts dessen, wer mein Vater war, mieden wir in der

Regel Gespräche, die sich um ihren Job oder irgendjemanden im Zusammenhang mit meiner Familie drehten.

Was sie herausgefunden hatte, war in der Tat spärlich und beschränkte sich im Wesentlichen, was öffentlich über ihn, seine familiären Bindungen, seine Ausbildung und seine verschiedenen Geschäfte bekannt war.

Die wenigen Fotos von Sebastian waren so körnig, dass sie jeden Beliebigen hätten zeigen können. Es wirkte beinah so, als hätte er so gut wie alle Aufzeichnungen über sich beseitigt.

Eine Neuigkeit in dem Bericht hatte mich überrascht. Sebastian schien einen tief verwurzelten Hass gegen jeden zu hegen, der mit Menschenhandel zu tun hatte. Wenn ihm zu Ohren kam, dass einer seiner Geschäftspartner irgendwelche Verbindungen zu dieser Welt unterhielt, machte er es sich zur Aufgabe, die Person und deren Organisation zu vernichten.

Ana zufolge stand Sebastian im Ruf, seine Verbindungen zu nutzen, um Gruppen zu unterstützen, deren einziges Ziel darin bestand, solche düsteren Praktiken der Unterwelt zu beenden.

Wenigstens etwas Positives an Sebastian Weber.

Mein Vater teilte diese Überzeugung und spendete beträchtliche Summen an Organisationen, die aus Sexhandelsringen geretteten Opfern halfen.

Unter dem Strich hatte ich über Sebastian erfahren, dass er einen skrupellosen Mafiaboss mit einem moralischen Kompass verkörperte. Was mir keine echten Erkenntnisse über den Mann selbst lieferte.

Er wurde eher zu einem noch größeren Rätsel als zuvor.

Ich hatte meine Familie gebeten, ihn bis zur Hochzeit weder kennenzulernen, noch etwas über ihn zu erfahren. Das Universum schien mir meinen Wunsch erfüllen zu wollen.

Dann war da noch der Mann, dem ich am vergangenen Abend begegnet war. Ein weiteres Rätsel. Und jemand, an den ich eigentlich überhaupt nicht denken sollte.

Vor allem, weil ich gleich meinen zukünftigen Schwiegervater kennenlernen sollte.

Jonas Weber war nicht annähernd so geheimnisvoll wie sein Sohn. Über den Mann gab es eine ganze Enzyklopädie an Informationen. Aus Gesprächen, die ich über die Jahre mitgehört hatte, wusste ich, dass man Jonas für faul, unzuverlässig und geschlagen mit einem aufgeblasenen Ego hielt. Genau solche Männer verabscheute mein Vater leidenschaftlich.

»Bitte sehr.« Romy öffnete die Flügeltüren zu dem privaten Speisesaal.

Papa, Mama, Oma und Jonas Weber saßen bereits um einen ovalen Tisch. Die Aufmerksamkeit aller Anwesenden schwenkte vom laufenden Gespräch zu mir.

»Tut mir leid, dass ich zu spät komme, Papa.« Ich ging auf ihn zu.

Er stand auf und kam mir auf halbem Weg entgegen. Nach einer innigen Umarmung drückte er mir einen Kuss auf die Wange.

»Ist nicht nötig, sich zu entschuldigen. Ich habe in den

Nachrichten von dem Unfall gehört. Komm, ich stelle dir Jonas Weber vor.«

Ich trat auf den Mann zu, der wesentlich jünger als achtundsechzig Jahre aussah, die er laut Internet war. Abgesehen von leicht graumelierten Schläfen besaß er blondbraunes Haar. Seine Statur ähnelte der meines Vaters, nur weniger fit. Irgendetwas sagte mir, dass er mehr Zeit hinter dem Schreibtisch verbrachte als bei seinen Männern.

Jonas ergriff meine Hand und hob sie sich an die Lippen. »Du bist also meine neue Tochter.«

»Noch nicht, aber bald.« Ich bedachte ihn mit einem höflichen Lächeln. Wie er mich ansah, verursachte mir eine Gänsehaut.

Oma musste meine Reaktion bemerkt haben und meldete sich zu Wort. »Isa, komm, setz dich zu mir. Du hast gerade deinen Verlobten verpasst.«

Mein Herzschlag beschleunigte sich. »Er war hier?«

Ich steuerte auf den Platz meiner Großmutter zu und warf dabei einen Blick zu meinem Vater, der mich jedoch ignorierte.

»Ja, aber er hatte etwas Dringendes zu erledigen«, kam von Jonas, als er sich wieder setzte. »Daran wirst du dich gewöhnen müssen. Als Weber trägt man Verantwortung und hat eine Rolle auszufüllen.«

Meine Abneigung gegen Jonas Weber wuchs spontan.

»Isa ist eine gute Gastgeberin.« Mama warf zwar einen Blick in meine Richtung, sah mir jedoch nicht in die Augen. »Wir haben sie gut erzogen, und sie weiß, was von ihr erwartet wird.«

»Das ist alles schön und gut, aber jeder weiß, dass sie von der Familie verhätschelt wird, weil ihr keine weiteren Kinder bekommen konntet. Sie braucht ein starkes Rückgrat.«

»Mein Kind besitzt einen Willen aus Stahl. Man sollte nicht den Fehler begehen, von ihrer Schönheit und Zierlichkeit auf ihren Charakter zu schließen.«

Redeten sie wirklich gerade über mich, als wäre ich ein zu versteigerndes Stück Vieh bei einer Auktion?

»Sie ist eine verwöhnte Prinzessin. Wir werden ihr beibringen, was sie wissen muss, um eine echte Weber zu werden, und welche Pflichten sie haben wird.«

Oh Scheiße, nein, das konnte er nicht wirklich gerade gesagt haben.

»Ich habe eine gute Ausbildung genossen, eine höhere als Sie und sogar als Ihr Sohn. Ich leite eine Kunststiftung und verschiedene Wohltätigkeitsorganisationen. Ich weiß sehr gut, wie man mit Verantwortung und Pflichten umgeht.« Obwohl ich keinen unhöflichen Ton benutzte, vermittelte er deutlich, dass ich nicht vorhatte, meine Familie von Jonas Weber schikanieren zu lassen. »Sie sind mein zukünftiger Schwiegervater, nicht mein zukünftiger Ehemann. Ihre Kommentare über mein Verhalten und meine Pflichten sind weder erwünscht noch nötig. Ihr Vater hat mich für Ihren Sohn gekauft, nicht für Sie.«

Ich stand da und wusste, dass ich das wohl besser nicht hätte sagen sollen. Aber ich hatte es so satt, dass andere die Weichen für mein Leben stellten. Ich wollte nicht zulassen, dass dieser Mann den Ton für unser künftiges Miteinander vorgab.

Mir erschien es besser, ihn von vornherein wissen zu lassen, dass ich Temperament besaß und nicht das stille Mäuschen war, für das er mich offenbar hielt.

Jonas lief rot an. »Ich bin das Oberhaupt meiner Familie, und du wirst mich dementsprechend respektieren.«

»Ich habe den Vertrag gelesen. Sobald ich mein Gelübde abgelegt habe, ist mein zukünftiger Ehemann das Oberhaupt der Familie. Ich habe nachgeforscht.« Mein Blick wanderte zu Oma. »Tut mir leid, aber ich halte Brunch für keine gute Idee.«

»Benz, wollen Sie zu Ihrem Mädchen irgendwas sagen?«

»Ich denke, sie hat gerade unser aller Meinung zum Ausdruck gebracht. Sie haben das unserer Familie aufgezwungen.«

Bei Papas Worten verspürte ich einen Anflug von Stolz. Er stellte sich hinter mich und bot dafür Jonas die Stirn.

»Nein, das waren unsere Väter.« Seine Lippen krümmten sich zu einem Lächeln. »Und unsere Ehefrauen.«

»Spielt keine Rolle. Wir wissen beide, dass es nicht hätte sein müssen. Ein solcher Vertrag ist nur dann bindend, wenn eine der Parteien versucht, ihn durchzusetzen. Sie wollen, was ich aufgebaut habe.«

Die Worte meines Vaters erzielten bei Jonas kaum Wirkung. Sein Grinsen wurde nur breiter. »Meinem Sohn wird alles gehören, was Sie aufgebaut haben. Ich gewinne, ganz gleich, was Sie glauben.«

»Und damit bin ich weg. Viel Vergnügen beim Brunch. Die Unterhaltung wird bestimmt anregend.«

Ich ging um den Tisch herum.

»Wo willst du hin?«, fragte mein Vater.

»Ich muss noch ein Gutachten für das Museum erledigen.« Ich richtete die Aufmerksamkeit auf Jonas. »Mit Ihnen verzichte ich auf weiteren Umgang bis nach der Hochzeit.«

Damit steuerte ich auf die Tür zu.

Jonas stand auf und ergriff meine Hand, als ich an ihm vorbeiging. Keine Ahnung, was in dem Moment über mich kam. Ich wirbelte herum, befreite mich aus seinem Griff und stieß ihn gegen den Tisch zurück. Wein spritzte überallhin.

Der Verblüffung in den Gesichtern meiner Familie schenkte ich keine Beachtung.

»Rühren Sie mich niemals an. Der einzige Weber, dem das zusteht, ist der, für den ich gekauft worden bin.«

Ich stapfte hinaus, ohne mich noch einmal umzudrehen.

Als mir die kalte Herbstluft entgegenschlug, spürte ich das Echo meines Herzschlags in den Ohren.

Heilige Scheiße. Ich war gerade tätlich gegen einen Mann geworden, der nicht nur mein zukünftiger Schwiegervater war, sondern auch ein Verbrecherboss. Der Drecksack hätte mich eben nicht anfassen sollen.

Wieso um alles in der Welt hatte mein Vater es für eine gute Idee gehalten, mit Weber zu brunchen, wenn ich sogar seinen Sohn erst am Tag unserer Hochzeit kennenlernen wollte? Und wieso zum Teufel war Sebastian Weber aufgetaucht?

Sollte das irgendein Machtspiel sein, um mich daran zu erinnern, dass meine Wünsche und Sehnsüchte hinter jenen der Webers zurückzustehen hatten?

Auch so würde ich nie vergessen können, dass meine

Mutter und mein Großvater mich an Weber verkauft hatten, als wäre ich eine Ware.

Ich entschied, dass ich einen Drink brauchte, und trat den Weg zu *Dimitris* an, der Bar an der Straßenecke.

Sie war nach dem Besitzer benannt, der dort selbst ausschenkte. Er hatte mir meinen ersten »legalen« Drink serviert, als ich achtzehn geworden war. Rein rechtlich durfte man zwar nach dem sechzehnten Geburtstag Wein und Bier trinken, allerdings gehörte es sich für wohlerzogene Töchter nicht.

Ein Besuch der Bar würde den Drang bändigen, zu *Emmas* zu gehen und nachzusehen, ob Baz dort auftauchte.

Eine weitere Komplikation, die ich besser aus meinem Leben heraushalten sollte. Was hätte es für einen Sinn, mich mit jemandem in Versuchung zu führen, von dem ich wusste, dass ich ihn nie haben könnte?

Ich zog die schwere Tür auf und brachte damit die Glocke darüber zum Bimmeln.

Dimitri schaute vom Wischen der Theke auf. Sofort trat ein Lächeln in sein Gesicht.

»Isa, das ist ja ewig her.«

Ich umarmte Dimitri, als er um die Bar herumkam.

»Na ja, ich komme eigentlich nur noch in die Gegend, wenn ich Mama und Papa besuche. Ich wohne ja nicht mehr in der Nähe.«

»Stimmt«, erwiderte er auf seine nachdenkliche Weise. »Stephan hat es mir neulich erzählt. Er hat auch erwähnt, dass du dich im Kunstgeschäft wunderbar schlägst. Wie ich höre, bist du für das nächste Jahr ausgebucht.«

Stephan war der Sicherheitsleiter meines Vaters und wusste genau, dass ich nicht das Prinzesschen war, für das mich die Welt hielt. In meinen Teenagerjahren hatte er mich das eine oder andere Mal persönlich vor Ärger bewahrt. Außerdem behandelte er mich wie seine eigene Tochter und prahlte mit mir wie ein stolzer Papa.

Ich warf einen Blick zu meinem eigenen Leibwächter Jax, zufällig Stephans Sohn. Jax war der Einzige, dem Stephan meinen Schutz anvertrauen wollte.

»Ist gut, Menschen um sich zu haben, denen man was bedeutet. Die halten einen aus Ärger raus.«

Jax hüstelte bei der Äußerung, und ich warf ihm einen mürrischen Blick zu.

Als ich mich wieder Dimitri zuwandte, fragte ich: »Hast du Firewater Black Label da?«

Firewater war ein Whiskey mit Kultcharakter. Er schmeckte wie zwanzig Jahre lang gereift, wurde jedoch in Wirklichkeit in einem Labor hergestellt, wo er weniger als ein Jahr reifte. Die Eigentümerin des Unternehmens, Penny Lykaios, war ein Genie und zufällig Anas Cousine. Ana hatte uns einander vorgestellt, und über die Jahre war daraus eine Freundschaft entstanden. Tatsächlich hatten Penny und ihr Mann Hagen mich dazu inspiriert, den Sprung ins Nachtclubgeschäft zu wagen. Mit ihren Tipps und dem mit Penny ausgehandelten Exklusivvertriebsvertrag für Firewater hatte ich mir einen Vorteil in der hart umkämpften Branche verschafft.

»Das solltest du eigentlich wissen. Hast nicht du mich auf die Belieferungsliste gesetzt?«

Dimitri holte die Flasche aus einem Schrank mit edlen Spirituosen für besondere Gäste – überwiegend meinen Vater und dessen Zirkel.

»Ja, aber das Geheimnis soll niemand erfahren. Wenn Papa davon erfährt, bekommst du keine Flaschen mehr.«

»Es ist niemand hier, der dich verraten würde.« Bei den Worten sah er Jax an, der bestätigend nickte.

Dimitri schenkte zwei Fingerbreit der rötlich-goldenen Flüssigkeit in ein Glas und stellte es vor mich hin.

Ohne zu zögern, goss ich mir den teuren Whiskey hinter die Binde, ließ den Alkohol brennend meine Kehle hinunterrinnen und meinen Magen wärmen.

»Noch einen.«

Dimitri verengte zwar die Augen zu Schlitzen, kam der Aufforderung aber nach.

Ich leerte das zweite Glas. »Noch einen.«

»Das ist aber der Letzte.«

Stirnrunzelnd erwiderte ich: »Na gut. Nur wenn du wüsstest, mit welchem Mist ich mich herumschlagen, würdest du mir die ganze Flasche geben.«

»Sich zu betrinken, löst keine Probleme.«

Ich war von überfürsorglichen Männern umgeben. So wie Jax mich anstarrte, würde er mir die Flasche wohl wegnehmen, wenn ich sie in der Hand hätte.

Sie mussten ja nicht jemanden heiraten, den sie noch nicht mal kannten, um alles zu retten, was ihre Familie aufgebaut hatte. Ebenso wenig wurde von ihnen erwartet, die nächste Generation mit einem Mann hervorzubringen, der vielleicht ein Scheusal war, vielleicht auch nicht.

Gott, ich hoffte, er würde nicht wie Jonas sein. Der Mann war in mehrfacher Hinsicht ein Widerling.

Ich ergriff das Glas und wollte gerade daraus trinken, als mein Blick auf einen Mann draußen vor dem Fenster der Bar fiel.

Baz.

Seine dunklen, fast schwarzen Augen musterten mich. Sofort spürte ich ein Kribbeln auf der Haut. Was hatte dieser Kerl an sich, dass mein Körper so heftig auf ihn reagierte?

Es lag nicht nur an seiner düsteren Attraktivität oder dem Körper, der wie den Seiten eines Modemagazins entsprungen aussah. Auch nicht an dem Ansatz von Tätowierungen, die unter dem Kragen seines Hemds hervorlugten. Was er in mir auslöste, weckte in mir den Wunsch, von ihm alles mit mir anstellen zu lassen.

Kopfschüttelnd heftete er den Blick auf das Glas in meiner Hand.

Ich zog eine Augenbraue hoch und stürzte den Drink hinunter.

Baz steuerte auf die Eingangstür zu, zog sie auf, trat ein und kam direkt auf mich zu.

Als er sich weniger als einen halben Meter von mir entfernt befand, nahm er mir das Glas aus der Hand, stellte es auf die Theke und sagte: »Als Freund kann ich getrost sagen, dass es keine gute Idee ist, Sorgen wegzutrinken.«

$$6$$

Sebastian

»Und was willst du von meinen Sorgen wissen?« Die Irritation in Isas wunderschönen Zügen verriet Kampfbereitschaft.

Wären wir allein gewesen und hätten mich nicht der Mann hinter dem Tresen und ihr Hüne von einem Leibwächter finster angestarrt, ich hätte die Herausforderung wohl angenommen.

Alles deutete darauf hin, dass sie so gegen die Nachwehen der Begegnung mit Jonas beim Brunch ankämpfte.

Der Penner hatte das Essen arrangiert, um seinen Einfluss auf die Lage zu betonen, in die er beide Familien gebracht hatte. Er hatte nicht damit gerechnet, dass ich auftauchen würde. Oder damit, wie klar ich Benz sagen würde, dass ich von niemandem Befehle entgegennahm, schon gar nicht von Jonas.

Als mir später einer meiner Spione getextet hatte, dass Isa wutentbrannt von dem Treffen abgerauscht war, wusste ich, dass ich sie finden musste. Jonas war ein Arschloch. Gut, das war ich auch, aber auf andere Weise.

Ich belog die Frau, die ich heiraten würde. Streng genommen log ich nicht mal. Ich gab nur nicht preis, wer ich war. Allerdings bezweifelte ich stark, dass sie es so sehen würde.

»Nach gestern Abend bin ich mir ziemlich sicher zu wissen, was für Sorgen dich quälen.«

»Dann solltest du ja verstehen, warum Whiskey definitiv gerechtfertigt ist.«

»Inwiefern?«

»Ich hatte gerade das zweifelhafte Vergnügen einer Begegnung mit meinem zukünftigen Schwiegervater.«

Ich konnte mir ungefähr vorstellen, wie er sie behandelt hatte. Er hielt sich für allen überlegen und hatte insgesamt eine abschätzige Meinung von Frauen.

Ich ergriff ihre Hand und zog sie von der Bar weg. »Trink einen Kaffee mit mir.«

»Solltest du nicht bei *Emmas* sein? Das ist am anderen Ende der Stadt.«

Als ich mit dem Daumen über den Puls an ihrem Handgelenk strich, brachte ich sie damit zum Schaudern. Sie war eindeutig nicht immun gegen mich.

»Dort wollte ich gerade hin, als ich zufällig gesehen habe, wie du dir Tausend-Dollar-Whiskey hinter die Binde kippst.«

Das war zugleich die Wahrheit und gelogen. Ich hatte gewusst, dass sie nicht am vorgeschlagenen Treffpunkt auftauchen würde. Ihre Ehrlichkeit über ihr Leben ließ mich erkennen, dass sie überhaupt nicht der Frau entsprach, die ich erwartet hatte. Ihre Loyalität gegenüber ihrer Familie hatte Vorrang vor ihren persönlichen Bedürfnissen.

Als ich mich nach der Nachricht auf die Suche nach ihr gemacht hatte, hätte ich nie damit gerechnet, sie in einer Bar in der unmittelbaren Umgebung beim Runterspülen ihrer Sorgen zu entdecken.

»Tja, wenn ich schon trinke, dann etwas, das den möglichen Kater wert ist.«

»Irgendwie bezweifle ich, dass du dich je so weit gehen lässt.« Die Frau schien eher den Drang zu haben, alles zu kontrollieren.

Das hatte ich schon am Vorabend bemerkt. Mir war nicht entgangen, wie unglücklich sie darüber war, kein Mitspracherecht beim weiteren Verlauf ihres Lebens zu haben.

»Was machst du in meiner Gegend, Baz?«

»Deiner Gegend?«

»Ja. Ich bin hier aufgewachsen.«

»Hatte in der Nähe zu tun.« Ich führte sie zu einem Tisch ein gutes Stück entfernt vom Barkeeper und ihrem Leibwächter, die sich entschieden zu sehr für Isas Reaktion auf mich zu interessieren schienen.

Letzterer hatte mich in ihrem Club mit ihr tanzen gesehen, aber auch der Barkeeper vermittelte den deutlichen Eindruck, sie beschützen zu wollen. Woraus ich ihm keinen

Vorwurf machen konnte. Mir würde es an seiner Stelle genauso gehen.

Sie würde nicht wollen, dass jemand die Einzelheiten unserer ersten Begegnung erfuhr, davon war ich überzeugt. Ich wusste ja, dass sie ihre Tätigkeit in der Nachtclubbranche so geheim wie möglich hielt.

Wortlos ließ ich mich ihr gegenüber am Tisch nieder. In ihren stechenden dunkelblauen Augen tobte ein Sturm der Gefühle. Sie legte die Hände flach auf dem Tisch. Bei dem Anblick regte sich in mir der Drang, sie zu trösten.

Vielleicht lag es an der Mischung aus Stärke und Verletzlichkeit, die sie ausstrahlte.

»Hör auf, mich so anzustarren.« Das Temperament in ihrem Tonfall hätte mich beinah zum Lachen gebracht. Sie hatte sich von mir wortlos zum Tisch führen lassen. Nun versuchte sie, die Reaktion ihres Körpers auf mich zu kontrollieren.

»Wie gesagt, sich zu betrinken, halte ich nicht für die beste Lösung.«

Sie schien mir nicht der Typ zu sein, der Sorgen in Alkohol ertränkte. Andererseits konnte eine Begegnung mit Jonas jeden zu Maßnahmen treiben, die er sonst nie in Erwägung ziehen würde.

»Ich wollte nicht meine Sorgen ertränken. Ich war dabei, mein Temperament zu beruhigen. Für einen anständigen Rausch müsste ich schon die halbe Flasche leeren. Die drei Gläser spüre ich gar nicht.«

»Hohe Toleranzschwelle entwickelt?«

»Könnte man so sagen. Die Besitzerin von Firewater,

Penny, ist die Cousine einer guten Freundin von mir. Ich musste lernen, mit dem zierlichen Genie mitzuhalten. Außerdem verliere ich nicht gern die Kontrolle, deshalb weigere ich mich, es so weit kommen zu lassen.«

Ich hatte mir schon gedacht, dass sie irgendwelche Verbindungen zur Familie Lykaios haben könnte.

Plötzlich wurde mir bewusst, dass sie Pennys Cousine erwähnt hatte. Verdammt, das musste Ana sein. Ana hatte eben erst meinen Ex-Partner Adrian geheiratet, und wir hatten sie vor nicht allzu langer Zeit geteilt. Das war bei einem Einsatz gewesen, für den es nötig gewesen war. Nur würde das für Isa keine Rolle spielen. Ich hatte mit einer ihrer Freundinnen geschlafen.

Falls sie mich erschießen wollte, wenn sie es herausfände, könnte ich es ihr nicht verdenken. Ich wäre auch stinksauer, wenn sie mit jemandem geschlafen hätte, den ich kannte, geschweige denn mit einem Freund.

»Du starrst mich schon wieder so an. Hör auf damit.«

Ich ignorierte ihren Befehl und erteilte ihr selbst einen. »Leg die Hände mit den Handflächen nach oben auf den Tisch.«

Verdammt, was tat ich nur? Ich hatte sie vor weniger als vierundzwanzig Stunden kennengelernt und drängte sie bereits in eine Richtung, mit der ich wahrscheinlich noch warten sollte.

Sie sah mich mit verkniffenem Blick an. »Warum?«

»Tu's einfach. Wenn dir unangenehm ist, was ich vorhabe, höre ich sofort damit auf.«

Sie leckte sich über die Lippen, bevor sie meine Anweisung befolgte. Teilweise mit Sicherheit aus Neugier, teilweise lag es jedoch auch an ihrer Reaktion auf mich.

Sobald ihre Handrücken den Tisch berührten, legte ich die Hände auf ihre und hielt ihre Handgelenke fest. Sofort wurde ihr Atmung ungleichmäßig, und ihre Augen weiteten sich.

Bei ihrer Reaktion in Verbindung mit der Berührung regte sich etwas in meinem Schritt. Sie hatte keine Ahnung, was sie war. Wahrscheinlich ignorierte sie diesen Teil ihrer selbst, um nicht mal daran zu denken, sie könnte die Kontrolle abgeben wollen.

»Was soll das werden?« Die Worte klangen unsicher.

Als ich ihre Handgelenke leicht drückte, verlagerte sie auf dem Sitz das Gewicht.

»Jetzt hab ich das Sagen. Du kannst nicht weg, bevor ich dich loslasse. Alles Dringende muss warten.«

Ich wusste genauso gut wie sie, dass ihr Leibwächter mit einem Wort von ihr zur Stelle wäre und mich im Handumdrehen im Schwitzkasten hätte.

»Wir sollten uns nicht so berühren.«

»Dann sag mir, dass ich dich loslassen soll.« Ich sah ihr in die Augen. »Du musst es nur aussprechen.«

Die Unentschlossenheit in ihren Augen verdeutlichte mir, wie sehr sie das brauchte.

»Sieh mich an, Isa.«

Der Blick ihrer blauen Augen wanderte von meinen Fingern an ihren Handgelenken zu meinem Gesicht.

Eine Falte bildete sich zwischen ihren Brauen. »Keine

Ahnung, warum ich auf dich gehört habe. Das ergibt keinen Sinn.«

»Hast du schon mal einem Mann, mit dem du im Bett warst, die Kontrolle überlassen?«

Beim Gedanken, es könnte sie jemals jemand so berührt haben, regte sich Irritation in mir.

Ja, es war unvernünftig. Aber das Wissen, dass ich die Frau vor mir hatte, die ich heiraten sollte, brachte gepaart mit der intensiven Anziehungskraft zwischen uns den Höhlenmenschen in mir zum Vorschein.

»Was hat das jetzt mit irgendwas zu tun?«

Ihre Antwort bestätigte meinen Verdacht und linderte meine Verärgerung.

»Bist du je unbefriedigt gegangen, hast das Gefühl gehabt, etwas zu vermissen?«

Ihr Mund öffnete sich, schloss sich aber wieder, ohne meine Äußerung zu leugnen.

Sie kannte die Wahrheit so gut wie ich.

»Sag, Isa, würdest du zulassen, dass ein Mann die volle Kontrolle übernimmt, dich seinem Willen unterwirft und deinem Geist und Körper unvorstellbare Freuden bereitet?«

Ihre Atmung wurde abgehackt, und sie schluckte die Erregung hinunter, die ich ihre Haut röten sah.

»Ich kann das nicht. Ich werde einen anderen heiraten«, sagte sie und schüttelte den Kopf. »Das ist ... ist ... Ich muss gehen.«

Meine Finger verstärkten den Griff, bevor sie sich losreißen konnte.

Isa schloss die Augen. »Baz, zwing mich nicht, Dinge zu wollen, die ich nicht haben kann. Das ist grausam.«

»Warum ist es grausam? Du solltest zumindest dir selbst gegenüber die wahre Natur deines Verlangens eingestehen.«

»Und was dann?« Die Wut in ihrer Stimme überraschte mich. »Ich bin kurz davor, einen Mann zu heiraten, den ich weder kenne noch liebe. Wer weiß, wie er sein wird?«

Ich musterte sie, ohne den Griff zu lockern.

Mist. Ich wollte es vermasseln. Verdammt, offenbar hatte ich das schon. Ich belog gerade meine Verlobte. Ich ... Gott, keine Ahnung, was ich eigentlich vorhatte. Ich wusste nur, dass sie mich hassen würde, sobald alles herauskäme.

Ich sollte kein solches Verlangen nach ihr verspüren.

»Was, wenn du auf ihn genauso reagierst wie auf mich?«

»Spielt keine Rolle, wie ich auf dich reagiere. Daraus kann nichts werden. Ich werde einen anderen heiraten.« Diesmal gelang es ihr, sich aus meinem Griff zu befreien. »Ich kann nicht die Zukunft meiner Familie für diese eigenartige, ungewisse Anziehungskraft wegwerfen.«

Ich schwieg, da ich nicht wusste, wie ich aus dem Loch kommen sollte, das ich mir selbst geschaufelt hatte.

»Ich habe dir Freundschaft angeboten. Das steht immer noch.«

»Es würde nicht funktionieren.«

»Versuch es, Isa. Freundschaft.«

Vielleicht würde sie mich im Moment der Wahrheit akzeptieren, wenn sie bis dahin mein wahres Ich kennengelernt hätte.

Aber wem wollte ich etwas vormachen? Ich war unwiderruflich geliefert.

»Freunde. Keine sonstigen Erwartungen. Kein Anfassen. Und keine Gespräche mehr wie das gerade, sonst sehen wir uns nie wieder.«

»Abgemacht.«

In dem Moment näherte sich Isas Bodyguard.

»Wir müssen dich nach Hause bringen, damit du nachher ausgeruht bist«, sagte der Mann.

»Ist wohl nicht so einfach, ein offizielles Leben am Tag und ein geheimes in der Nacht unter einen Hut zu bringen.«

Ihre Lippen verzogen sich zu einem verhaltenen Lächeln. »Könnte man so sagen.«

»Wann stehst du nach einer langen Nacht auf?«

»Kommt auf den Tag und darauf an, ob ich ein Antiquitätenprojekt habe. Heute Nacht werde ich frühestens um sieben Uhr morgens ins Bett kommen, also werde ich bis Mittag schlafen.«

»Triff dich danach mit mir auf einen Kaffee bei *Emmas*.«

»Du meinst das mit der Freundschaftssache ernst, was?«

»Warum überrascht dich das? Ich meine, was ich sage.«

Sie seufzte. »Na schön. Versuchen wir es mit Freundschaft.«

Isa

ICH GÄHNTE, während ich die Straße zu *Emmas* entlanglief, ohne so recht zu wissen, warum ich es tat. Vielleicht wollte ich damit gegen meine Familie, die Webers, die ganze Welt rebellieren.

Ich wusste, dass aus der Sache mit Baz nichts werden würde. Verdammt, ich kannte noch nicht mal seinen Nachnamen. Vermutlich auch er meinen nicht.

Wie würde er wohl reagieren, wenn er ihn erführe? Würde er wissen, dass ich die Tochter des Mannes war, der den Großteil der Straßen Berlins beherrschte? Würde es eine Rolle spielen?

Ich hatte nicht vor, es zu verbergen. Das hätte keinen Sinn. Dafür stand mein Vater zu sehr in der Öffentlichkeit. Zum Glück bemühte er sich, mich aus dem Rampenlicht herauszuhalten. Und wenn es jemandem gelang, die Verbindung zwischen uns zu erkennen, tat ich stets so, als wäre nichts weiter dabei. Vermutlich half es auch, dass ich einige Jahre in Großbritannien und in der Schweiz gelebt hatte.

Mein Telefon piepte mit einer eingehenden Nachricht. Sie stammte von Lilly, meiner besten Freundin.

Lilly Lennox war die Tochter eines Partners meines Vaters, was wir jedoch bei unserer ersten Begegnung damals an der Uni nicht gewusst hatten. Wir hatten zusammen an einem Forschungsprojekt gearbeitet und uns rasch angefreundet. Mittlerweile, drei Jahre später, leiten wir zusammen ein Antiquitätenunternehmen.

Lilly war nicht nur meine Partnerin, sondern verstand als Einzige die Welt, in der ich lebte. Sie kannte alle meine Geheimnisse, von den Clubs bis hin zu meinen Beziehungen zu Gruppen, die unsere Väter ausrasten lassen würden, wenn sie je davon erführen. Über besagte Gruppen verriet ich ihr zwar nie Einzelheiten, aber sie war intelligent und hatte wahrscheinlich eine ziemlich gute Ahnung. Außerdem war es für sie besser, sie aus den Details herauszuhalten. Sie musste nur wissen, dass uns anonyme Kunden damit beauftragten, Kunstwerke zu schätzen und auf ihre Echtheit zu überprüfen.

So konnten wir beide Detektivinnen spielen, ohne unser Büro zu verlassen. Hinzu kam, dass Lilly ein Freigeist war und die Welt durch eine rosarote Brille sah. Sie wollte immer an das Beste in den Menschen glauben. Und sie bewahrte mich davor, mich in meinen Betrieben zu verlieren. Auf keinen Fall wollte ich sie in irgendeine Form von Gefahr bringen.

Ihr Vater wusste, dass seine Tochter nicht in die typische Prinzessinnenrolle passte. Mit ihrem ausgeflippten Kleidungsstil und wildem Haar konnte man sich Lilly besser in einer Hippiekolonie als in die Straßen Berlins vorstellen.

Lilly: *Habe die Schätzung abgeschlossen. Das Honorar ist auf unserem Konto. Ana hat Bescheid gegeben, dass sie nicht länger unsere Ansprechpartnerin fürs Auktionshaus ist.*

Die Veränderung gefiel mir nicht. Ich konnte nur hoffen, dass die Zusammenarbeit mit ihrer Nachfolgerin einfach sein würde.

Ana hatte mich dazu gedrängt, für ihre »Firma« als Beraterin zu fungieren. Besagte Firma, auch als Solon bekannt, war mehr als ein durchschnittliches Unternehmen. Es verlangte eine Sicherheitsüberprüfung und einen intensiven

Hintergrundcheck. Für Anas Chefin Bri hatten meine Verbindungen zu den »unappetitlicheren« Elementen der Gesellschaft positiv statt negativ gewogen.

Die Tochter eines Mafiosos zu sein, hatte auch seine Vorteile, vor allem als Informantin und Gutachterin für verschiedene Geheimdienste wie Interpol, die CIA und Untergrundorganisationen wie Solon. Sie hatten keine Skrupel, sich mit mir einzulassen, und es galt als vereinbart, dass sie für meine Unterstützung sämtliche Operationen, die Geschäfte meines Vaters betrafen, weit von mir fernhielten.

Während ich die Straße überquerte, tippte ich eine Antwort.

Nach einem Gespräch mit Ana und der Lektüre eines Berichts mit einer allgemeinen Fallanalyse ihres letzten Auftrags hatte ich insgeheim mit ihrem Abgang gerechnet.

Sie hatte an einem behördenübergreifenden Einsatz mitgewirkt, der eine unerwartete Wendung genommen hatte. Die dabei anvisierten Sexhändler hatten sie entführt und zum Verkauf angeboten. Ohne ihren Ehemann und ehemaligen CIA-Agenten Adrian und dessen Partner von Interpol wäre sie weiß Gott wo gelandet.

Sie war gezwungen gewesen, für Adrian und seinen Partner die Rolle der Sexsklavin zu spielen. Was immer sie dabei erlebt hatte, es hatte ihre Pläne für ihre Karriere bei Solon drastisch geändert. Mittlerweile war sie wieder in Las Vegas und half beim Führen der Betriebe ihrer Familie.

Isa: *Sie hat gerade geheiratet und erwartet ein Baby. Verständlich, dass sie andere Prioritäten als die Zusammenarbeit mit uns hat.*

Lilly: *Heißt das, bei dir wird es genauso laufen? Immerhin heiratest du in ein paar Monaten.*

Isa: *Auf keinen Fall. Meine Arbeit wird nicht unter den Entscheidungen meiner Familie leiden.*

Lilly: *Viel Glück dabei. Aber bestimmt ist dein künftiger Göttergatte einverstanden damit, dass du Nachtclubs leitest, Kunstwerke für namenlose Kunden begutachtest und als Beraterin für »die Firma« arbeitest, während du gleichzeitig die Vorzeigefrau für ihn mimst.*

Mit finsterer Miene starrte ich auf das Display.

Isa: *Ich bin niemandes Vorzeigefrau.*

Lilly: *Ich sag's ja nur ungern, aber genau das wirst du.*

Isa: *Ich lasse mir was einfallen. Ich weigere mich, jemandem die Kontrolle über mein Leben zu überlassen.*

Lilly: *Treffen wir uns auf einen Kaffee?*

Isa: *Geht nicht. Hab Pläne.*

Lilly: *Mit wem?*

Natürlich hätte ich lügen können, aber Lilly war meine beste Freundin und konnte ein Geheimnis für sich behalten.

Isa: *Einem VIP, den ich im* Verberne Schutzer *kennengelernt habe.*

Lilly: *Hör auf. Wer ist er? Gib mir den Namen, und ich hab innerhalb einer Stunde alles über ihn, was du wissen musst.*

Lilly war nicht nur Kunstexpertin, sondern insgeheim auch eine Hackerin, die alles über jeden herausfinden konnte.

Isa: *Ist besser, wenn du so wenig wie möglich weißt.*

Lilly: *Das gefällt mir nicht.*

Isa: *Es geht nur um Freundschaft.*

Lilly: *Genau. Freundschaft mit einem heißen Typen, den du in einem deiner Clubs kennengelernt hast. Isa, du spielst mit dem Feuer.*

Isa: *Hör auf, dir Sorgen zu machen. Es ist völlig harmlos. Außerdem hab ich nie gesagt, dass er heiß ist.*

Lilly: *Ich hoffe, du weißt, was du tust. Ich hab noch nie erlebt, dass ein Mann und eine Frau nur befreundet sind.*

Isa: *Muss jetzt aufhören. Bin da.*

Lilly: *Diese Unterhaltung ist noch nicht vorbei.*

Für mich bestand kein Zweifel daran, dass sie mich so lange piesacken würde, bis ich mit Informationen herausrückte.

Ich verstaute das Smartphone wieder in der Handtasche und öffnete die Tür.

Sofort landete mein Blick auf Baz. Er saß in der Ecke und las eine Zeitung.

Verdammt, er war mehr als hinreißend.

Ich hätte nicht für möglich gehalten, dass ein Mann solche Anziehungskraft besitzen konnte. Er trug einen enganliegenden grünen Pullover und eine dunkle Jeans. Um ein Handgelenk lugte eine Tätowierung aus den langen Ärmeln hervor und verliehen ihm ein zugleich schneidiges und gefährliches Flair.

Sein Auftreten erinnerte mich auf unheimliche Weise an das meines Vaters und seiner Männer. Er saß sogar so, dass sich ihm niemand von hinten nähern konnte.

Als hätte er meine Musterung gespürt, schaute er auf und sah mich mit seinen dunklen Augen an. Meine Knie wurden weich, und ich spürte ein Flattern im Bauch.

Nein, Isa. Nur Freundschaft. Weg mit allen anderen Gedanken.

»Isa. Du siehst wunderschön aus.« Baz stand auf und deutete auf den Stuhl ihm gegenüber, als ich mich näherte.

Er spähte hinter mich. »Kein Bodyguard?«

»Oh, sicher. Aber man bemerkt ihn nur, wenn er es will.« Ich nahm Platz und wartete darauf, dass sich Baz wieder setzte.

»Gut zu wissen.«

Eine Kellnerin kam zu unserem Tisch. Ich bestellte einen Kaffee und ein Stück Gebäck.

»Wie heißt du mit Nachnamen?«

Baz zog eine Augenbraue hoch. »Spielt das eine Rolle?«,

»Freunde wissen so was normalerweise.«

»Klein.«

Ich streckte ihm die Hand entgegen. »Ich bin Eloisa Benz.«

Ein verhaltenes Lächeln umspielte seine Lippen, als er eine große Hand um meine Finger legte, die darin verschwanden. »Baz Klein.«

Die nächste Stunde gestaltete sich unbeschwerter als erwartet. Wir aßen, lachten und lernten uns gegenseitig kennen. Das Gespräch geriet nie ins Stocken, da wir nahtlos von einem willkürlichen Thema zum nächsten übergingen. Meine bevorstehende Hochzeit oder die verrückte Anziehungskraft zwischen uns ließen wir außen vor. Es fühlte sich beinah wie eine Unterhaltung mit Lilly an.

Ich erfuhr, dass er im Transportwesen tätig war und sich als Immobilieninvestor auf internationale Projekte spezialisiert hatte, dass er viel reiste und dass er nach dem Tod seiner

Mutter eine durchwachsene Beziehung zu seinem Vater hatte.

Ich erzählte ihm, wie ich als Einzelkind überfürsorglicher Eltern und Großeltern aufgewachsen war. Und wie ich durch eine Anregung von Penny und Hagen im Nachtclubgeschäft gelandet war.

Als unsere Verabredung endete, vereinbarten wir für die nächste Woche eine weitere zum Kaffee, und mich beschlich das erfreuliche Gefühl, dass eine Freundschaft mit Baz machbar sein könnte.

7

Eine Woche bis zur Hochzeit

Isa

»ERZÄHLST du mir jetzt mehr über den Kerl, mit dem du dich triffst, als nur seinen Namen?« Lilly warf einen Blick auf den Kalender. »Ist heute nicht euer regelmäßiges Kaffeetreffen?«

Ich schaute von einem Gemälde auf, das ich gerade begutachtete, und warf ihr einen mürrischen Blick zu.

»Ich hab dir schon alles erzählt. Er ist nur ein Freund. Wir führen tolle Gespräche. Mehr gibt's darüber nicht zu sagen.«

»Ich brauche Einzelheiten. Über jemanden namens Baz Klein hat keine meiner Suchen irgendwas ergeben.«

»Du hast ihn recherchiert.« Ich konnte meine Verärgerung darüber nicht verbergen. »Das hab ich dir nicht erlaubt.«

Was ich mit Baz hatte, ließ sich mit nichts vergleichen, was je zuvor zwischen einem Mann und mir gelaufen war. Wir waren echte Freunde. Er hörte mir zu, erteilte mir Ratschläge und nahm im Gegenzug welche von mir an. Wir überschritten nie irgendwelche Grenzen. Und das, obwohl die unterschwellige Anziehungskraft zwischen uns nur immer stärker zu werden schien.

»Du hast dich so vage ausgedrückt. Ich musste einfach mehr über ihn herausfinden. Vor allem, wenn man bedenkt, wer du bist und wen du demnächst heiratest. Du kannst es nicht gebrauchen, dass ich jemand auszunutzen versucht.«

»Ich bin nicht dumm. Ich gehe nie irgendwo ohne Schutz hin.«

»Das meine ist damit nicht, und das weißt du genau. Ich mache mir Sorgen um dein Herz.«

»Damit mein Herzen im Spiel wäre, müssen wir schon mehr tun, als uns zu Kaffee und Gesprächen zu treffen.«

Leider fühlten sich meine Worte nach einer Lüge an. Baz war mir ans Herz gewachsen. Aber es irgendjemandem gegenüber zuzugeben, würde mehr schmerzen, als ihm mitzuteilen, dass wir uns nicht mehr treffen könnten.

Was ich früher würde tun müssen, als mir lieb war.

Über mir schwebte ein bestimmtes Datum. Mir blieben

nur noch Tage, bis sich mein Leben für immer verändern würde.

»Du weißt, dass ich dich nicht verurteilen würde, wenn du beschließt, es doch auf eine andere Ebene zu verlagern und dir eine Affäre gönnst, bevor du an Weber gefesselt wirst.«

»Lieb von dir, dass zu sagen, aber ich hab nicht vor, mich auf eine Affäre mit einem Mann einzulassen, mit dem ich nur eine Woche zusammen sein könnte. Ich will es bei Freundschaft belassen.«

»Und ich will dir ein Stück vom Mond verkaufen.«

»Du kannst echt so ein Miststück sein.«

Lilly warf mir einen Kuss zu, bevor sie sich wieder der Skulptur widmete, die sie schon den ganzen Vormittag untersuchte.

»Schon möglich, aber ich verheimliche meiner besten Freundin nichts.«

Ich legte die Lupe beiseite, mit der ich das Bild inspizierte. »Na gut. Frag mich, was immer du wissen willst.«

»Was macht er so?«

»Er ist im Transportwesen.«

»Das kann alles Mögliche heißen.«

Ich verdrehte die Augen. »Ist das wirklich wichtig? Ist ja nicht so, als würde ich ihn heiraten. Über Baz weiß ich mehr als über meinen Bräutigam.«

Sie zuckte mit den Schultern, als stimmte sie mir zu, dann fuhr sie mit ihren Fragen fort. »Wie alt ist er?«

»Neunundzwanzig.«

»Auf einer Skala von passabel bis siedend heiß, wo reiht er sich ein?«

Ich überlegte, dachte an seine dunklen Augen und die sexy Tätowierungen, die ich bei unserem letzten Kaffeetreffen flüchtig zu sehen bekommen hatte. Wir hatten über den gefühlten und tatsächlichen Wert eines Kunstwerks diskutiert, das durch den exorbitanten, von einem Sammler dafür bezahlten Preis weltweit in den Schlagzeilen gelandet war.

Baz hatte gemeint, der Käufer hätte ein Schnäppchen gemacht, ich hatte beharrt, er hätte zu viel bezahlt. Dabei hatte Baz die Ärmel hochgekrempelt und die Ellbogen auf den Tisch gestützt, um seinen Standpunkt zu verdeutlichen. Prompt hatte ich den Faden verloren und nur noch im Kopf gehabt, wie sexy ich Baz fand. Er war entschieden zu gut gebaut für einen typischen Manager. Ich hatte eine geschlagene Minute gebraucht, um zurück ins Gespräch zu finden.

»Deinem Schweigen und deinen rosa Wangen entnehme ich, dass er brandheiß ist.«

»Wie du meinst.«

»Weiß er von deiner bevorstehenden Ehe?«

»Ja.«

»Wirklich?«

»Warum sollte ich darüber lügen? Ich kann ja schlecht so tun, als würde es nicht passieren.«

»Gutes Argument.«

»Weiß er, wen du heiraten wirst?«

»Nein. Das Thema haben wir seit dem Tag bei *Dimitris* nicht mehr angesprochen.«

Ungeachtet dessen schwebte es jedes Mal wie ein Damoklesschwert über uns.

Lilly tippte sich gedankenverloren an die Lippen.

»Was noch?«, fragte ich, weil ich wusste, dass sie mich erst in Ruhe lassen würde, wenn sie alle Fragen losgeworden wäre. Nur dann könnte ich meine Arbeit beenden und noch rechtzeitig für ein Nickerchen nach Hause.

Ich musste Pläne für die Leitung der Clubs schmieden, und es würde die ganze Nacht dauern, mit dem Personal alles zu organisieren.

»Ist er groß?«

»Ja.«

»Gut gebaut?«

»Ja.«

»Intelligent?«

»Ja.«

»Willst du mit ihm schlafen?«

Bevor ich mich bremsen konnte, rutschte mir heraus: »Ja.« Sofort vergrub ich das Gesicht in den Händen. »Vergiss, dass ich das gesagt habe. Spielt eh keine Rolle.«

»Doch, tut es.« Die Unnachgiebigkeit in ihrer Stimme überraschte mich. »Du stehst kurz vor einer arrangierten Ehe, um deine Familie zu retten. Es steht dir zu, dich ein bisschen zu amüsieren.«

»Ich gehe nicht fremd.«

»Das hast mit Fremdgehen nichts zu tun, und das weißt du auch. Du hast deinen künftigen Ehemann noch nicht mal kennengelernt. Scheiße, du lernst ihn erst gleichzeitig mit mir kennen. Leb noch ein bisschen, Isa. Du gehst überall an die Grenzen, nur nicht im persönlichen Bereich.«

»Und wenn ich erwischt werde?«

Lilly sah mich mit düsterer Miene an. »Das kann nur passieren, wenn du es zulässt, das weißt du so gut wie ich. Du bist ein mit allen Wassern gewaschenes Miststück.«

»Das war jetzt bestimmt als Kompliment gemeint.«

»Im Ernst. Hab ein richtiges Date und eine Affäre mit dem Mann. Schaff dir Erinnerungen, die du in diese Farce von einer Ehe mitnehmen kannst, die deine Familie dir aufzwingt.«

»Das halte ich für keine gute Idee.«

»Und ob es eine ist.«

»Ich kann nicht.«

»Klar kannst du.«

»Nein, Lilly. Ich will weder ihn noch mich selbst damit verletzen. Es wird so schon schwer genug.«

»Also ist es doch mehr als Freundschaft?« Lily bedachte mich mit einem selbstgefälligen Lächeln.

Ich seufzte. »Spielt keine Rolle.«

»Doch, tut es.«

Sie glich einem Hund mit einem Knochen. Bevor ich lange darüber nachdenken konnte, griff ich mir mein Handy und textete Baz.

Isa: *Kann mich heute nicht mit dir treffen. Tatsächlich ist es besser, wenn wir uns überhaupt nicht wiedersehen. In einer Woche heirate ich. Wir würden nur das Unvermeidliche hinauszögern.*

Sofort kam eine Antwort, aber ich legte das Telefon weg, wollte sie nicht sehen.

Lilly schnappte sich das Smartphone und las die Nachricht. »Warum machst du so was? Er will dich sehen. Du hast noch eine Woche mit ihm.«

»Ich bin nicht mit ihm zusammen, verdammt.« Ich eroberte mein Handy von ihr zurück, als es zu klingeln begann.

Der Anruf stammte von Baz. Ich ignorierte ihn, schaltete das Gerät stumm und steckte es in die Gesäßtasche meiner Jeans. »Lass es gut sein. Ich will nicht mehr darüber diskutieren. Wir drehen uns eh nur im Kreis. Zerbrich dir den Kopf über dein eigenes Liebesleben und den Kerl, mit dem du ausgehst.«

Darüber runzelte Lilly die Stirn. Seit einigen Wochen traf sie sich mit einem Mann, den sie bei einer Party kennengelernt hatte. Ihre Beziehung schien halb heiß und heftig zu sein, halb nüchtern und distanziert.

»Versuch bloß nicht, mit mir vom Thema abzulenken.«

»Lilly, bitte.« Ich hatte nicht damit gerechnet, dass meine Stimme zittrig klingen würde.

Plötzlich brach das gesamte Gewicht dessen über mich herein, was in meinem Leben vor sich ging. Ich hatte keine Ahnung, was die Zukunft für meine Freundschaften, meine Familie, meine Betriebe bereithielt. Alles in meinem so sorgfältig kontrollierten Leben befand sich in Aufruhr.

Ich schloss die Augen und kniff mir in den Nasenrücken.

Lilly legte die Arme um mich. »Entschuldige, Isa. Ich wusste ja nicht, dass er dir so viel bedeutet. Ich rede nie wieder davon. Versprochen.«

Ich lehnte den Kopf an ihre Schulter und gestattete mir eine Träne.

»Können wir heute Abend was unternehmen? Die Pläne für die Clubs kriege ich im Moment eh nicht hin. Ich brauche irgendwas, das mich von allem in meinem Leben ablenkt.«

»Bist du sicher, dass du dich auf meine Art von Spaß einlassen willst?«

»Deine Vorstellung von einer wilden Nacht besteht darin, durch die Bars zu ziehen und um ein Uhr morgens im Bett zu sein. Ich denke, das verkrafte ich.«

Lilly schüttelte den Kopf. »Manchmal hab ich den Eindruck, du kennst mich überhaupt nicht.«

»Na schön, dann fordere ich dich zu einer Nacht in der Stadt heraus, bei der du nicht um Schlag Mitternacht zu Hause bist.«

»Herausforderung angenommen.«

»Amüsierst du dich?«, fragte Lilly, als wir darauf warteten, dass sich die Menge beruhigte.

»Als du gesagt hast, du zeigst mir, wie man Spaß haben kann, hätte ich nie gedacht, dass du mich in einen BDSM-Club schleppst.«

»Enttäuscht?«

»Nein, nicht im Geringsten.«

Tatsächlich war ich fasziniert. Ich befand mich in einer Welt, die ich nie zu erforschen gewagt hatte. Zwar hatte ich von ihrer Existenz gewusst, aber ich hatte nie einen Blick darauf riskiert, weil ich wusste, dass ich ohnehin nie ein Teil davon werden könnte. Wahrscheinlich hatte ich an dem Tag in der Bar mit Baz deshalb so ungehalten reagiert.

»Das freut mich. Bleib hier – mein Lieblingspaar legt demnächst los. Bin gleich wieder da.«

»Wo willst du hin?«

»Kane suchen. Das ist einer der Betriebe, die er leitet. Er will dich kennenlernen.«

»Ich werd hier sein, wenn du zurückkommst.«

In dem Moment betrat ein Paar eine abgesenkte Bühne mit einem Andreaskreuz in der Ecke. Die Anwesenden verstummten, und die Aufmerksamkeit aller galt den beiden auf der Bühne. Der Dom und seine Sub waren mehr als umwerfend. Die zierliche Frau trug eine hellrosa Robe und das lange, goldblonde Haar zu einem Pferdeschwanz zusammengebunden. Der über 1,85 Meter große Mann besaß den Körperbau eines Wrestlers. Er war schlicht gekleidet – Jeans und Hemd mit hochgekrempelten Ärmeln.

Als sie die Mitte erreichten, sahen sie sich gegenseitig so tief in die Augen, als würde für beide die Welt mit dem Partner beginnen und enden. Man spürte Liebe und Vertrauen, uneingeschränktes Vertrauen.

Er löste den Gürtel der Robe seiner Sub und half ihr beim Ausziehen. Darunter trug sie einen schwarzen Leder-BH mit über dem üppigen Busen gekreuzten Trägern, dazu einen Tanga aus demselben Material.

Nachdem der Dom die Robe auf eine nahe Bank geworfen hatte, küsste er seine Sub, bevor er sie rückwärts führte, bis ihr Rücken gegen die weiche Polsterung des

Andreaskreuzes stieß. Er streichelte sie mit zarten Liebkosungen, während er die Manschetten an ihren Hand- und Fußgelenken befestigte.

Ihre Atmung wurde abgehakt, ihre Haut rötete sich vor Erregung. Die grenzenlose Liebe zu ihrem Dom, die sie ausstrahlte, versetzte mir einen Stich im Herzen.

Eine solche Art von Zuneigung, ein so reines Verlangen hatte ich noch nie zuvor erlebt.

Ich würde Sebastian Weber heiraten und in die Rolle der ehrbaren Ehefrau schlüpfen, was auch immer das heißen mochte. Und ich konnte nur hoffen, dass er freundlicher und weniger egozentrisch als sein Vater war und wir lernen würden, uns gegenseitig zu akzeptieren.

Vielleicht hätte ich tiefer graben sollen, um so viel wie möglich über Sebastian in Erfahrung zu bringen. Stattdessen hatte ich im Wesentlichen den Kopf in den Sand gesteckt und so getan, als würde sich nichts in meinem verändern.

Ich war eine Idiotin, die sich dringend am Riemen reißen musste.

Mir blieben nur noch wenige Tage, um mir zu überlegen, wie ich meine Geheimnisse vor den Webers bewahren könnte. Ich traute es Jonas Weber ohne Weiteres zu, dass er es irgendwie gegen meine Familie verwenden würde, wenn er auch nur eine Ahnung von meinen Clubs bekäme.

Würde Sebastian wie Jonas sein? Kalt und egoistisch?

Würde er mich wie eine Ware behandeln, mich herumzeigen, um sein Ansehen zu fördern?

Wie würde Sebastian reagieren, wenn er erführe, was ich abseits des Kunstgeschäfts trieb?

Gott, mir schwirrte der Kopf vor lauter Ungewissheit.

Mir widerstrebte der Gedanke zutiefst, die Clubs verkaufen zu müssen, um in eine Rolle zu passen, die ich von vornherein nie wollte. Aber ich musste darauf vorbereitet sein.

Lilly würde mir helfen, dem Deckmantel des Schweigens über alles auszubreiten, nur hatte sie keine Ahnung von der Nachtclubbranche. Folglich könnte sie mir nicht helfen, die Clubs zu betreiben. Es gab nur zwei Personen, an die ich mich wenden konnte, und niemand durfte je von unserer Verbindung erfahren: Ana und Penny. Sie und ihre Familien kannten das Geschäft und wären in der Lage, alles für mich managen. Pennys Mann Hagen hatte mir vor einiger Zeit sogar angeboten, alle meine Clubs zu kaufen, als er in Deutschland in den Nachtclubmarkt einsteigen wollte, aber ich hatte abgelehnt. Ich musste ihm versprechen, mich zuerst mit ihm in Verbindung zu setzen, falls ich je doch verkaufen wollte.

Das Klatschen eines Floggers auf die Hand des Doms riss mich aus meinen Gedanken und lenkte meine Aufmerksamkeit zurück zu dem Paar.

Der Dom umkreiste seine Geliebte zweimal. Dabei flüsterte er etwas, das ich nicht verstehen konnte. Und dann, als ich am wenigsten damit rechnete, peitschte er die breiten Lederriemen gegen ihre Brust.

Sie wölbte sich dem Schlag entgegen, bettelte wortlos um mehr.

In den nächsten zehn Minuten bearbeitete der Dom jeden Quadratzentimeter der ungeschützten Haut seiner

Sub und zauberte eine leichte rosa Färbung auf ihren Körper.

Erregung ballte sich zwischen meinen Beinen. Meine Nippel richteten sich auf.

Wie wäre es wohl, ans Kreuz gefesselt zu sein, den Biss der Peitsche zu spüren, sich in den Empfindungen zu verlieren?

Rasch verdrängte ich den Gedanken. Es hatte keinen Sinn, sich ihm hinzugeben.

Ich schluckte den Kloß in meinem Hals hinunter.

Herrgott, ich hätte nicht herkommen sollen. Stattdessen hätte ich mir die Nacht freinehmen sollen, um die nächsten Monate für meine Clubs durchzuplanen.

Ich musste weg.

Mein Blick wanderte auf der Suche nach Lilly über die Anwesenden. Ich konnte nicht einfach verschwinden, ohne ihr Bescheid zu geben. Aber sie würde es verstehen. Das tat sie immer.

»Oh mein Gott. Das darf jetzt nicht wahr sein.« Mir stockte der Atem, als mein Blick auf Baz landete.

Er beobachtete mich mit einer Intensität, die mich von einem Bein aufs andere treten ließ.

Was hatte er hier zu suchen? Und warum musste er so verdammt attraktiv sein? Oder mich so ansehen?

Er trug eine dunkle Jeans und ein T-Shirt, das sich eng an seine definierten, kraftvollen Arme schmiegte. Seine Tätowierungen waren nicht wie sonst verdeckt, was ihm eine düstere, gefährliche Aura verlieh und mir Schmetterlinge im Bauch bescherte.

Selbst in jener Nacht in meinem Club hatte er nicht so sehr wie ein Raubtier gewirkt.

Und ich wusste, dass ich definitiv Beute verkörperte.

Mein Herz pochte wild in der Brust, und die Erregung vom Beobachten der Szene vor mir verstärkte sich.

Baz' Lippen bildeten: *Rühr dich nicht.*

Eine Gänsehaut überzog kribbelnd meine Haut, als sich Beklommenheit in mir ausbreitete. Er bahnte sich einen Weg um die Zuschauer herum und beobachtete ebenfalls das Paar, bis er hinter mir stand.

Seine Körperwärme fühlte sich wie die Hitze ein Brandzeichen an meinem Rücken an.

Er berührte mich nicht, beugte sich mir nur zu und flüsterte mir ins Ohr: »Du hast mich versetzt.«

»Ich habe dir getextet.«

»Das ist nicht gut genug. Vor allem nicht, wenn du mir sagen willst, dass wir uns nicht mehr sehen können.«

Ich leckte mir über die Lippen. »So ist es besser. Ich werde in einer Woche verheiratet.«

»Ich dachte, wir wären Freunde.« Seinen Atem an meinem Hals fand ich noch erotischer als die Szene, die sich vor uns abspielte.

»Wir können keine Freunde mehr sein.«

Als sich seine Hand auf meine Taille senkte, raste mir ein Knistern über den Rücken. »Warum nicht?«

»Du weißt, warum.«

»Du willst mehr.«

Ich schwieg und ballte die Hände zu Fäusten, um dem Drang zu widerstehen, sie auf seine zu legen. Wenn ich ihn berührte, würde ich alles wollen, was ich nicht haben konnte.

»Ich will auch mehr.« Seine Finger krümmten sich an meiner Taille. »Ich will alles.«

»Das geht nicht.«

»Was, wenn ich sage, dass ich dich behalte, auch wenn du mich hasst?«

»Bitte, Baz. Lass mich los. Ich hätte nie zustimmen sollen, dich wiederzusehen.«

»Genau, wie ich an dem Abend nie deinen Club hätte besuchen sollen.«

Wäre besser gewesen, wenn er es nicht getan hätte. Dann hätte ich ihn nie kennengelernt und würde nicht wissen, was ich mit meiner Heirat verpasste.

Bevor ich etwas erwidern konnte, fügte er hinzu: »Aber das Schicksal hat uns zusammengeführt.«

»Das Schicksal hat Mist gebaut. Du bist zu spät gekommen.«

»Vielleicht. Andererseits hat es dich heute Abend in meinen Club geführt.«

Ich erstarrte kurz, bevor ich über die Schulter spähte. »Das ist dein Club?«

»Ja.« Der Blick seiner dunklen Augen bohrte sich in meine.

Das bedeutete, dass Kane für ihn arbeitete und er Verbindungen zu meiner Welt hatte.

Was übel war. Wenn irgendjemand von uns erführe, könnte es ihn das Leben kosten.

»Warum hast du nie erwähnt, dass dir ein BDSM-Club

gehört?« Ich richtete die Aufmerksamkeit auf das Paar, weil ich Baz meine Verwundbarkeit nicht merken lassen wollte.

Er nahm mein Kinn in die Hand, drehte mein Gesicht, bis ich ihn wieder ansah, und strich mit dem Daumen über meine Lippen. »Weil du gesagt hast, du willst nie wieder ein Gespräch wie bei *Dimitris* führen, sonst würdest du unsere Beziehung beenden. Das wollte ich nicht riskieren. Sonst hätte ich vielleicht die Chance verloren, mit dir zusammen zu sein.«

»Baz, ich kann nicht.«

»Was kannst du nicht?«

»Ich kann nicht mit dir zusammen sein.«

»Das hast du schon gesagt.« Er ließ die Hand sinken und drehte mich zu dem Paar. »Sieh ihnen zu. Das habe ich mit dem Aufgeben jeglicher Kontrolle gemeint. Kiera vertraut Liam so sehr, dass sie ihre Lust und ihren Schmerz in seine Hände legt. Ist das nicht, was auch du willst, Isa?«

Baz ließ die Hand über meinen Bauch wandern und zog mich an sich. Ich schloss die Augen. Seine besitzergreifende Berührung gefiel mir entschieden zu sehr.

Ich musste ihm sagen, dass er mich loslassen und nicht dazu bringen sollte, Dinge zu wollen, die ich nicht haben durfte.

Wieder sah ich mich nach Lilly um. Ohne Erfolg.

»Sieh zu. Ich will, dass du ihnen Aufmerksamkeit schenkst. Deine Freundin ist bei Kane. Er kümmert sich um sie.«

»Hast du gewusst, dass Lilly mit mir befreundet ist?«

»Nein. Kane hat gesagt, dass seine Flamme heute Abend

eine Freundin mitbringt. Wie es der glückliche Zufall wollte, warst du das.«

Ich war mir nicht sicher, ob ich es als glücklichen Zufall bezeichnen würde, behielt den Gedanken jedoch für mich.

»Sieh ihnen zu, Isa.«

Die nächsten Minuten lang konzentrierte ich mich auf das Paar, darauf, wie sie aufeinander reagierten, auf die Leidenschaft zwischen ihnen. Es war zugleich sexuell und auch nicht. Der Dom – Liam – schien selbst die kleinste Veränderung von Kieras Atmung deuten zu können. Zwischen ihnen bestand ein Band ähnlich dem, das ich schon zwischen anderen Paaren im Club bemerkt hatte.

Mich durchströmte Verlangen danach, was sie hatten. Dass Baz dabei unmittelbar hinter mir stand, war nicht gerade hilfreich. Die Berührung seines harten Körpers, sein erregender Duft, sein dominanter Griff um mich ...

Verflucht, steckte ich tief in der Tinte. Ich würde etwas tun, von dem ich wusste, dass es zu einer Katastrophe führen würde.

Als die Szene endete, brach Beifall aus, und die Menge zerstreute sich allmählich. Nur ich konnte mich nicht rühren. Ich starrte immer noch wie gebannt auf das Paar. Kiera hatte mittlerweile die Augen geschlossen, als hätte sie sich in schierer Euphorie verloren. Liam löste behutsam jeden Riemen und ließ sie gegen ihn sinken. Als er sie befreit hatte, nahm er sie in die Arme, küsste ihre Stirn und flüsterte ihr etwas zu, das sie zum Lächeln brachte. Nachdem er ihr sie in die Robe gewickelt hatte, trug er sie aus dem Bereich.

Baz blieb hinter mir und hielt mich genauso fest wie zuvor, als er die Hand auf meinem Bauch hatte.

»Du kommst mit mir nach Hause, Isa. Lass mich dir geben, was dein Körper braucht. Was dein Geist braucht. Danach unterhalten wir uns. Wir besprechen alles.«

Besprechen? Es gab nichts zu besprechen. Meine Zukunft stand fest. Ich konnte mich nur auf den Augenblick konzentrieren, auf ihn, auf uns für eine Nacht. Und ich würde mir etwas nehmen, das ich wollte. Der Realität würde ich mich morgen stellen.

Ich würde keine andere Wahl haben.

»Nimm mich mit zu dir nach Hause, Baz. Schenk mir diese eine Nacht.«

8

Isa

Baz bewegte sich, bis er mir gegenüberstand. »Wir werden uns unterhalten. Ich habe dir einiges zu sagen. Danach triffst du eine Entscheidung über unsere Zukunft.«

»Nein.« Ich legte ihm einen Finger auf die Lippen. »Gib mir alles, was du versprochen hast. Wenn anschließend noch Zeit bleibt, dann reden wir. Aber dir muss klar sein, dass ich nie dir gehören kann. Ich bin einem anderen versprochen.«

Er sah aus, als wollte er etwas entgegnen. Stattdessen seufzte er, nahm mich am Arm und führte mich aus dem Club zu seinem wartenden Auto. Während der kurzen Fahrt zu einem hohen Gebäude mit Blick auf den Fluss verloren wir beide kein Wort.

Kaum hatte der Wagen angehalten, näherte sich der Pförtner und öffnete mir die Tür.

Er reichte mir die Hand, um mir beim Aussteigen zu helfen. Gleichzeitig sah er Baz lächelnd an. »Willkommen, Herr ...«

»Die Schlüssel stecken, Bran«, fiel Baz dem Pförtner ins Wort, bevor er ihn zu Ende begrüßen konnte.

Bran nickte und ging zur Fahrerseite, während Baz hinten um das Auto herumkam.

Wir sahen uns gegenseitig in die Augen. Das Verlangen und die Emotionen der Nacht knisterten schwer zwischen uns.

»Bereit?«

»Ja.«

Wir betraten die prunkvolle Lobby des Gebäudes und gingen direkt zu einem wartenden Aufzug. Baz gab einen Code auf einem hinter einer Metallabdeckung verborgenen Tastenfeld ein, und schon ging es nach oben.

Die Türen öffneten sich zu einem großen Foyer mit Skulpturen, die ich auf Anhieb als authentisch erkannte.

»Willst du einen Drink?«

Wir betraten ein äußerst maskulines Wohnzimmer mit einer atemberaubenden Aussicht auf den Berliner Nachthimmel.

»Nein.«

Gern hätte ich mich nach ihm gestreckt, aber ich war mir nicht sicher, wie es ablaufen sollte. So etwas hatte ich noch nie gemacht. Und ich hatte noch nie einen Mann so dringend gewollt.

»Baz. Tu irgendwas.« Meine Worte drangen atemlos hervor. Sie verrieten meine Unsicherheit und mein Verlangen.

Er blieb am anderen Ende des Raums stehen und beobachtete mich. Seine Augen wirkten schwärzer, als ich sie je zuvor gesehen hatte.

Zwischen meinen Schenkeln pulsierte es. Mein gesamter Körper sehnte sich nach seinen Berührungen.

Als sich meine Geduld dem Ende zuneigte, stapfte Baz entschlossen auf mich zu, fädelte die Hand in mein Haar und presste die Lippen auf meine.

Gott, er schmeckte unglaublich – nach einer Mischung aus Whiskey und Schokolade.

Meine Arme legten sich um seine Schultern, und ich begegnete seinem unstillbaren Verlangen mit meinen eigenen. Er tat sich meinem Mund gütlich, schmeckte mich, knabberte an meinen Lippen, verschlang mich geradezu.

Ich verlor mich in ihm, darin, wie er sich anfühlte, und in dem Verlangen, das ich erfolglos zu verdrängen versucht hatte. Wenn ich schon mein Glück für meine Familie opfern sollte, würde ich mir diesen einen Moment für mich allein nehmen.

Er legte die Hände auf meinen Hintern und presste meinen Venushügel gegen seinen Schritt.

»*Bazzz.*« Ich warf den Kopf zurück, unterbrach unseren Kuss.

Er fuhr mit der Zunge über meinen Hals, bevor er murmelte: »Du hast deine Entscheidung getroffen. Jetzt gehörst du mir. Bevor die Nacht vorbei ist, werde ich mich tief in dir versenken.«

»Ja. Das will ich. Ich will dich. Etwas, das mir gehört, bevor meine Welt zu einem vergoldeten Käfig wird.«

Er zog sich zurück. Ein Schatten von etwas blitzte in seinen beinah schwarzen Augen auf, bevor er ihn verdrängte und mich wieder küsste.

Baz drückte mich mit dem Rücken gegen eine Wand und labte sich weiter an mir.

»Ich will dich aus den Klamotten haben. Dreh dich um.«

Ich kam der Aufforderung nach, wandte das Gesicht zur Wand und strich mir die Haare über die Schultern. Er öffnete den Reißverschluss meines Kleids und folgte dem Verlauf mit dem Mund. Meine Haut wurde heiß, fühlte sich an, als stünde sie in Flammen. Noch nie war ich so erregt gewesen.

Der Designerstoff glitt von meinen Schultern und sammelte sich zu meinen Füßen. Als Nächstes folgten mein BH und mein Slip.

»Du bist so verdammt umwerfend.« Beim Klang seines tiefer werdenden Timbres zog sich meine Scham lustvoll zusammen.

Ich warf einen Blick über die Schulter und stellte fest, dass er mich beobachtete. Dann packten seine Hände meine Fußgelenke und zogen meine Beine auseinander, bevor sie die Waden hinauf zu den Oberschenkeln wanderten. Seine Daumen streichelten die Vertiefung zu meiner Mitte.

Schließlich legte er die Hände auf meinen Hintern. »Perfekt.«

Bevor ich ahnte, was er vorhatte, holte er mit einer Hand aus und ließ sie auf meinen Po niedersausen.

»Baz«, schrie ich auf, als Feuer durch meinen Körper schoss. Genauso schnell ersetzte ein herrliches Stechen den Schmerz. Meine Finger drückten gegen die Wand, halfen mir, das Gleichgewicht zu halten. Schwer atmend senkte ich den Kopf auf einen Handrücken.

»Mehr?«

»Ja«, stieß ich hervor. »Ich will mehr.«

So viel mehr.

»Gut.« Wieder und wieder landete seine Hand an verschiedenen Stellen meines Hinterns, bis er jeden Quadratzentimeter abgedeckt hatte.

Ich drehte vor Verlangen durch, verlor mich im Lustschmerz.

Mein Innerstes zog sich zusammen, aber das reichte mir nicht. Ich brauche etwas, das mich zur Ziellinie befördern würde.

Seine warme Hand kroch die Innenseite meines Schenkels hoch, bis sie die Lippen meiner triefenden Scham streifte. Er tauchte in mich, bewegte sich vor und zurück, reizte gleichzeitig meinen Kitzler.

»Baz, bitte.«

»Fuck, bist du feucht.« Er brummte. »Ich muss dich schmecken.«

Er drehte mich so schnell um, dass mir beinah schwindlig wurde. Dann hievte er sich mein Bein über die Schulter und leckte mit der Zunge über mich. Ich packte seinen Kopf und warf den eigenen zurück.

»Ich werde dich zum Schreien bringen, Prinzessin.«

»Gern. Besser früher als später.«

Baz lachte leise, bevor er einen Sturmangriff auf meine Mitte startete. Er leckte, saugte, stieß zu, schraubte mich höher und höher. Ich krümmte mich an ihm, verlor mich in den Empfindungen. Meine Beine wurden schwach und wackelig. Baz packte mich an den Hüften und hielt mich an sich gedrückt, während er mich weiter in Richtung der Entladung trieb. Noch nie zuvor hatte ich ein derartiges Verlangen erlebt. Ein sehnsüchtiges Ziehen ging durch meine Brüste, meine Pussy bebte. Ich hielt mich an Baz' Kopf fest und wölbte unter der erlesenen Folter den Rücken durch.

Er schob einen Finger in mich und krümmte ihn. Sofort brach mein Orgasmus über mich herein, als sich meine Muschi zusammenzog und von Erregung geflutet wurde.

»Baz. Oh Gott, Baz.«

»So ist's gut, Süße.« Er bewegte die Finger in mir vor und zurück, verlängerte die durch meinen Körper strömende Ekstase. »Mein. Jeder einzelne deiner Orgasmen gehört mir.«

Im Hinterkopf wollte ich richtigstellen, dass es das einzige Mal sein würde, doch ich brachte kein Wort heraus. Ich wollte, was er sagte. Ich wollte ihm gehören. Aber mein Schicksal stand fest. Ich musste meine Familie schützen.

Langsam schwebte ich von meinem Höhenflug zurück auf die Erde. Baz wischte sich den Mund an der Innenseite meiner Schenkel ab und zog die Finger aus mir zurück.

»Du schmeckst unglaublich. Das werde ich mir noch mal gönnen müssen, bevor die Nacht zu Ende ist.«

Keuchend lehnte ich mit dem Kopf an der Wand. »Das hoffe ich.«

»Aber davor will ich spüren, wie du dich mit mir in dir auflöst.« Er ließ mein Bein von seiner Schulter gleiten und richtete sich langsam auf, hielt dabei jedoch weiter meine Hüften fest, damit ich nicht fiel.

Sein Gesicht war so gerötet, wie sich meines anfühlte, seine Atmung ging abgehackt. Seine Wimpern wirkten länger als sonst und verliehen seiner herben Männlichkeit eine Schönheit, die bei jedem anderen Mann fehl am Platz gewirkt hätte.

»Meins«, sagte er, zog mich an sich und hob mich in seine Arme.

Er drehte sich um und trug mich in die Richtung, in der ich sein Schlafzimmer vermutete. Mir blieb kaum Zeit, die dunklen Schattierungen im Raum zu betrachten, bevor er mich auf die dicke Bettdecke senkte.

Er zog sich das Shirt über den Kopf und warf es hinter sich, bevor er über mich kroch.

Sein durchtrainierter Körper erwies sich als besser als alles, was ich mir in den letzten fünf Monaten hätte ausmalen können. Ich wollte die Tätowierungen mit den Fingern, dem Mund, der Zunge nachzeichnen.

Hatte ich je zuvor einen so perfekten Körper gesehen?

Nein. Keiner meiner früheren Liebhaber konnte diesem Mann das Wasser reichen.

»Berühr mich, Isa. Seit unserem ersten Tanz wünsche ich mir nichts sehnlicher.« Auf die Arme gestützt ragte er kniend über mir auf.

Mit dem Wissen, dass es wahrscheinlich meine einzige Gelegenheit sein würde, ließ ich die Finger über seine definierten Arme, Brustmuskeln und Bauchmuskeln gleiten und spürte, wie sie sich unter meiner Berührung anspannten.

Er schloss die Augen, als wäre die Liebkosung meiner Fingerspitzen Balsam für seine Seele. Seine Reaktion fasste ich als Erlaubnis auf, den über seinen Körper verlaufenden Mustern schwarz-graue Tinte zu folgen.

Einige bedeckten Narben, deren Geschichte ich wohl nie erfahren würde.

Ich verdrängte den letzten Gedanken und fuhr damit fort, diesen exquisiten Mann zu erforschen.

»Härter. Ich will deine Fingernägel auf der Haut spüren.«

Ich befolgte die Anweisung, schrammte mit den Nägeln seinen Körper entlang auf und ab, entlockte ihm damit eine Gänsehaut und ein leises Grollen tief in der Kehle.

»Tiefer, Isa.«

Mein Blick wanderte über seine Taille nach unten. Seine Männlichkeit zeichnete sich als lange, dicke Erhebung an der Innenseite eines Hosenbeins ab. Er konnte unmöglich so groß sein.

»Nur zu. Du sollst spüren, in welchem Zustand ich seit fünf Monaten bin.«

Ich legte die Hand auf ihn und schnappte nach Luft.

Doch, das war tatsächlich alles er.

Wollte ich wirklich ein solches Monster in mich lassen?

Ich rieb durch die Hose an ihm und sah ihm dabei tief in die dunklen Augen, aus denen Lust und mühsam aufrechterhaltene Selbstbeherrschung sprachen.

»Ich will dich, Isa. Ich will dich, wie ich noch nie zuvor eine Frau gewollt habe. Ich will mich in dir vergraben und dir all die verschiedenen Möglichkeiten zeigen, wie ich dich zum Kommen bringen kann.«

Ja, ich würde ihm auf jeden Fall erlauben, in mich einzudringen, wo auch immer er wollte. Wenn ich das schon nie wieder erleben könnte, würde ich es zumindest in dieser Nacht voll auskosten.

Offenbar standen mir meine Gedanken ins Gesicht geschrieben, denn er nahm mein Kinn in die Hand und sagte: »Ich will, dass du nur daran denkst, was hier passiert, an nichts anderes. Die Welt da draußen existiert gerade nicht.«

Als ich nichts erwiderte, verstärkte er den Griff, und mein Herz setzte einen Schlag aus. »Hast du verstanden?«

Der fordernde Ton seiner Worte jagte Erregung durch mich. Er hatte mir gerade einen kleinen Vorgeschmack auf den dominanten Mann in ihm gegeben, nur war mir bisher nicht klar gewesen, dass er sich zurückhielt. Ich wollte alles sehen, war jedoch nicht sicher, ob er mir diesen Teil seiner selbst offenbaren würde – oder ob ich ihn je würde loslassen können, wenn er es täte.

Als er mich an jenem Tag in der Bar dazu bringen wollte, zu sehen, was ich mir wünschte, war ich so wütend auf ihn gewesen. Nun wollte ich nur noch alles erleben, wenigstens dieses eine Mal.

»Ja, ich habe verstanden«, flüsterte ich.

»Jetzt mach die Hose auf und hol ihn raus.«

Ich schluckte, löste die Hand von seinem Schritt und

öffnete erst den Knopf, dann den Reißverschluss. Er half mir nicht, stützte sich lediglich weiter über mir ab. Ich schob die Hose über seine Hüften und seinen perfekten Hintern hinunter. Seine Erektion wippte heraus und klatschte gegen seinen Bauch. An der Eichel glitzerte ein Lusttropfen.

Heilige Scheiße.

Den nächsten Tag lang würde ich mich auf jeden Fall wund fühlen.

»Angst?« Wie er es aussprach, verriet mir, dass er verdammt genau wusste, wie gut er sowohl in der Länge als auch im Umfang bestückt war.

»Nein. Ich will das. Ich will dich bei jedem Schritt spüren.«

Ein animalischer Schimmer trat in seine Augen.

»Dann sollte ich besser auch liefern. Jetzt zieh mich fertig aus.«

Statt auf ihn zu hören, fasste ich nach unten und holte mir den Lusttropfen von der Eichel seines wunderschönen besten Stücks. Ich führte ihn an meine Lippen, leckte ihn ab und brummte wohlig.

»So gern ich dich auf mich klettern und mich blasen lassen würde, bis ich komme, noch lieber will ich mich in deiner Enge versenken. Zieh mich aus, Isa.«

»Ist ein bisschen schwierig, die Anweisung zu befolgen, so wie du mich einkesselst.«

»Du findest schon einen Weg.«

Ich hob die Beine an, hakte die Zehen in seine Gürtel-schlaufen und schob die Hose zu seinen Knien runter.

Eine leichte Krümmung seiner Lippen verriet mir, dass er mit dem Ansatz nicht gerechnet hatte.

»Du überraschst mich immer wieder.« Er schob die Hose das restliche Stück runter. »Du bist wie keine andere Frau, die ich je kennengelernt habe. Hoffentlich hasst du mich in Zukunft nicht.«

Wieso sollte ich ihn hassen? Weil er mich dazu brachte, ihn zu begehren? Niemals.

Ich nahm sein Gesicht in die Hände. »Nur du und ich sind jetzt hier. Sonst zählt nichts.«

»Isa«, stieß er stöhnend hervor und presste den Mund wieder auf meine Lippen.

Sein harter Körper senkte sich auf meinen. Die leichte Behaarung seiner Brust streifte meine Nippel, die sich prompt sehnsüchtig weiter verhärteten. Ich hob die Hüften und rieb die Lustperle an seiner harten Länge.

Seine Zunge tänzelte an meiner, erfüllte meinen Mund mit seinem berauschenden Geschmack. Ich krallte eine Hand in sein Haar, während ich mit der anderen seine Schulter umklammerte.

Mit um ihn geschlungenen Beinen wölbte ich mich ihm entgegen und genoss, wie seine Erregung gegen meine feuchte Spalte drückte. Er ließ das Becken kreisen, folterte mich, indem er mein Verlangen weiter steigerte.

Ich unterbrach den Kuss, schnappte nach Luft und stieß hervor: »Ich will dich in mir. Bitte.«

»Nur du kannst gleichzeitig betteln und fordernd klingen.«

»Bazzz«, fügte ich winselnd hinzu.

Er richtete sich auf und griff nach einem Kondom auf dem Nachttisch.

Wann hatte er es dort hingelegt?

Er riss die Verpackung auf und stülpte den Gummi über. Während ich beobachtete, wie er sich massierte, lief mir vor Verlangen, ihn zu schmecken, förmlich das Wasser im Mund zusammen.

»Du wirst mir gehören, Isa. Kein Mann wird dir je dasselbe wie ich geben.«

Ich streckte mich nach ihm, und er kletterte zwischen meine gespreizten Beine. Aber statt in Position zu gehen und sich in mich zu bohren, beugte er sich hinab, stülpte den Mund über meine Klitoris und schob zwei Finger in mich.

»Oh Gott!«, schrie ich auf und wölbte den Rücken durch.

Er bearbeitete mich mit Fingern, Zunge und Mund, brachte mich an den Rand der Entladung, bevor er sich sachte zurückzog.

Die geradezu sadistische Folter wiederholte er noch zwei Mal.

»Nicht, Baz. Ich flehe dich an. Lass mich kommen.«

»Bald.« Er glitt an meinem Körper höher, beließ jedoch die Finger tief in mir, bewegte sie weiter vor und zurück.

Als ich aufschreien wollte, zog er sich aus mir zurück und führte mir die Finger an den Mund.

»Ablecken.«

Kurz starrte ich auf seine Hand, dann öffnete ich die Lippen und saugte meine Essenz von ihm.

Er fasste nach unten, legte die Faust um seine pralle Härte und führte ihn an meiner triefenden Spalte auf und ab.

Mein Herzschlag dröhnte in meinen Ohren, während mein Verlangen wuchs und wuchs.

»Bitte.«

»Du gehörst mir, Isa. Egal, was passiert, du gehörst mir.«

Schlagartig erkannte ich die Wahrheit seiner Worte. Ich hatte noch nie einem Mann so sehr gehört wie ihm. Und er gehörte mir.

»Sag es, Isa.« Seine pralle Eichel schob sich in meine Öffnung. »Lass mich die Worte hören.«

Schweißperlen auf seiner Stirn zeugten von der Anstrengung, die es ihn kostete, sich zurückzuhalten.

»Ich bin dein. Ich gehöre dir. Niemandem sonst.«

»Für immer.« Er drang weiter ein. »Sag es.«

»Für immer«, presste ich stöhnend hervor, als er vollständig in mich eindrang. Dann schrien wir zusammen auf.

Ich fühlte mich so ausgefüllt, wie ich es noch nie zuvor erlebt hatte. Er pulsierte in mir, ohne sich zu bewegen, obwohl ich wusste, dass er es wollte. Er war so groß, fast *zu* groß.

»Atme, Süße. Entspann dich.«

Das sanfte Timbre seiner tiefen Stimme beruhigte etwas in mir und ließ mich die Muskeln lockern.

»Alles gut.« Ich fädelte die Finger in sein Haar, zog ihn für einen Kuss zu mir und murmelte dann: »Du musst dich jetzt bewegen.«

»Dem komme ich nur zu gern nach.«

Er begann mit flachen Stößen, damit ich mich an seine Größe gewöhnen konnte. Mein Körper reagierte darauf. Ich wurde noch feuchter, erleichterte seine gleitenden Bewegungen. Kaum wand ich mich unter ihm, wurde sein Takt kraftvoller, energischer.

»Ja. Genau so.« Ich verlor mich in der Flut der über mich hereinbrechenden Empfindungen. Meine Pussy zog sich rhythmisch und seine zustoßende Härte zusammen.

»Baz. Oh Gott! Baz.«

»So ist's gut, Prinzessin. Lass dich fallen.«

Meine Fingernägel krallten über seinen Rücken, als die ersten Anzeichen meines Orgasmus einsetzten.

Ich hörte, wie Baz zischte, und spürte, wie er noch härter wurde, so unmöglich es zu sein schien.

Er packte meine Arme und fixierte sie über meinen Kopf. Dann senkte er die Stirn auf meine und sah mir tief in die Augen.

»Wenn du so weitermachst, komme ich, und dazu bin ich noch nicht bereit. Ich will mindestens zweimal spüren, wie du dich auflöst, bevor das passiert.«

Als Erwiderung darauf fiel mir nur ein: »Okay.«

Danach fielen keine Worte mehr. Wir überließen unseren Körper die Kontrolle. Ich verlor mich in ihm, in seinem Kuss, in dem Gefühl von ihm auf mir und in mir.

Er hielt meine Arme weiterhin fest, kontrollierte meine Reaktion, und als ich kam, fühlte es sich wie ein Sprung von einer Klippe an, zugleich euphorisch und bang. Mein Körper spannte sich um ihn herum an, und meinen Verstand vernebelte eine Ekstase, wie ich sie nur in den Armen dieses Mannes erleben konnte, das wusste ich instinktiv.

»So ist's gut, Süße. Jetzt noch mal.«

Er stieß weiter in mich, ließ mich nicht von meinem

Höhenflug landen. Mein Körper schwebte weiter, bis ich erneut explodierte, doch diesmal riss ich ihn mit.

Er kam genauso heftig wie ich und brüllte dabei: »Mein, mein, mein!«

Ich schloss angesichts der Emotionen, die sein Ruf in mir auslöste, die Augen und wusste, dass ich nie wieder dieselbe sein würde.

9

Isa

Ich erwachte, weil ich Lippen auf der Schulter spürte.

»Baz.« Stöhnend schmiegte ich mich an seine Wärme.

»Schlaf noch, Süße. Ich erledige jetzt ein paar Anrufe. Danach müssen wir reden.«

»Wie spät ist es?«

»Kurz nach vier.«

Es war erst etwa eine Stunde vergangen, seit wir nach einem wahren Sexmarathon eingeschlafen waren.

»Du arbeitest mitten in der Nacht?«

»Ich arbeite rund um die Uhr.« Er küsste meine Schulter und strich mit den Fingern meine Wirbelsäule entlang.

»Wenn ich zurückkomme, will ich mich wieder tief in dir vergraben. Ich hab dir ja versprochen, dass du mich ständig spüren wirst.«

Dem wurde er mehr als gerecht. Ein sehnsüchtiges Ziehen ging durch meinen Körper.

»Ich werd dich beim Wort nehmen.« Ich gähnte ins Kopfkissen.

Baz lachte leise, bevor er mich in seinem Bett zurückließ.

Die vergangene Nacht hatte mir so viel mehr beschert, als ich erwartet hatte. Noch nie hatte mich ein Mann so heftig zum Kommen gebracht wie Baz oder vergleichbare Dinge mit mir angestellt.

Ich hatte mich von ihm fesseln, versohlen und ficken lassen.

Nur hatte ich nicht erwartet, dass ich nach der ersten Runde mit ans Bett gefesselten Händen aufwachen würde.

»Du bist gefesselt, Süße. Gleich zeige ich dir, was es bedeutet, die Kontrolle vollständig abzugeben.«

Bei den leidenschaftlichen Worten beschleunigte sich mein Herzschlag prompt erneut, und mein Innerstes zog sich erwartungsvoll zusammen.

Er hatte sein Versprechen mehr als erfüllt. Mittlerweile nahte die Morgendämmerung.

Jedes Mal, wenn ich daran dachte, dass meine Zeit mit Baz mit dem Tageslicht enden würde, erfüllte Traurigkeit meine Brust.

In wenigen Stunden würde ich zum Haus meiner Familie an der Küste aufbrechen und einen Mann heiraten, über den ich kaum etwas wusste. Meine Nacht mit Baz würde zu einer schönen Erinnerung werden.

Also konnte ich genauso gut aufstehen und mit ihm jeden verbleibenden Moment verbringen. Ich schob mich vom Bett und griff mir Baz' Shirt von einem Stuhl in der Ecke. Nachdem ich es übergestreift hatte, knotete ich mein Haar zu einem lockeren Dutt zusammen.

Als ich die Tür öffnete, fand ich den Flur verwaist vor. Nachdem ich auf nackten Füßen das Wohnzimmer durchquert hatte, blieb ich vor einer geschlossenen Tür stehen. Ich hörte eine laute Diskussion. Baz klang verärgert.

Als ich mich gerade abwenden wollte, hörte ich: »Soll das ein scheiß Scherz sein, Weber? Dass Sie heiraten, heißt noch lange nicht, dass Sie keinen Papierkram mehr erledigen müssen. Ich hab genug Mist am Hals, nachdem wir Ihren Partner an die Ehe verloren haben. Haben Sie eine Ahnung, wie schwer es ist, einem Amerikaner unsere Arbeitsweise einzubläuen?«

Weber?

»Hören Sie auf zu meckern. Ist schon alles eingereicht. Ich hab mich darum gekümmert. Außerdem hab ich eigene Probleme.«

»Hab davon gehört. Wie wollen Sie Ihrer Braut die Lügen der letzten Monate beibringen?«

»Sie können mich mal. Ich hatte vor, reinen Tisch zu machen, aber Sie wollen ja unbedingt einen Bericht.«

Alle Farbe wich mir schlagartig aus dem Gesicht, und ein Anflug von Übelkeit überkam mich.

Baz war ein Weber. Sebastian Weber.

Nein. Das konnte nicht sein. Das würde er mir nicht antun. Ich war von Anfang an ehrlich zu ihm gewesen.

»Wissen Sie, sobald wir die Sache abgeschlossen haben, können Sie die nächsten Monate meinetwegen bei ihr zu Kreuze kriechen.« Die Stimme am anderen Ende der Leitung lachte. »Ich wünschte, eine Kamera würde den unfehlbaren Sebastian Weber dabei aufnehmen.«

Er war es wirklich.

Der Mann hatte mich über den Tisch gezogen. Mich benutzt.

Ich stützte mich an der Wand ab, während ich zu begreifen versuchte, warum er das getan hatte.

Es ergab für mich keinen Sinn.

Wollte er mich damit auf kranke Weise dazu bringen, mich in ihn zu verlieben? Gott, wem war ich nur verfallen?

Eine Träne kullerte mir über die Wange.

Wieso nur hatte ich mich darauf eingelassen? Ich hätte ahnen müssen, dass irgendetwas daran stank, als er an jenem Tag in der Bar in der Gegend meiner Eltern aufgetaucht war. Mir fiel ein, dass Oma damals erwähnt hatte, mein Verlobter wäre gerade gegangen.

Das also hatte er in der Nähe zu erledigen gehabt.

Gott, was war ich für eine Idiotin.

Ich hatte mich von ihm benutzen lassen.

Er war genau wie sein Vater.

Ich drehte mich um und kehrte in Baz' ... *Sebastians* Schlafzimmer zurück. In dem Raum roch es nach uns, nach unserem Liebesspiel. Nach ihm.

Wie konnte er mir das nur antun?

Ich schnappte mir meine am Boden liegenden Sachen und zog mich an. Als ich fertig war, pulsierten Schmerz und Wut durch mich.

Mir blieb keine andere Wahl, als es durchzuziehen, aber ich würde ihm nie wieder geben, was er mir gestohlen hatte.

Auf dem Weg durchs Wohnzimmer zur Eingangstür wischte ich mir die Tränen ab und achtete auf leise Schritte.

Ich war nicht mehr Baz' Geliebte. Ab sofort verkörperte ich die von den Webers gekaufte Ware.

GEGENWART

Sebastian

»DU BIST SO was von im Arsch«, hörte ich meinen Trauzeugen Lucas Flynn flüstern, als die Musik zum Hochzeitsmarsch überging.

Ich ignorierte ihn und starrte Isa an. Sie war unbeschreiblich hinreißend, weit mehr, als ich verdiente. Für den Tag trug sie ein maßgeschneidertes, elfenbeinfarbenes Kleid ohne Schleier. Es passte zu ihrer Persönlichkeit – modern, schlicht und elegant. Nicht ansatzweise, was man von der Tochter eines der reichsten Männer Deutschlands erwarten würde.

Ich stand kurz davor, sie in eine Welt zu holen, die nicht nur meine Familie zerstören konnte, sondern auch ihre. Aber ich war ein Mistkerl. Statt Jonas wissen zu lassen, dass er mir den Buckel runterrutschen konnte, nahm ich mir das Imperium und die damit verbundene Frau.

Die Leidenschaft und Freude, die ich früher in jedem Blick von Isa auf mich gesehen hatte, waren verschwunden, ersetzt von Wut und Schmerz.

Russo Benz' verkniffene Miene zeigte deutlich, dass er über die Hochzeit ungefähr genauso glücklich war wie seine Tochter.

Kaum hatte er mir Isa übergeben und ihre Hand in meine gelegt, flüsterte er: »Mir ist scheißegal, wer Sie sind und was Sie treiben. Wenn Sie meinem Baby wehtun, reiße ich Sie in Stücke.«

Ich erwiderte nichts, führte Isa einfach zum Altar.

Die Zeremonie verging mit Gelübden, Ringen und Gebeten wie im Flug. Letzteres empfand ich in Anbetracht der Geschäfte unser beider Familien als Sakrileg.

»Sie dürfen die Braut jetzt küssen.«

Isa und ich sahen uns kurz an, bevor ich ihr Gesicht in die Hände nahm und sie zu mir zog. Der Kuss fiel sanft aus, aber kalt, ohne die Leidenschaft, die noch vor einer Woche zwischen uns geknistert hatte.

»Isa«, flüsterte ich. »Es tut mir leid.«

Sie erwiderte nichts, sondern lächelte nur verhalten für den Fotografen in unserer Nähe.

Dann wandte sie sich der Kirche zu. Ich tat es ihr gleich, als die Anwesenden aufstanden und klatschten.

Zusammen schritten wir durch den Gang in einen Vorraum. Dort würden wir warten, bis die Sicherheitsleute die Kirche geräumt hätten und mein Fahrer mit dem Auto eingetroffen wäre. Ich wusste, dass man Isa über das Protokoll informiert hatte.

Kaum hatten wir den gesicherten Raum betreten, stieß Isa mich von sich.

Wut loderte in ihrem Gesicht auf. »Wie konntest du nur? Du hast mich dazu gebracht ... hast mich glauben lassen ... Das werde ich dir nie verzeihen.«

»Bitte, Isa, lass es mich erklären.« Ich griff nach ihr, doch sie wich zurück.

»Nein. Du hast deine Chance gehabt. Jede Menge Chancen sogar. Du hast ja gewusst, dass unsere Hochzeit beschlossene Sache war.« Die Tränen, die ihr in die Augen schossen, fühlten sich wie ein Stich in mein Herz an. »Ich weiß nicht mal, ob alles, was zwischen uns passiert ist, echt war oder nur ein Spiel. Ich weiß nur, dass ich dir nie wieder geben werde, was du mir gestohlen hast.«

Bevor sie sich weiter von mir entfernen konnte, packte ich sie am Arm und verhinderte ihre Flucht.

»Was du erlebt hast, war mein wahres Ich. Nicht der Sohn von Jonas Weber oder der Mann, für den mich die Öffentlichkeit hält. Alles, was ich mit dir geteilt habe, war die Wahrheit.«

»Blödsinn.« Zähneknirschend versuchte sie, sich zu befreien, doch mein Griff um ihr Handgelenk war zu stark.

»Kein Blödsinn. Du weißt mehr über mich als irgendjemand sonst.«

»Wenn das stimmt, warum heißt du dann Sebastian? Mir hast du gesagt, du wärst Baz Klein.«

Ihre blauen Augen funkelten vor Zorn, ihre Atmung ging stockend vor Anstrengung, weil sie sich nach wie vor aus meinem Griff zu befreien versuchte.

Sie war so verdammt schön. Am liebsten hätte ich sie an mich gezogen und sie besinnungslos geküsst.

»Keine Antwort«, stieß sie zischend hervor.

»Ich bin Baz. Das war der Spitzname meiner Mutter für mich, als ich ein Kind war. Seit ihrem Tod hat mich niemand mehr so genannt. Und Klein war ihr Mädchenname.«

Kurz blitzte Überraschung in ihren kobaltblauen Augen auf und verschwand wieder. »Spielt keine Rolle, wie du heißt. Du hast mich belogen.«

»Hab ich nicht. Ich habe dir nur Dinge vorenthalten.«

Meine Rechtfertigung klang sogar für meine eigenen Ohren lahm.

»Dass du mir verheimlicht hast, wer du bist, kommt einer Lüge gleich.«

»Es tut mir leid, Schatz.«

»Ich bin nicht dein Schatz. Ich bin die Ware, die meine Mutter an deine verkauft hat.«

»Du bist viel mehr als das. Ich schwöre, ich wollte es dir sagen.«

»Wann? Nachdem du dich eine Nacht lang mit mir vergnügt und so getan hast, als wärst du ein anderer?«

»Ich wollte es dir am Morgen sagen. Aber als ich zurück ins Schlafzimmer gekommen bin, warst du weg.«

»Was hast du denn erwartet? Ich hab dein Gespräch mitgehört.«

Mist. Ich fuhr mir mit der Hand durchs Haar. Über den Aspekt meines Lebens hätte sie eigentlich nichts erfahren sollen. Niemand in meiner Welt als Sebastian Weber wusste davon.

Ich baute nur eine Lüge auf der anderen auf.

Bevor ich etwas erwidern konnte, öffnete sich die Tür, und ich ließ Isa los.

Mein Fahrer Drew steckte den Kopf herein. Sein Blick wanderte zwischen Isa und mir hin und her. Es bestand kein Zweifel daran, dass wir uns in einer hitzigen Diskussion befanden, aber er ließ sich nichts anmerken.

»Herr Weber, der Wagen steht vorn bereit, um Sie zum Benz-Haus zu bringen.«

»Wir sind in ein paar Minuten da.«

Die Tür schloss sich wieder.

»Wir klären das, wenn wir im Penthouse sind. Bis dahin kannst du mich hassen, so viel du willst. Tu einfach so, als hättest du dich mit deinem Los abgefunden. Deine Familie soll nicht sehen, dass du wütend bist.«

»Was kümmert's dich, wie sich meine Leute fühlen? Ab morgen früh bist du der Erbe von allem, was mein Vater aufgebaut hat, und deiner bekommt eine fette Scheibe davon ab.«

»Egal, was du glaubst, ich bin nicht wie mein Vater. Er ist ein Mistkerl und hätte meine Familie ruiniert, wenn Opa ihm nicht befohlen hätte, mich eingreifen zu lassen. Ich bin genauso sehr ein Opfer dieses Schlamassels wie du. Vorerst kann ich nur hoffen, dass du es eines Tages erkennst.«

Ich bot ihr den Ellbogen zum Einhängen an. »Gehen wir. Unsere Familien warten.«

10

Isa

Gegen ein Uhr nachts betraten Sebastian und ich schweigend sein Penthouse. Im Gegensatz zum letzten Mal war ich nicht die Idiotin, die einem Mann verfallen war, den es nicht gab.

Der Empfang war recht nüchtern abgelaufen. Alle hatten sich von ihrer zivilisiertesten Seite gezeigt. Na ja, abgesehen von Jonas Weber. Er hatte selbstgefällig an seinem Tisch gesessen und Witze gerissen.

Sebastian hatte ihn keiner zwei Blicke gewürdigt. Mir war nicht bewusst gewesen, wie tief seine Abscheu für seinen Vater reichte. Vielleicht war Sebastian doch genau wie ich ein Opfer von Jonas' Intrigen. Was immer dennoch kein Recht gab, mich zu belügen und sich als gewöhnlicher Mann auszugeben.

Aber wem wollte ich etwas vormachen? Der Baz, den ich kennengelernt hatte, war nie ein gewöhnlicher Mann gewesen. Sonst wäre ich nicht so interessiert an ihm gewesen.

»Möchtest du was trinken?«, fragte Sebastian, als er das Jackett seines Smokings abstreifte, es auf ein Sofa warf und zu dem riesigen Barbereich ging, der eine Wand des Raums einnahm.

»Nein.« Ich trat hinab in das äußerst moderne, abgesenkte Wohnzimmer mit dessen geraden Linien und dunklen Farben.

Bei meinem letzten Mal an diesem Ort hatte ich nicht darauf geachtet. Ich war zu konzentriert auf die bevorstehende Nacht mit Baz gewesen.

Als ich mich den Fenstern mit der Aussicht auf den Berliner Nachthimmel näherte, hörte ich das Klirren einer Flasche und das Gurgeln einer Flüssigkeit, die in ein Glas gefüllt wurde.

Nach einigen Augenblicken sagte Sebastian: »Isa, ich will, dass es zwischen uns funktioniert.«

Um ein Haar hätte ich laut aufgelacht. »Ist ja nicht so, als könnten wir getrennte Wege gehen, wenn nicht.«

Es gelang mir nicht, die Verbitterung aus meinem Ton zu verbannen. Weniger wegen der Ehe an sich, sondern weil ich mir so bescheuert dafür vorkam, dass ich ihm je verfallen war.

»Mir ist es wichtig. Ich will keine Ehe, die meine Eltern sie hatten.«

Gerüchten zufolge hatte Jonas seine Frau genauso mies behandelt, wie er sich meiner Familie gegenüber verhalten hatte. Geschätzt hatte er sie nur wegen des Erbes, das er durch die Heirat mit ihr erlangt hatte.

»Daran hättest du denken sollen, bevor du dich als jemand anders ausgegeben hast.«

»Ich hab einen Fehler gemacht. Ich hätte mich von dir fernhalten oder es dir von Anfang an sagen sollen.«

»Das ändert nichts daran, was passiert ist. Ihr habt mich gekauft. Ich gehöre dir, bin dein Eigentum.«

»Du weißt, dass ich von dem Scheiß nichts halte.«

Ich wirbelte herum. »Weiß ich das? Aus meiner Sicht fühlt es sich an, als hätten wir uns gerade erst kennengelernt.«

»Verdammt, Isa. Ich bin immer noch derselbe.«

»Spielt keine Rolle. Ich kenne die Regeln. Du kriegst meinen Körper im Austausch für den Lebensunterhalt meiner Familie.«

»Willst du es wirklich so zwischen uns haben? Eine geschäftliche Vereinbarung?«

In dieser Lage zu sein, war das Letzte, was ich wollte, aber Sebastian war nicht mein Baz. Letzteren gab es nur in meiner Fantasie.

Lilly hatte recht gehabt. Er hatte mit mir gespielt.

»Ja.«

Mit verkrampfter Kieferpartie fuhr sich Sebastian frustriert mit der Hand durchs Haar.

»Na schön. Wenn du's so haben willst. Ich kann der Mistkerl sein, für den du mich hältst. Vergiss nicht, dass ich mit einem Musterbeispiel dafür aufgewachsen bin.«

»Ich erwarte nichts anderes.«

Er stapfte auf mich zu. Ohne nachzudenken, wich ich zurück. Er war wütend, aber aus irgendeinem Grund hatte ich keine Angst vor ihm. Tatsächlich fühlte ich mich erregt.

Gott, war ich verkorkst.

Ich war nun mit einem der gefährlichsten Männer Deutschlands verheiratet. Einem Mann, der mich monatelang belogen hatte. Einem Mann, der mich dazu gebracht hatte, mich in ein Phantom zu verlieben. Und während ich in seinem Penthouse stand, erregte mich seine Wut.

Mein Rücken prallte gegen das Fenster. Gleich darauf packte er mich mit der Hand am Kinn.

»Ba... Sebastian«, stieß ich hervor.

Er beugte sich vor, bis ich die Wärme seines Atems spürte und das leichte Aroma des Whiskeys roch, den er getrunken hatte. »Du bist jetzt mein. Wie du gesagt hast – du gehörst mir. Und soll ich dir was sagen?«

»Was?« Meine Stimme klang atemlos.

»Ich werd dich niemals gehen lassen.«

Sein Mund senkte sich auf meinen. Und statt ihn zu beißen, wie es mein Verstand verlangte, erwiderte ich den Kuss. Der Mann glich einer Droge, um deren Gefahr ich wusste, der ich jedoch trotzdem nicht widerstehen konnte.

Er ließ mein Gesicht nicht los, während er den Kuss vertiefte, und meine Arme legten sich um seine Schultern. Unsere Zungen duellierten sich, prallten gleitend aufeinander. Es wurde eine zornige, begierige Begegnung zweier Münder und Lippenpaare.

Seine Männlichkeit drückte prall und hart gegen mein Becken, was mir ein Stöhnen entlockte.

Plötzlich zog er sich zurück, brach den intensiven Kuss ab. Wir schnappten beide atemlos nach Luft. Seine Augen wirkten beinah schwarz, sein Gesicht hatte sich gerötet.

Er starrte mich an, während er seine Fliege abnahm und in die Gesäßtasche seiner Hose steckte. Dann öffnete er das Hemd, löste die schwarzen Steinknöpfe einen nach dem anderen, bis seine atemberaubende, tätowierte Brust zum Vorschein kam.

Mit einem Schulterzucken streifte er den weißen Stoff ab und warf ihn hinter sich, wo er auf der Couch landete.

Er glich einem gefallenen Engel, etwas Verbotenem, aber Unwiderstehlichem.

Meine Kehle wurde trocken, meine Brüste schwollen an, meine Nippel richteten sich zu festen, harten Knospen auf, die sich nach seiner Berührung sehnten. Meine Lustperle pulsierte, meine Pussy strotzte vor Erregung.

»Dreh dich um und leg die Hand auf die Scheibe.« Sein Tonfall klang anders als alles, was ich bisher von ihm gehört hatte.

Ich wollte gleichzeitig flüchten und mich ihm fügen.

»Sofort, Isa.«

Mein Körper setzte sich wie von selbst in Bewegung. Ich drehte mich um und drückte die Fingerspitzen an das kühle Fenster.

»Was hast du vor?«

»Das wirst du einfach abwarten müssen.«

»Keine Schläge. Dazu hast du kein Recht mehr.«

Er krallte die Faust in mein Haar und zog meinen Kopf gröber als je zuvor zurück. »Du kannst nicht nein sagen. Vergiss nicht, dass du mein Eigentum bist. Ich kann mit dir machen, was ich will.«

Er spreizte mit den Füßen meine Beine. Der Stoff meines Kleids spannte sich unmöglich eng um meine Schenkel.

»Verdammt, dein Hintern ist unglaublich.« Er ließ mein Haar los und legte die Hand stattdessen auf meine Pobacke.

Sein fast schmerzhafter Griff beschwor Bilder der Nacht herauf, in der er mir den Hintern gerötet hatte, begleitet von Erinnerungen an meine Lust dabei.

Ich sollte das nicht zulassen. Ich vertraute ihm nicht. Das konnte ich nicht mehr.

Langsam wanderten seine Handflächen höher, über meinen Po, meine Taille und meine Brüste, die er umfasste, bevor er durch das bestickte Oberteil meines Hochzeitskleids meine Nippel kniff.

»Ich hoffe, du hängst nicht an dem Kleid.«

Bevor ich begriff, was er vorhatte, packte er es an der Rückseite mit dem Reißverschluss und riss den Stoff entzwei.

Ich schnappte nach Luft und bedeckte die Brüste, indem ich das Material vor mir zusammenraffte. Natürlich hatte er bereits jeden Quadratzentimeter von mir nackt gesehen, aber diesmal war es nicht dasselbe wie bei unserer letzten Begegnung.

»Runter mit den Händen. Du wirst niemals deinen Körper vor mir verstecken. Ich kann dich ansehen, wann immer ich will. Immerhin bist du mein Eigentum.« Die Betonung, die er auf das Wort legte, verdeutlichte seine Wut darüber, dass ich mich zuvor so bezeichnet hatte.

»Was bin ich denn sonst?«, fragte ich, ohne die Hände zu senken.

Er fuhr vom Saum meines Tangas aus mit den Fingerspitzen über meine Wirbelsäule hinauf und bescherte mir damit eine kribbelnde Gänsehaut.

Als er den Ansatz meines Nackens erreichte, lösten seine Lippen die Finger ab, und ich wölbte mich der Liebkosung unwillkürlich entgegen.

»Meine Frau. Du bist mein.« Seine Zunge führte den von den Fingern eingeschlagenen Weg fort.

»So einfach ist das nicht.«

»Doch, ist es. Runter mit den Armen. Lass das Kleid fallen.«

»Was, wenn uns jemand durchs Fenster sieht?«

»Es ist getönt. Ich mag meine Privatsphäre. Niemand kann reinsehen. Jetzt tu, was ich sage.«

Ich schloss die Augen, bevor ich das ruinierte Kleid von meinen Armen gleiten ließ. Es sammelte sich zu meinen Füßen.

»Und jetzt sorge ich dafür, dass du die Hände dort behältst, wo ich sie haben will.«

Bevor ich mich rühren konnte, fing er meine Handgelenke ab und fixierte sie über meinem Kopf am Fenster. Dann fesselte er meine Hände mit einem schwarzen Band aneinander. Nein, nicht mit einem Band – mit seiner Fliege.

Mein Herzschlag beschleunigte sich sprunghaft. Von

solchen Dingen fantasierte ich zwar, doch ich hätte nie erwartet, sie je auszuleben.

Das Funkeln des Eherings an seinem Ringfinger, als er die Fliege zusammenknotete, vermittelte denselben Besitzanspruch, den Sebastian kurz zuvor verbal angemeldet hatte. In der Nähe dieses Mannes verlor ich völlig den Verstand. Wie konnte ich ihn gleichzeitig schlagen und küssen wollen?

»Lass sie dort. Wenn du sie bewegst, versohle ich dir den Hintern und lasse dich nicht kommen.«

»Keine Schläge.«

Sofort spürte ich das Brennen seiner Handfläche auf dem Hintern.

»Fuck«, stieß ich atemlos hervor.

Er rieb die wunde Stelle. »Jetzt sag mir noch mal, dass du es nicht willst. Sag mir, dass sich dein Hintern nicht nach mehr davon sehnt oder sich gerade gegen meine Hand drückt.«

Ich erstarrte, als mir klar wurde, dass ich den stechenden Schmerz seiner Berührung tatsächlich suchte.

»Ich hasse dich.«

»Nein, tust du nicht. Du bist bloß wütend, weil der Mann, mit dem du eine Affäre hattest, der ist, den du am Ende geheiratet hast.«

Ich schleuderte ihm einen irritierten, finsteren Blick zu. »Falsch. Ich bin wütend, weil sich der Mann, den ich zu kennen geglaubt habe, als Heuchler entpuppt hat.«

»Sei wütend, so viel du willst. Du bleibst trotzdem mit mir und meinen vielen Gesichtern verheiratet.«

Beinah hätte ich gefragt, was er damit meinte, als er

meinen Tanga zur Seite schob und einen Finger tief in mich schob.

»Oh Gott«, entfuhr es mir stöhnend. Prompt richtete sich meine Wut gegen meinen eigenen Körper und sein Verlangen nach diesem Mann.

»Du triefst förmlich.« Er zog sich zurück und hob die Finger an meine Lippen. »Ablecken.«

»Hast du keine Angst, ich könnte dich beißen? Ich bin gerade in bissiger Stimmung.«

Er schmierte mir meine Essenz auf die Lippen. »Nur zu. Die Konsequenzen trägt dein Hintern. Jetzt mach auf.«

Ich fügte mich und ließ den Geschmack meiner Erregung auf meiner Zunge explodieren.

»Gut?«

Ich nickte.

»Mal sehen, ob ich das auch finde.« Damit krallte er die Faust in mein Haar, zog meinen Kopf zurück und presste den Mund auf meinem.

Der Kuss war fordernd, dominant, so völlig anders als alles, was wir bisher ausgetauscht hatten. Als wäre nun, da die Wahrheit ans Licht gekommen war, alle Zurückhaltung von ihm abgefallen.

»Wie Ambrosia für die Götter«, murmelte er, als er sich zurückzog. »Ich habe eine Frage an dich.«

»Was?«

»Flogger oder Hand?«

»Das kann nicht dein Ernst sein. *Keine Schläge.*«

»Also Flogger.«

Bei der Vorstellung stieg Hitze in mir auf, aber war ich

dafür bereit? Weiter als vergangene Woche hatte ich mich nie in diese Welt vorgewagt, und da hatte er mir nur den Hintern versohlt.

»Ich bin mir nicht sicher.«

Wir hatten noch nicht mal überlegt, wie die Sache mit uns funktionieren sollte. Verdammt, ich war immer noch so verletzt und wütend auf ihn.

Gott, ich stand kurz davor, den Verstand zu verlieren.

»Ich hab deine Reaktion auf die Szene im Club gesehen. Ich weiß, dass du erleben wolltest, was Kiera empfunden hat. Wenn ich in etwas gut bin, dann darin, Menschen zu lesen.«

Ich ließ den Kopf an die Scheibe sinken. »Ich habe mir gelobt, dich diesen Teil von mir nicht mehr nehmen zu lassen.«

Seine Hände schoben sich vor mich, legten sich auf meine, und seine harte Brust drückte gegen meinen Rücken. Es fühlte sich an, als würde ich von seiner Wärme, seiner Kraft umhüllt.

»Ich werde mir gar nichts nehmen. Es geht darum, dass du dich mir freiwillig hingibst. Wenn du mir sagst, dass du es wirklich nicht willst, dann wird es auch nicht passieren.«

Ich öffnete den Mund, um auszusprechen, dass er aufhören sollte, weil ich es nicht wollte, bekam die Worte jedoch nicht heraus.

»Wenn ich sage, ich will es nicht, lässt du mich in Ruhe?«

»Willst du das?«

Sein herrlicher Duft kitzelte mich in der Nase, und mein Kopf sank gegen seinen Hals. »Du verwirrst mich. Warum brauche ich dich so sehr? Ich sollte dich hassen.«

»Tust du aber nicht. Jetzt sag – Flogger oder Hand? Du brauchst es genauso sehr, wie ich es mir wünsche.«

Ich atmete tief ein und wusste, dass ich es auf keinen Fall verhindern würde. Denn ich wollte den Biss der dünnen Lederriemen auf der Haut spüren und den Lustschmerz erleben, den ich bei Kiera gesehen hatte.

»Flogger.«

Ich spürte, wie sich seine Lippen an meiner Haut zu einem Lächeln verzogen. »Gute Wahl. Bleib hier. Und das bedeutet, rühr keinen Muskel.«

Als er sich von mir entfernte, vermisste ich sofort das Gefühl seiner Wärme, seines harten Körpers, seiner Gegenwart.

Ich konnte nicht glauben, dass ich mich nach allem, was passiert war, tatsächlich von ihm auspeitschen lassen würde.

Lilly würde sagen, ich wäre schwanznotisiert. Eine andere Antwort fiel mir nicht ein. Nach einer Nacht mit unglaublichem Sex sehnte ich mich nach mehr, obwohl mir die Logik sagte, ich sollte mich dafür, dass er mich belogen hatte, mit Zähnen und Klauen gegen ihn zur Wehr setzen.

Nach einigen Minuten spürte ich, wie ich unruhig wurde.

Wohin um alles in der Welt war er verschwunden?

Ich drehte den Kopf, spähte hinter mich und erblickte ihn auf der Armlehne des Sofas mit dem Flogger in der Hand. Wie er aussah, erinnerte mich an den Dom aus dem Club, Liam. Aber im Gegensatz zu Liam besaß Baz eine Aura, bei der sich mein Innerstes sehnsüchtig zusammenzog.

»Warum sitzt du da?«

»Ich warte darauf, dass du den Aufruhr in deinem Kopf verarbeitest.«

»Das wird nicht so bald passieren.«

Er erhob sich und kam auf mich zu. »Dann hilft dir das vielleicht, ihn eine Weile zu vergessen.«

Er legte eine Hand auf meinen Rücken und drückte meine nackte Brust an das kühle Glas.

»Ich fange langsam an und werde schrittweise härter, bis ein leichtes Rosa jeden Quadratzentimeter deiner nackten Haut überzieht. Ich höre nur auf, wenn du ein Safeword sagst. Wie lautet dein Safeword, Isa?«

Wir würden es wirklich tun.

Nach kurzer Überlegung antwortete ich: »Täuschung.«

Ich konnte beinah hören, wie er mit den Zähnen knirschte.

»Also Täuschung. Fangen wir an.«

Ich rechnete mit dem Brennen des Floggers. Stattdessen spürte ich, wie seine warmen Hände meine Haut streichelten, von den Waden die Oberschenkel hinauf und über den gesamten Rücken.

Die Zärtlichkeit seiner Berührung trieb mir Tränen in die Augen. Es war, als wollte er sich jede meiner Konturen einprägen.

Ich schnappte nach Luft, als seine Lippen mein Kreuz streiften.

Das entsprach nicht dem, was ich wollte. Er sollte mich dazu bringen, mich in den Empfindungen von Schmerz und Lust zu verlieren. Nicht dazu, mein Verlangen nach ihm auf diese Weise zu steigern.

Als seine Lippen meinen Nacken erreichten, schoss ein Kribbeln durch meinen Körper, und mein Herz krampfte sich zusammen.

Beinah unbewusst flüsterte ich: »Täuschung.«

Sebastian erstarrte und drehte sich mein Gesicht zu. »Wir haben noch nicht mal angefangen.«

»Ich kann das nicht. Jedenfalls nicht heute, wenn du mich so berührst. Als würde ich dir was bedeuten.«

»Du bedeutest mir auch etwas, Isa. Schon von dem Moment an, als sich unsere Blicke in deinem Club zum ersten Mal begegnet sind.« Er sah mir eindringlich in die Augen. »Was soll ich tun? Ganz aufhören?«

Die Entscheidung wollte ich nicht treffen. Ich wollte, dass er sie mir abnahm. Nur funktionierte es so nicht.

»Besorg es mir einfach. Ohne BDSM, ohne Liebesspiel. Nur vögeln. Ich will an nichts anderes als daran denken, wie sich deine Härte in mir anfühlt.«

Kränkung und Schmerz blitzten in seinen dunklen Augen auf, als er einen Schritt zurücktrat. Ohne ein weiteres Wort zog er die Schuhe aus, knöpfte die Hose auf und ließ sie zu Boden fallen, gefolgt von seiner Boxershorts. Seine pralle, schwere Härte zeigte nach oben.

Als er sie mit festem Griff umklammerte, trat ein Lusttropfen aus der Eichel.

Bei dem wilden Ausdruck in seinen Augen, als er sich auf mich zubewegte und sich massierte, zog sich mein Innerstes zusammen.

Offensichtlich würden wir kein Kondom benutzen. Ich

hatte es noch nie blank getrieben. Die Vorstellung fand ich zugleich beängstigend und aufregend.

Aber er war mein Ehemann. Der Mann, der mir das Herz gebrochen hatte. Der Mann, der Kinder mit mir zeugen würde. Der Mann, von dem ich besessen zu sein schien, weil ich ihn wollte wie noch niemanden zuvor.

Er legte die Finger auf meine gefesselten Handgelenke und drückte mich an das kühle Fenster. Meine Nippel wurden hart wie Kiesel.

Dann führte er seine pralle, harte Männlichkeit zwischen meinen Pobacken hindurch nach unten und durch die Spalte meiner Schamlippen. An meinem Kitzler hielt er an und rieb das empfindsame Nervenbündel mit der Eichel.

Ich konnte ein Wimmern nicht unterdrücken.

»Willst du das?«

Ich erwiderte nichts, und er wiederholte die erlesene Folter.

»Ich hab dich was gefragt.«

»J-J-Ja.«

»Du willst aufhören zu denken?«

»Ja.«

»Du willst spüren, wie ich dich ficke?«

»Ja.«

»Ja was?«

»Bitte«, flehte ich.

Ich würde den Verstand verlieren.

»Falsch.« Er umspielte meine Spalte, drang nur einen frustrierenden Zentimeter weit in mich ein. »Die richtige Antwort lautet: ›Ja, Baz.‹«

Ich warf einen finsteren Blick über die Schulter. »Ja, Sebastian.«

»Wieder falsch.« Er schob sich etwas tiefer in mich und zog sich sofort wieder zurück.

Ich ballte die gefesselten Hände zu Fäusten und ließ die Stirn gegen die Scheibe sinken. »Das sage ich nicht. Du bist nicht mein Baz.«

Er beugte sich vor und knabberte an der Stelle zwischen meiner Schulter und meinem Hals. »Wir sind ein und derselbe. Der eine ist, wer ich sein muss, der andere bin ich bei dir.«

Ich wollte ihm so gern glauben.

»Sag es, Isa.«

Eine Träne kullerte mir über die Wange. »Baz.«

Er schob sich bis zum Anschlag in mich.

»Sag es noch mal.« Er zog sich zurück.

»Baz.«

»Genau. Ich bin Baz.« Dann begann er mit einem unerbittlichen Rhythmus.

Meine Muschi erbebte und pulsierte langsam.

»Mehr. Ich brauche mehr.«

»Du nimmst, was ich dir gebe.« Er presste den Körper an meinen Rücken, ließ keinen Platz zwischen seiner Haut und meiner. »Du gehörst mir, Isa.«

Er holte aus und stieß wieder zu.

»Ich werde dir die Kontrolle abnehmen, aber nicht heute Abend. Du sollst wissen, dass ich es bin, der es dir besorgt. Nicht bloß irgendein Schwanz.«

»Baz, bitte. Härter.«

Er beschleunigte den Takt. »Du wirst gerade von deinem Ehemann gevögelt. Vergiss das nie.«

Seine Finger schoben sich zwischen mich und das Fenster, tasteten sich zu meinem Kitzler vor und massierten ihn sanft.

»Ja!«, schrie ich auf, als sich mein Körper in die Tiefen der Ekstase stürzte.

Meine Pussy zog sich um seinen zustoßenden Schaft herum zusammen, benetzte ihn mit meinen Säften.

»Fuck, fuck, fuck. Ich kann's nicht länger zurückhalten.« Sebastian kam mit lautem Gebrüll und pumpte mich mit seinem Samen voll.

11

Sebastian

Ich versuchte, meine Atmung zu beruhigen und das Hämmern in meiner Brust zu bändigen. Soeben hatte ich den unglaublichsten Orgasmus meines Lebens mit der Frau meiner Träume erfahren. Allerdings musste ich mir immer noch einen Ausweg aus dem Chaos einfallen lassen, in das ich mich bei ihr manövriert hatte.

Widerwillig löste ich mich von Isas Rücken und zog mich aus ihr zurück.

Verdammt, ich hatte nach wie vor einen Halbsteifen.

Aber ganz gleich, wie gern ich es ohne Unterbrechung weiter mit ihr getrieben hätte, wir mussten reden.

»Komm, wir machen dich sauber und bringen dich ins Bett. Wir müssen ein langes Gespräch führen.«

Sie rührte sich, hob den Kopf vom Fenster.

»Wird der Sex zwischen uns immer so intensiv sein?«

Hoffentlich würde sie in ihrem von Ekstase berauschten Zustand bereit sein, sich anzuhören, was ich zu sagen hatte. Einige Dinge musste ich ihr mitteilen, andere würde ich ihr nie anvertrauen können. Ich hatte nicht damit gelogen, dass ich viele Gesichter hatte. Zum einen das des skrupellosen Mafiosos, für den die Welt mich hielt. Aber ich war auch der Mann, der seine Position nutzte, um noch schlimmerem Abschaum als mir das Handwerk zu legen.

»Daran besteht für mich kein Zweifel.« Ich küsste ihren nackten Rücken, während ich ihre Handgelenke losband und ihre Arme rieb, als ich sie senkte.

Sie stöhnte. »Ich glaub, mir fehlt die Kraft zum Laufen.«

»Tja, das ist gut. Dann bist du bei unserer Diskussion wenigstens ein gebanntes Publikum.« Ich schloss sie in die Arme, und sie schmiegte sich an meine Brust.

»Ich bin immer noch wütend auf dich.«

»Hätte auch nichts anderes erwartet. Aber ich bin nicht der Mistkerl, für den du mich hältst.«

Sie hob den Kopf und zog eine Augenbraue hoch.

»Okay, ich *bin* ein Mistkerl, aber dafür habe ich meine Gründe.«

Ich trug sie ins Schlafzimmer, legte sie aufs Bett und spürte, wie mein Herz einen Schlag aussetzte.

Mit ihren vom Küssen prallen Lippen, dem zerzausten schwarzen Haar und so blauen Augen, dass sie unecht wirkten, glich sie einer waschechten Göttin. Ich hatte schon auf Glamour getrimmte, perfekte Models, Schauspielerinnen und Promisternchen gehabt, doch niemand davon konnte dieser Frau das Wasser reichen.

Meine Frau.

»Bin gleich wieder da.« Ich ging ins Bad, kehrte mit einem warmen, feuchten Waschlappen zurück und setzte mich neben sie.

Während ich das Sperma zwischen ihren Beinen wegwischte, spürte ich, wie sich mein Halbsteifer vollständig aufrichtete. In ihrer Nähe hatte ich andauernd einen Ständer.

Ihre Finger legten sich um mich, drückten fest zu und entlockten mir ein Zischen.

Ich versuchte, ihre Hände von meinem Schaft zu lösen. »Wir müssen reden, Isa.«

Sie ließ sich nicht beirren. »Ich will nicht reden. Ich will ficken. Zum Reden haben wir noch den Rest unseres Lebens.«

Ich schloss die Augen und warf den Kopf zurück, während sie mich massierte.

»Süße, ich will versuchen, das Chaos zu beseitigen, das ich angerichtet habe.« Meine Worte klangen flehentlich.

Gott, diese Frau brachte mich zum Betteln. Was ich sonst *nie* tat, verdammt. Andererseits war ich auch noch nie so mit einer Frau zusammen gewesen.

Ich hatte mein Leben lang das von mir erschaffene Image perfektioniert. Das half mir, im Geschäft zu bleiben und jeden, mit dem ich zu tun hatte, eine Heidenangst einzujagen. Aber diese Frau lockte meine sanfte Seite aus mir hervor.

Verdammt, ich hatte mich über fünf Monate lang regelmäßig zum Kaffee mit ihr verabredet und dabei nichts anderes getan, als mit ihr zu reden.

Ihretwegen hatte ich praktisch dauerhaft Samenstau gehabt.

»Ich will jetzt nichts in Ordnung bringen. Ich will so viel zornigen Sex, wie ich kriegen kann.« Sie drückte gegen meine Brust, bis ich auf dem Rücken lag.

»Verdammt, Isa. Ich versuche, das Richtige zu tun.«

Wut blitzte in ihren kobaltblauen Augen auf, als sie auf mich kletterte. »Dafür ist es ein bisschen spät. Jetzt will ich die Privilegien des Körpers, den ich bekommen habe, als ich an dich verkauft worden bin.«

Ich krallte die Hand in ihr Haar, als sich auch mein Temperament regte. »Ich habe dich nicht gekauft. Genau wie du hatte ich keine andere Wahl. Ich war am College in den USA, als die Sache ausverhandelt worden ist.«

Plötzlich befreite sie sich aus meinem Griff und drückte meine Hände zurück.

Ich konnte meine Überraschung nicht verbergen, als sie sich über mich beugte und die Schamlippen über meinen Ständer in Stellung brachte.

»Ich sagte«, presste sie hervor, »ich will ficken.« Sie glitt an mir auf und ab, benetzte mich mit ihrer Erregung.

Ich wusste, wann ich mich in einer verlorenen Schlacht befand.

»Lass die Hände dort.«

»Spielen wir hier Auge um Auge?«

»Nenn es, wie du willst. Ich möchte jetzt diesen Körper genießen, der mir gehört.«

Mit diesem besitzergreifenden Ton hatte ich nicht gerechnet. Wenn sie glaubte, dass ich ihr gehörte, lag es mir fern, ihr zu widersprechen.

»Dann mal los. Erheb ruhig Anspruch auf mich.«

Sie senkte das Gesicht zu meinem. »Nicht reden.«

Sie küsste mich, bevor ihre Lippen über meinen Hals, mein Schlüsselbein und tiefer wanderten. Als ihre Zunge um meine empfindsamen Brustwarzen kreiste, bäumte ich mich auf.

»Zu viel, Süße. Zu viel.«

Sie hob den Kopf. »Ich hab noch nicht mal angefangen, dich zu quälen.«

Ihre Lippen verzogen sich zu einem verruchten Grinsen, der meinen Schaft einen Lusttropfen auf den Bauch absondern ließ. Wenn sie so weitermachte, würde ich vorzeitig kommen wie ein verdammter Teenager.

Sie bewegte sich weiter nach unten, übersäte meine Brust und meine Bauchmuskeln mit Küssen.

Ich schloss die Augen, als sie tiefer glitt, bis sich ihre Lippen nur noch eine Haaresbreite von meiner Eichel entfernt befanden.

Sie legte die Hand um meine Härte und leckte daran, entlockte mir mit jedem Zungenschlag ein Brummen.

Ein Schauder durchlief mich, während sie mich weiter aufgeilte.

»Fester. Drück fester zu«, befahl ich und genoss das Gefühl ihrer Berührung.

Sie gehorchte ohne den Widerspruch, mit dem ich gerechnet hatte. Ich wurde in ihrer Hand härter und spürte, während sich in mir der Drang ausbreitete, die Kontrolle zu übernehmen.

»Lutsch mich, Isa. Nimm mich tief in den Mund.«

Bei meinen Worten entrang sich ihren prallen Lippen ein Wimmern, und sie senkte den Kopf. Ohne nachzudenken, senkte ich die Hände und vergrub sie in ihrem Haar. Gott, was liebte ich diese wilde Mähne.

Sie nahm mich langsam auf, bewegte sich dabei hoch und runter, bis ich spürte, wie ich gegen den Ansatz ihrer Kehle stieß. Dann tat sie etwas, das mich beinah um den Verstand gebracht hätte. Sie schluckte, wodurch sich dieser schier unglaubliche Mund zusammenzog.

»Isa. Mach das noch mal. Mist. Mach's noch mal.«

Sie bearbeitete mich leidenschaftlich. Der erotische, unfassbar herrliche Sog ihres Munds war intensiver, als ich es je zuvor erlebt hatte.

Ich öffnete die Lider und blickte in ihre blauen Augen, aus denen Lust und selbstgefällige Zufriedenheit sprachen.

Sie bewegte die Faust im Takt ihres herrlichen Munds und ihrer Zunge auf und ab.

Meine Hoden zogen sich zusammen, und ich wusste, dass ich jeden Moment die Beherrschung verlieren würde.

»Isa, hör sofort auf, sonst komme ich in deine Kehle.«

Ich dachte schon, sie würde mich ignorieren und mich in ihrem Mund abspritzen lassen, dann jedoch löste sie sich mit einem schmatzenden Laut und einem verruchten Lächeln von mir.

Sie kroch über mich, bis ihre Spalte über meinem Ständer schwebte. Mit vom Blasen prallen, feuchten Lippen und gerötetem Gesicht bot sie einen unglaublichen Anblick.

»Ich werd's dir jetzt besorgen, Sebastian.«

Mit verkniffenem Blick stemmte ich mich hoch, bis ich aufrecht saß. Ich packte ihre Hüften. »Der Einzige, den du je wieder ficken wirst, ist Baz.«

Sie konterte auf meine Herausforderung mit einer eigenen. »Du hast dir nicht das Recht verdient, mein Baz zu sein.«

»Glaub, was du willst. Ich werd nie jemand anders sein. Jedenfalls nicht bei dir.«

Ich hob sie hoch und senkte sie wieder, vergrub meine Härte in ihrer feuchten Hitze.

Ein Stöhnen entrang sich ihrer Kehle, und sie warf den Kopf zurück. Der Atem drang leise und stoßweise aus ihr.

»Gott, du fühlst dich unglaublich an.« Ich ließ die Hände an ihrem Körper hinaufgleiten, legte sie auf ihre perfekten Brüste und reizte die aufgerichteten Nippel, bis sie noch härter wurden.

»Reite mich, Süße.«

Sie legte die Arme um meine Schultern und richtete sich auf, indem sie sich auf die Knie stützte, bevor sie sich langsam, träge wieder senkte. Dabei ließ sie die Hüften auf eine Weise kreisen, die mich um den Verstand bringen sollte.

»Isa«, stieß ich stöhnend hervor und genoss, wie sie sich bei jeder Bewegung um meinen Schaft herum zusammenzog.

Ich senkte den Kopf und saugte mir einen herrlichen Nippel in den Mund.

»Oh Gott ...« Schwer atmend hob und senkte sie sich weiter auf mir. »Das fühlt sich so gut an.«

»Stimmt, tut es.«

»Du bist so feucht. Ich bin völlig durchnässt von deinen Säften.«

Ihr Rhythmus wurde schneller, härter, und ich wusste, dass sie bald kommen würde.

Mein Daumen bewegte sich auf ihren Kitzler und drückte darauf. Sofort erbebte ihre Pussy, und ihre Atmung wurde abgehackt.

»Komm, Geliebte. Komm heftig auf mir.«

Als hätte sie nur auf den Befehl gewartet, entlud sie sich und zog sich so fest um mich herum zusammen, dass ich Sternchen sah, als mein eigener Höhepunkt über mich hereinbrach.

KURZ NACH ZEHN Uhr vormittags betrat ich das Haus meiner Kindheit mit dem Wissen, dass ich gleich tun würde, wovon ich schon als kleiner Junge geträumt hatte.

Jonas Weber aus dem Haus und dem Familienbetrieb schmeißen. Mit Schlag Mitternacht, als ich tief in meiner Frau gesteckt hatte, war Weber International zu hundert Prozent auf mich übergegangen. Es war vorbei damit, dass er mir mit dem Unternehmen oder meinen Pflichten drohen konnte. Vorbei mit dem Warten auf den Tag, an dem der Mistkerl, der nur dem Namen nach mein Vater war, keine Handhabe mehr über mich haben würde. Die Hierarchie hatte sich verschoben. Ab sofort verkörperte ich den Mann am Ruder.

Der Machtwechsel bedeutete auch, dass ich Jonas noch aufmerksamer im Auge behalten musste. Es spielte keine Rolle, dass die Sache abgeschlossen war und er als Familienoberhaupt im Ruhestand einen exorbitant ausgestatteten Treuhandfonds erhielt – er würde mehr wollen. Diesem Mann reichte nie etwas. Ich wäre nicht überrascht, wenn Jonas das gesamte Geld in fünf Jahren aufgebraucht hätte, wahrscheinlich sogar eher früher.

Lucas kam mir am Eingang entgegen.

»Bereit?« Er reichte mir Unterlagen, mit denen Jonas nicht rechnete, das wusste ich.

»Darauf habe ich mein Leben lang gewartet.«

Der Mistkerl dachte wirklich, ich würde mich auf sein Wort über die von Opa unterschriebenen Verträge verlassen. Mein Großvater war nicht dumm gewesen. Er hatte genau gewusst, wie Jonas war. Von seinen drei Söhnen war Jonas der verwöhnteste, der anspruchsvollste. Andrew war dazu erzogen worden, die Leitung zu übernehmen. Er hatte seine Verantwortung gekannt. Und Fredrik, mein einziger anderer lebender Verwandter, besaß ein sanftes Gemüt. Mein Großvater hatte gewusst, dass sein Jüngster nicht für diesen Lebensstil bestimmt war. Deshalb hatte er ihm erlaubt, Deutschland zu verlassen und Wirtschaftsprofessor in den USA zu werden.

Fredrik war ein anständiger Mann und verdiente es, ein Leben frei vom Makel unserer Familie zu führen. Deshalb hatte ich ihn gedrängt, Deutschland unmittelbar nach dem Hochzeitsempfang wieder zu verlassen. Da mein Onkel bereitwillig zugestimmt hatte, ahnte er wohl, dass sein älterer Bruder etwas im Schilde führte.

Und sobald ich Jonas seine Befehle erteilte, würde er zu meinem gefährlichsten Gegner werden. Zu einem, dem ich auf keinen Fall den Rücken zukehren durfte.

»Er ist nicht allein.« Lucas zuckte mit den Schultern. »Am Sonntag hat er seinen wöchentlichen Gelegenheitssex. Manche Leute gehen an dem Morgen in die Kirche, er kriegt einen Blowjob. Wenigstens ist die Frau diesmal im legalen Alter. Hoffe ich zumindest.«

Beim Gedanken, dass Jonas mit Kindern ins Bett stieg, drehte sich mir der Magen um. Gern wäre ich im Zweifelsfall davon ausgegangen, dass er nur auf jung aussehende Gespielinnen stand, doch er war ein wirklich kranker Drecksack.

Falls ich je handfeste Beweise dafür in die Finger bekäme, dass er es mit Kindern trieb, würde ich ihn eigenhändig umbringen. Nach meinem letzten Einsatz war jeder, der sich dieser Art von Vergnügungen hingab, in meinen Augen so gut wie tot.

»Je eher das Stück Scheiße hier raus ist, desto eher bin ich ihn los.«

»Das ist fies. Du willst ihn nicht mal seine Ladung abspritzen lassen, bevor du ihn auf die Straße setzt?«

»Arschloch«, murmelte ich und setzte mich zu Jonas' Büro in Bewegung.

Ich bedeutete den Soldaten im Erdgeschoss, mir zu folgen. Jeder gehörte schon seit unserer Kindheit der Organisationsstruktur des Betriebs an, viele entstammten Familien, die seit Generationen im Dienst der Webers standen. Sie kannten die veränderten Machtverhältnisse. Ihre Loyalität galt dem Familienoberhaupt.

Ich blieb vor Jonas' Bürotür stehen. »Bringen wir's hinter uns. Ich habe eine Frau, zu der ich zurück muss.«

Als ich die Hand auf den Griff legte, fragte Lucas: »Kein Glück dabei, ihr Temperament zu zügeln?«

Ich dachte an den zornigen, die ganze Nacht andauernden Sex zurück, und daran, wie ich in einem leeren Bett und einer verwaisten Wohnung aufgewacht war.

»Nicht mal annähernd.«

Wenigstens hatte sie mir einen Zettel mit der Nachricht hinterlassen, dass sie mit ihrem Bodyguard zur Arbeit gefahren war und unter keinen Umständen ihre Clubs aufgeben würde.

Wäre ich nicht so irritiert darüber gewesen, dass ich verschlafen hatte, wie sie gegangen war, ich hätte über die Worte gelächelt. Es sah mir nicht ähnlich, dass mir auch nur die geringste Bewegung oder das leiseste Geräusch in einem Raum entging.

»Du siehst aus wie ein Mann, der ordentlich flachgelegt worden ist, also hat sie dir wenigstens nicht den Pimmel abgeschnitten.«

Nach einem finsteren Blick zu Lucas öffnete ich die Tür.

»Was zum Teufel soll das?«, tobte Jonas und schob die hilflos vor ihm kniende Frau beiseite.

Wie ich mit diesem Arsch verwandt sein konnte, überstieg meinen Verstand. Er war klischeehafter als ein Gangster in einem Mafiafilm.

»Ist an der Zeit für dich, das Gelände zu verlassen.« Das

Letzte, was ich sehen wollte, war sein aus der Hose baumelnder Schwanz. »Den Pimmel steckst du besser wieder weg, sonst kommt noch jemand auf falsche Gedanken.«

»Ich lebe hier, verdammt!«

»Falsch. Du *hast* hier gelebt. Seit Mitternacht gehören das Haus hier, das gesamte Inventar und alles unter Weber International mir, Sebastian Alexander Weber.«

»Blödsinn. Ich weiß, was in den Verträgen steht. Das Haus behalte ich.«

»Wieder falsch. Du solltest mal versuchen, das Kleingedruckte zu lesen, statt alles zu glauben, was dir deine Anwälte sagen. Die Familie Benz behält bis zu Russos Tod ihren gesamten Besitz. Du hingegen bekommst nur den eingerichteten Treuhandfonds, sobald der Vertrag wirksam wird.« Ich warf einen Blick auf die weinende Frau, die sich hinter Jonas' Stuhl versteckte. »Du kannst gehen. Einer meiner Männer bringt dich nach Hause. Nächstes Mal solltest du dir überlegen, ob du dich wirklich auf alte Säcke einlassen willst, die dich nur benutzen.«

Die Frau rannte hinaus, sichtlich erleichtert darüber, dem Chaos zu entkommen.

Jonas war mittlerweile hochrot angelaufen. Wenigstens besaß er so viel Anstand, die Hose hochzuziehen. »Ist dir eigentlich klar, wer ich bin? Ich kann dich mit einem Wort beseitigen lassen.«

»Nur zu. Tu dir keinen Zwang an. Du wirst sehr schnell merken, dass die Soldaten nur deshalb bei der Organisation geblieben sind, weil ihre Loyalität der Familie gilt, nicht dir.«

»Und ich denke, du wirst merken, dass es nicht so läuft,

wie du glaubst. Du bist genau wie dein Opa. Keine Ahnung, wie man mit der Zeit geht. Du wirst eher früher als später erkennen, dass meine Geschäftsmethoden der Weg in die Zukunft sind.« Er ging um mich herum wie ein abdankender König. »Erwarte bloß keine Hilfe von mir, wenn alles den Bach runtergeht.«

»Werde ich nicht.« Als Jonas die Tür erreichte, fügte ich hinzu: »Im Vertrag steht außerdem, dass sämtliche Mittel des Treuhandfonds an den Erben zurückfallen, wenn du irgendwas tust, das der Familie schadet. Denk nicht mal dran, dich mit mir, meinem Geschäft oder meiner Frau anzulegen.« Mit der Ergänzung wollte ich betonen, dass ich wusste, wie er sie behandelt hatte.

»Junge, mach mich dir nicht zum Feind. Dir würde nicht gefallen, was dabei herauskommt.«

Ich ließ mir keinerlei Emotionen anmerken. So verärgerte man ihn am wirkungsvollsten. Das hatte ich immer wieder gehört, seit ich alt genug war, um zu verstehen, in welcher Branche meine Familie agierte.

Mein Großvater hatte immer gemeint, dass Macht einen Mann entweder ausmachte oder zerstörte. In Jonas' Fall traf Letzteres zu, nur bekam er es nicht mit. Bald würde er feststellen, dass er ohne die Weber-Organisation im Rücken mit seinen Millionen nicht anders wäre als jeder andere in Europa mit zu viel Geld und ohne Einfluss.

»Ist das eine Drohung?«

Schlagartig wurde es still im Raum. Die Soldaten beobachteten Jonas, als wäre er drauf und dran, eine Waffe auf mich zu richten. Wie damals, als er mich über die Hochzeit informiert hatte. Davon hatten alle erfahren.

Als ob er den Loyalitätswechsel der Leute spürte, antwortete er: ›Es ist eine Warnung.‹ Und damit schritt er zur Tür hinaus.

Kaum befand er sich außer Sicht, nickte ich Lucas zu. Er folgte Jonas, um sicherzustellen, dass der Penner nichts mitnahm, was mir in Zukunft Probleme bereiten könnte.

Damit war der Drecksack offiziell rausgeworfen.

Jonas' Vernichtung war seit Mamas und Hannahs Ermordung mein oberstes Ziel gewesen. Dass Jonas mich gezwungen hatte, Isa zu heiraten, hatte die Sache beschleunigt, allerdings beschränkte es sich nicht darauf, die Macht von ihm zu übernehmen. Nun musste ich alle Teile in Stellung bringen, damit die Dominosteine fallen konnten.

»Durchsucht jeden Quadratzentimeter im Haus, vor allem dieses Zimmer und seine privaten Räume. Ich will über alles Bescheid wissen, was er vorhat. Sucht auch nach Kameras und Wanzen. Ich traue ihm ohne Weiteres zu, dass er alles aufzeichnet, was hier drin abläuft.«

»Verstanden.« Emil, einer der für das Haus zuständigen Sicherheitsleute, ging zu einem Schrank, zog ihn von der Wand und legte einen Tresor frei. »Den hab ich vor ein paar Jahren bemerkt.«

»Aufmachen.« Ich bewegte mich auf die Stahltür zu.

Emil holte sein Handy heraus, rief jemanden an und verkündete dann: »Kurt ist gleich hier.«

Kurt war der Experte für Technik und Sicherheit in der Organisation. Wenn ich nicht überzeugt davon gewesen wäre, dass er die Familie nie verlassen würde, hätte ich ihn für andere Bereiche meiner Welt engagiert.

Eine Minute später traf er mit einer Kiste ein. Er packte Drähte und irgendein Gerät aus, schloss es am Safe an und gab einen Code ein. Der elektronische Tresor leuchtete auf. Wenige Sekunden danach öffnete er sich mit einem Piepton.

Ich trat näher hin. Der Safe enthielt stapelweise Ordner. Ich holte die Unterlagen heraus und verfrachtete sie in einen Sack, den Emil für mich mitgebracht hatte. Hinter den Ordnern fand ich einen USB-Stick und Fotos von Isa, wie sie aus dem Fitnessstudio kam, wie sie Freundinnen besuchte.

Bei den letzten gefror mir das Blut in den Adern. Die Bilder zeigten Isa und mich, wie wir uns zum Kaffee trafen, uns beide in meinem Club und sie mit traurigem, zerknirschten Blick beim Verlassen meines Gebäudes vor einer Woche.

Der Drecksack hatte von uns gewusst.

Es sah ihm nicht ähnlich, irgendetwas für sich zu behalten. Dafür prahlte er zu gern und posaunte seine großartigen Pläne in die Welt.

Irgendetwas musste mir entgehen. Warum hatte er die Fotos nicht benutzt, um mich bei Isa anzuschwärzen? Was wollte er erreichen?

»Bringt mir einen sicheren Computer«, befahl ich in die Runde.

Kurt holte einen Laptop und stellte ihn vor mich. Ich schloss den USB-Stick an.

Als der Inhalt angezeigt wurde, musste ich dem Drang widerstehen, den Rechner durch den Raum zu schleudern.

Eine Tabelle nach der anderen enthielt Angaben über Beamte in ganz Europa, die der Familie für erwiesene Gefälligkeiten zu Loyalität verpflichtet waren.

So nützlich die Liste für die Organisation sein mochte, erklärte sie nicht, warum Jonas meine Ehefrau hatte beschatten lassen.

In dem Moment erschien Lucas im Büro.

»Wo ist er?«, fragte ich, ohne vom Computer aufzuschauen.

»Weg. Hat sich nicht mal die Mühe, in seinen Privaträumen vorbeizuschauen. Und er hat ziemlich selbstgefällig gewirkt, als er zur Tür rausgegangen ist.« Lucas trat neben mich und ergriff die Fotos von Isa. »Der Mistkerl hat irgendwas vor. Und ich glaube, du hast ihm gerade deine Achillesferse geliefert.«

Ich starrte auf ein Foto von mir, das zeigte, wie ich Isa anstarrte, während sie jene Szene im Club beobachtete. Selbst ein Blinder hätte erkannt, dass ich ihr verfallen war.

Das war übel. Sehr übel. Ich musste einen Weg finden, meine stinksaure Frau zu schützen, ohne ihr die Flügel zu stutzen.

12

Isa

»Du bist am Tag nach deiner Hochzeit ernsthaft bei der Arbeit?«, sagte Lilly, nachdem sie meine Bürotür aufgerissen hatte und eingetreten war. Sie hatte sich auf eine Liege hinten in meinem Büro plumpsen lassen. »Ich weiß noch genau, dass du einen Zeitplan aufgestellt hast, damit du in die Flitterwochen fahren kannst oder so.«

»Auch dir einen guten Morgen. Und danke, dass du einfach reingeschneit bist. Ich arbeite gerade an Prognosen und Budgets. Wie du weißt, werde ich mürrisch, wenn ich mich mit Budgets herumschlagen muss.«

Lilly ignorierte mich. Sie stand auf und reichte mir eine

Tasse Kaffee sowie eine Tüte, die mit Sicherheit mein Lieblingsgebäck enthielt.

»Erstens bin ich deine beste Freundin und Geschäftspartnerin. Also kann ich reinkommen, wann ich will. Zweitens sind die Mitarbeiter darüber ausgeflippt, dass du morgens um sieben hier aufgeschlagen bist. Sie haben mich angerufen, damit ich mich vergewissere, ob mit dir alles in Ordnung ist. Drittens verbringen die meisten Leute die Nächte und Tage nach der Hochzeit mit Matratzensport.« Plötzlich schaute Lilly erschrocken auf. »Bitte sag, dass du deinen neuen Ehemann nicht umgebracht hast. In dem Fall könnten dir sogar deine verrückten Beziehungen nicht mehr helfen.«

Um ein Haar hätte ich über ihre Besorgnis gelacht.

Ich war zu Lilly gerannt, nachdem ich herausgefunden hatte, wer Baz in Wirklichkeit war. Sie hatte sich an das Protokoll für beste Freundinnen gehalten und mir geholfen, Baz’ qualvolles Ableben in allen Einzelheiten zu planen. Dann hatte sie mich beruhigt und mir klargemacht, dass ich den Rest unseres Lebens haben würde, um Baz für seine Lügen bezahlen zu lassen.

›Nein, er ist nicht tot.«

›Und?«

›Und was?«

Sie knurrte. »Du kannst so nervig sein. Ist ja wie Zähneziehen, aus dir ’ne klare Antwort rauszubekommen.«

›Ich bin hier nicht diejenige, die verschwiegen hat, dass ihr Lover für meinen zukünftigen Mann arbeitet.«

›Das wirst du nie loslassen, was? Ich hab’s nicht gewusst,

weil ich nicht danach gefragt habe. Und Kane behält den Kopf gern auf den Schultern, deshalb redet er nie über die Leute, für die er arbeitet. Jetzt beantworte die Frage.«

»Bei allem, was aus dir heraussprudelt, war auch eine Frage dabei?«

»Echt jetzt, du bringst mich noch dazu, die in deiner Handtasche versteckte Knarre zu ziehen und dich damit abzuknallen.«

Ich lächelte sie an. »Du hast doch eine eigene.«

»Ich fände es aber mit deiner gerechter.«

Einen Moment lang funkelten wir uns noch gegenseitig finster an, bevor wir in Gelächter ausbrachen.

Ich liebte diese Frau. Irgendwie brachte sie mich immer dazu, mich zu entspannen.

Als wir uns wieder einigermaßen im Griff hatten, fragte sie: »Wie ist die letzte Nacht gelaufen? Nach der Hochzeit konnte ich nicht mehr in deine Nähe. Als wollte Jonas Weber der Welt verdeutlichen, dass du jetzt eine Weber bist, keine Benz mehr.«

Ich hätte ihr gern zustimmen, war aber während des Großteils des Empfangs dermaßen in meiner Wut aufgegangen, dass ich gar nicht groß auf Jonas geachtet hatte. Außer, als ich gehört hatte, wie er von Sebastian aufgefordert worden war, sich zurückzuhalten.

»Welchen Teil der letzten Nacht meinst du?« Natürlich wusste ich, worauf sie mit der Frage abzielte, aber ich wollte es ihr nicht zu einfach machen.

Abgesehen davon, wie sollte ich ihr erklären, dass ich

meinem Ehemann vor lauter Zorn das Hirn rausgevögelt, aber nicht wirklich mit ihm gesprochen hatte?

»Ich hätte wissen müssen, dass es subtil bei dir nicht zieht. Habt ihr miteinander geschlafen?«

Hitze stieg mir in die Wangen. »Man könnte sagen, wir haben im Verlauf der Nacht regelmäßig miteinander geschlafen.«

»Oh mein Gott. Ihr habt gerammelt wie die Karnickel.« Lilly legte den Kopf schief. »Und warum bist du jetzt hier, statt den Sexmarathon mit deinem sündhaft heißen Mann fortzusetzen? Übrigens füllt er einen Smoking aus wie niemand sonst.«

Ja, er hatte gestern tatsächlich verdammt gut ausgesehen. *Zum Niederknien*, würde es genauer treffen. Wenn je ein Mann zum Tragen eines Anzugs geboren worden war, dann Sebastian. Hinzu kam die dezente Andeutung der Tätowierungen, die sich unter dem Designer-Smoking verborgen hatten. Jeder flüchtige Blick darauf hatte meine Hormone zum Brodeln gebracht.

»Weil ich mir immer noch nicht sicher bin, wo wir stehen. Mir will einfach nicht in den Kopf, warum er mich belogen hat.«

»Ich sage dir das jetzt als deine beste Freundin.« Lilly kam um meinen Schreibtisch herum, schob meinen Stuhl zurück und beugte sich zu mir herab. »Du musst drüber hinwegkommen. Egal was passiert, ihr beide seid zusammen, bis dass der Tod euch scheidet. In deiner Welt gibt's keine Trennungen. Hör dir seine Gründe an, lass ihn kriechen und zeugt dann viele Babys, die mal das Benz-Weber-Imperium übernehmen können.«

»Ich wünschte, es wäre so einfach. Aber ich bin immer noch so verletzt.«

»Tja, nur löst du gar nichts, indem du dich aus eurem Zwanzig-Millionen-Euro-Penthouse schleichst und nicht mit ihm redest. Ich will nicht, dass du als verbitterte, ständig mürrische, klischeehafte Mafiafrau endest.«

Ich verdrehte die Augen. Es gelang mir nicht, ein Lächeln über das Bild zu unterdrücken, das sie heraufbeschworen hatte. Lilly liebte amerikanisches Reality-Fernsehen, vor allem Sendungen, die sich um die Mafia und deren Familien drehten.

»Ist angekommen. Wenn ich ihn das nächste Mal sehe, gebe ich ihm die Chance, reinen Tisch zu machen, versprochen.«

»Mehr verlange ich ja gar nicht.«

»Das heißt noch lange nicht, dass ich drüber hinwegkomme. Danach ich werde ihm zuhören.«

»Vielleicht kannst du dabei ein paar Diamanten rausschinden. Das macht meine Mama immer, wenn sie Streit haben.«

Lillys Vater verdiente in Papas Organisation hervorragend. Zweifellos gut genug, um seine Frau mit Juwelen zu überhäufen. Außerdem vergötterte er sie und wollte nie, dass sie sauer auf ihn blieb.

»Ich hab's nicht so mit Diamanten.«

»Dann bring ihn eben dazu, dir ein Langstreckengewehr

zu kaufen.« Sie runzelte die Stirn. »Du bist wohl die einzige Frau, die beim Gedanken an eine tödliche Waffe als Geschenk feucht im Schritt wird.«

Nur wenige Menschen wussten, dass ich eine Vorliebe für Waffen hatte, insbesondere für Scharfschützengewehre. Nach meinem ersten Einsatz bei Solon hatte ich Unterricht genommen. Als ich später dazu übergegangen war, bei Fällen anderer Sicherheitsorganisationen mitzuhelfen, hatte ich es für sinnvoll gehalten, mich mit verschiedenen Arten von Waffen und Selbstschutz vertraut zu machen.

Ich zuckte mit den Schultern. »Manche haben eben höhere Standards als andere.«

»Gut zu wissen.« Sebastians tiefe Stimme drang von der Tür herüber.

»Ba... Sebastian.«

Er verengte die Augen zu Schlitzen. »Ich bin allein aufgewacht.«

Seine intensive Aufmerksamkeit brachte meine Haut vor Verlangen zum Kribbeln.

»Ich hab dir eine Nachricht hinterlassen. Und außerdem, musstest du nicht selbst zur Arbeit? Ich hab gehört, wie dieser Lucas beim Empfang etwas davon erwähnt hat.«

Lucas gehörte zu den Wenigen aus dem Weber-Lager, die ich am Vortag kennengelernt hatte und einigermaßen mochte. Ich hatte mir zusammengereimt, dass er Sebastians rechte Hand sein musste, und er schien ihm gegenüber einen ausgeprägten Beschützerinstinkt zu haben.

»Meine Arbeit hätte bis nach dem Frühstück warten

können.« Die Lust in seinen Augen verriet mir, dass er damit kein Essen meinte.

»Und damit bin ich weg.« Lilly huschte um mich herum in Richtung der Tür. Als sie Sebastian erreichte, blieb sie stehen. »Kauf ihr 'ne Waffe, dann haben sich deine Sorgen erledigt. Ist mein voller Ernst.«

»Danke für die neue Erkenntnis über meine Braut.« Seine Lippen verzogen sich zu jenem verruchten Lächeln, das jedes Mal die Schmetterlinge in meinem Bauch entfesselte.

Auch Lilly schien nicht gefeit dagegen zu sein und errötete heftig, bevor sie davoneilte.

»Ich mag sie. Diese ansteckende Energie haben nicht viele in unserer Welt.«

Seine Einschätzung von Lilly ließ das Eis zwischen uns schmelzen, das ich nach wie vor aufrechterhielt.

»Lilly sieht die Welt in schillernden Farben. Der ultimative Freigeist. Sie ist blitzgescheit und kann beinhart bei der Beurteilung von Kunst und Skulpturen sein, aber bei allem, was sie macht, ist Freude dabei.«

»Ist schön, Menschen zu haben, die Licht in unsere Welt bringen.« Er schloss die Tür und kam auf mich zu.

»Was soll das werden?« Ich wollte meinen Stuhl zurück zum Schreibtisch rollen, aber er bremste die Bewegung mit dem Fuß ab.

»Ich will Lillys Rat beherzigen und zu Kreuze kriechen.« Er kniete sich vor mich hin. »Und dann ...«

Ich schluckte. »Was dann?«

»Dann widmen wir uns dem Teil mit den Babys.«

»Wie kommst du eigentlich darauf, dass ich nicht verhüte?«

Er packte die Armlehnen meines Stuhls und drehte mich zu sich herum. »Ich habe dich ausspionieren lassen. Ich weiß alles, was es über dich zu wissen gibt.«

»Klingt ein wenig nach Stalken.«

Er zuckte mit den Schultern. »So bin ich nun mal. Außerdem war es sinnvoll, sobald man mir befohlen hatte, dich zu heiraten.«

»Wäre es dann nicht umsichtig von mir, genauso viel über dich zu wissen?«

»Nur zu, recherchier mich.«

»Hab ich schon. Du bist ein Geist. Ich wette, die spärlichen über den allmächtigen Sebastian Weber verfügbaren Informationen hast du selbst strategisch platziert.«

»Seit heute Morgen gilt dasselbe für dich.«

Ich konnte meine Überraschung nicht verbergen. »Warum machst du so was?«

»Weil du im Moment des Jaworts zu Eloisa Weber geworden bist.«

»Was soll das heißen?«

»Es heißt, dass ich alles tue, um zu schützen, was mir gehört.« Er beugte sich vor, bis seine Stirn die meine berührte. »Falls du noch irgendwelche Zweifel hast, du bist mein. Schon seit dem Moment, als sich unsere Blicke auf der Tanzfläche begegnet sind.«

Ich zog mich zurück. »Ich lasse mich von dir nicht in einen Käfig sperren. Mein Leben lang hab ich nach Möglichkeiten gesucht, aus dem auszubrechen, in den meine Eltern mich stecken wollten. Davon habe ich genug.«

»Dich einzusperren, ist das Letzte, was ich will. Ich will dich in keine Rolle zwängen, die nicht zu dir passt. Aber ...« Kurz verstummte er, als dächte er noch einmal über seine Worte nach, bevor er sie aussprach. »Ich werde dich so beschützen, die ich es für richtig halte. Wie du weißt, habe ich viele Gesichter. Einige davon sind finster und rufen Feinde auf den Plan. Wenn dir etwas zustieße, würde ich die Welt auseinandernehmen.«

»Das versteh ich nicht. Wir kennen uns erst seit ein paar Monaten.«

»Es gibt nichts, was ich nicht für jemanden tun würde, den ich liebe.«

Bei den Worten und der Intensität des Blicks seiner dunklen Augen setzte mein Herz einen Schlag aus. Es schien an der Zeit zu sein, ihn über die Täuschung der letzten Monate zu befragen.

»Warum hast du mich belogen?«

Er schüttelte den Kopf. »Weil ich ein Idiot bin. Ich bin damals gerade von einer Geschäftsreise zurückgekommen, die nicht wie geplant verlaufen ist, und ich hab nicht klar gedacht. Ich war stinksauer wegen unserer Ehe und dem Chaos, das Jonas in meinem Leben angerichtet hatte. Also wollte ich die Prinzessin des Benz-Imperiums live erleben.«

»Und was hast du dabei festgestellt?«

»Auf dem Papier warst du das Gegenteil davon, was mich erwartet hat. In natura hast du mich umgehauen. Die Anzie-hungskraft zwischen uns war sofort da, aber die damit ein hergehende Verbindung war noch schwindelerregender.«

»Du hättest schon an dem Abend reinen Tisch machen können. Wäre eine Erleichterung für mich gewesen, zu wissen, dass ich mit meiner Verlobten kompatibel bin.« Ich verdrehte die Augen über den Begriff.

»Mir hat gefallen, dass du mich nur als Baz gekannt hast. Ich war für dich ein Rätsel, und du hast nach und nach mein wahres Ich kennengelernt, nicht die Person, die ich als Weber-Erbe sein muss. Und dass du mich für einen Mann, den du noch nie begegnet warst, auf Abstand gehalten hast, hat mein Verlangen nach dir nur zusätzlich verstärkt.«

»Und zu wissen, dass ich es für meinen Verlobten getan habe, der zufällig du warst, hat dich natürlich überhaupt nicht aufgegeilt«, fügte ich tonlos hinzu.

Sein Grinsen weckte in mir den Drang, ihn zu küssen. Er sah jünger aus, nicht wie fast dreißig, mehr wie ein kleiner Junge, der bei etwas Verbotenem erwischt worden war.

»Das hat die Herausforderung noch verlockender gemacht.«

»Heißt das, es war akzeptabel, dass ich dich mit dir betrogen habe?«

Er zog meinen Stuhl näher zu sich, drückte meine in einer Jeans steckenden Beine auseinander und schob seine Oberschenkel dazwischen.

»Wenn dich Rollenspiele antörnen, hab ich kein Problem damit.« Er legte mir die Hand auf die Wange. »Du sollst nur wissen, dass unter jedem, den ich spielte, immer Baz steckt.«

Er hatte schon öfter von Rollen und Gesichtern gesprochen. Mir war nicht bewusst gewesen, welchen Tribut es ihm abverlangt hatte, erst der Weber-Erbe und nun das Familienoberhaupt zu sein.

Von Papa hatte ich gelernt, dass es in der Position keinen Platz für Schwäche gab, weil sonst jemand anders die Führung an sich reißen würde.

Sebastian hatte mir eine Seite von sich gezeigt, die er noch niemandem zuvor offenbart hatte.

Statt etwas zu erwidern, schmiegte ich das Gesicht in seine Handfläche. Er fuhr mit dem Daumen zärtlich über meine Lippen.

»Heißt das, du vergibst mir?«

Ich grinste. »Ja, aber ich behalte mir das Recht vor, es wieder hervorzukehren, wann immer mir danach ist. Vor allem, wenn du mich verärgerst.«

»Dann sollte ich wohl bemühen, in deiner Gunst zu bleiben.« Er hob mein Gesicht für einen zarten Kuss an. »Wie wär's, wenn ich dir mit ein paar Orgasmen beim Stressabbau helfe?«

Sebastian

Ich blickte tief in Isas blaue Augen, aus denen zugleich Verblüffung und Interesse sprachen.

»Das kann nicht dein Ernst sein. Hier? Es könnten alle möglichen Leute hereinplatzen.«

»Hier.« Ich ließ die Finger an ihrem Körper hinabwandern, bis ich den Knopf ihrer Jeans erreichte. »Wenn du das nächste Mal auf diesem Stuhl sitzt, will ich, dass du dich daran zurückerinnerst, wie du mit meinem Gesicht zwischen deinen Schenkeln gekommen bist.«

Sie leckte sich über die prallen Lippen. »Das halte ich für keine gute Idee.«

Das Verlangen in ihrem Gesicht strafte ihre Worte Lügen.

»Ich halte es für die perfekte Idee.«

Ich öffnete den Verschluss, zog den Reißverschluss auf und zerrte den Jeansstoff nach unten. »Hoch den Hintern.«

Sie neigte die Hüften nach oben, und ich bauschte ihre Hose um die hochhackigen Schuhe. Damit wirkten ihre Gazellenbeine noch länger. Sie würden auf jeden Fall angezogen bleiben.

»Halt dich an den Armlehnen fest und lass nicht los. Sonst höre ich auf, und du kommst erst heute Abend mit mir tief in deiner feuchten Pussy.«

Feuer flammte in ihren kobaltblauen Augen auf, als wollte sie darüber streiten. Aber sie senkte die Handflächen auf das weiche Leder.

»Braves Mädchen.«

»Ich mache das nur, weil du mir für die Lügen noch etliche Orgasmen schuldest.«

»Red dir das nur weiter ein. Ich kenne die Wahrheit.«

Sie gehörte zu den Frauen, die gern das Ruder in der

Hand hatten, aber dann am glücklichsten waren, wenn sie die Kontrolle abgeben konnten.

In der Nacht, bevor die Wahrheit ans Licht gekommen war, hatte sie mir auf eine Weise vertraut, die ich nie vergessen würde. Ich hatte sie dazu gebracht, ihre Sexualität zu erforschen, und sie hatte sich in der Lust verloren. Die vergangene Nacht war ein völliger Kontrast dazu gewesen. Es widerstrebte ihr, die Kontrolle aufzugeben. In ihr tobte ein Kampf zwischen ihrer Wut und ihrem Verlangen.

Ich packte sie an der Taille und richtete sie so aus, dass ich Zugang zu ihrer süßen Muschi hatte.

»Bist du bereit?«

Ihre Lippen teilten sich, ihr Atem ging in kurzen Stößen. »Ja.«

Ich senkte den Mund auf ihren entblößten Bauchnabel, rieb mit den Lippen und dem Kinn über die seidige Fläche und bescherte ihr eine Gänsehaut.

Ihre Hände krallten sich in die Armlehnen.

Ich wanderte tiefer und klemmte die Zähne um den Saum ihres schwarzen Spitzentangas. Als ich daran zog, glitt der Stoff zwischen ihre Schamlippen und rieb über ihre Klitoris.

Wimmernd wölbte sie sich dem Material entgegen.

Ich ließ den Tanga los, ergriff ihn stattdessen mit den Händen und zerriss ihn an den Seiten.

»Baz. Der war teuer.« Der ungläubige Ausdruck in ihrem Gesicht brachte mich zum Grinsen.

Eigentlich war ich kein Typ, der viel dabei lächelte, wenn

er versuchte, eine Frau zu verführen, andererseits war auch keine Frau wie Eloisa Benz ... Weber.

»Ich kann's mir leisten, dir neue zu kaufen.«

»Du musst mir gar nichts kaufen. Das kann ich selbst.«

Ich legte die Hände auf ihre Schenkel, zog sie nach vorn und setzte ihre Knie an meinen Schultern an.

Mein Blick fiel auf ihre in der Hose gefangenen Füße, ihre gespreizten Schenkel und ihre feuchte, pralle Pussy. Prompt spürte ich, wie ein Lusttropfen aus meiner Eichel quoll. Diese Frau war eine Göttin und versuchte nicht mal, eine zu sein.

»Zur Kenntnis genommen.«

Ich senkte das Gesicht und blies kurz auf ihre feuchte Spalte, bevor ich mich darauf senkte.

»Oh Gott!«, entfuhr es Isa. Ihr Griff um die Armlehnen verstärkte sich.

Ich stieß die Zunge in ihre enge Öffnung, ließ sie kreisen und leckte.

Sie schmeckte himmlisch. Ich konnte nicht genug davon bekommen.

Als sie eine Hand auf meinen Kopf legte, verlangte ich und mit knurrendem Unterton: »Leg die Hand zurück, wo sie hingehört.«

»Fuck. Entschuldigung«, sagte sie und gehorchte.

Ihr Wimmern wurde lauter, während ihre Pussy pulsierte und sie die Hüften meinem fordernden Mund entgegenwölbte.

Ich schob die Hände unter ihr Oberteil, zog die Körbchen

des BHs zur Seite und kniff ihre Nippel, bis sie stöhnte und mir ihre Säfte in den Mund strömten.

»Baz. Härter.«

Meine Frau stand auf Lustschmerz.

Ich drückte fester zu, dann ließ ich die harten Knospen los, bevor es zu viel wurde. Gleichzeitig reizte ich weiter ihren Kitzler.

Mittlerweile hatte ich einen so prallen Ständer, es kam einem Wunder gleich, dass er die Hose noch nicht gesprengt hatte.

Sobald sie zu Hause in unserem Penthouse wäre, hatte ich vor, sie über die Lehne der erstbesten Couch zu beugen und hart zu nehmen.

»Baz. Oh Gott, Baz. Ich muss kommen. Lass mich kommen.«

Ich blickte in ihr wunderschönes, vor Verlangen gerötetes Gesicht. Ich senkte eine Hand zu ihrer triefenden Spalte, schob einen Finger in sie und krümmte ihn, bis ich das empfindsame Nervenbündel tief in ihr streifte.

Mit einem letzten Lecken über ihre köstliche Pussy brachte ich sie zum Explodieren. Sie warf den Kopf hin und her, bohrte die Fingernägel in die Armlehnen ihres Stuhls.

Ihr dabei zuzusehen, wie sie sich auflöste, übertraf alles, was ich je zuvor erlebt hatte. Ich würde nie des Anblicks der Ekstase in ihrem Gesicht überdrüssig werden. Dafür war zu faszinierend, wie sie auf mich reagierte.

Sie gehörte mir, und ich würde sie bis zu meinem letzten Atemzug beschützen.

»Wow«, entfuhr es Isa, nachdem sie letztlich von ihrem Höhenflug zurück zur Erde geschwebt war.

Ich drückte ihre Knie zusammen und schob ihren Körper zurück auf den Stuhl.

»Freut mich, dass es dir gefallen hat.«

Sie beugte sich vor, packte mich am Hemd und zog mich zu sich. Bei ihrem leidenschaftlichen Kuss sehnte sich mein Ständer danach, in ihr zu sein.

Ihre Finger tasteten an den Knöpfen meines Hemds entlang, bis sie den Schlitz meiner Hose erreichten. Als sie den Knopf öffnen wollte, hielt ich sie davon ab.

»Willst du nicht, dass ich mich revanchiere?«

Alles in mir schrie danach, doch ich wusste, dass ich den Bogen nicht überspannen durfte.

»Ich bin mir sicher, dass uns jeden Moment jemand von deinen Leuten stören wird.«

Wie auf ein Stichwort klopfte es an der Tür. »Boss. Es ist jemand für dich hier.«

Isas entspannte, sinnliche Miene verschwand abrupt. »Äh ... Zehn Minuten. Ich komme gleich.«

Sie stand auf und zog die Jeans hoch. Ich stützte sie, als sie das Gleichgewicht zu verlieren drohte.

»Boss, es ist Bri Amici. Sie sagt, es ist dringend.«

Ich erstarrte. Was um alles in der Welt hatte Isa mit einer Agentin von Solon zu schaffen? Noch dazu einer, die bei meinem letzten Einsatz als Betreuerin für Ana Kipos fungiert hatte.

»Sie soll warten. Bei ihr ist immer alles dringend, weil sie die Leute gern hetzt.«

Isa eilte ins Badezimmer ihres Büros. Ich richtete mich auf und atmete tief durch, um ruhig zu bleiben, während ich darüber nachdachte, was sie für Solon tun könnte. Wäre sie Agentin der Organisation, hätte ich davon erfahren, vor allem, wenn sie einer der europäischen Abteilungen zugewiesen wäre. Dass ich davon nichts wusste, konnte nur eines bedeuten – man hatte es aus der von mir bei Interpol beantragten Recherche entfernt.

Verdammt. Jemand bei Interpol hatte es mir vorenthalten.

Ich ging zur Badezimmertür, lehnte mich an die Wand und wartete darauf, dass Isa herauskam.

Als sie auftauchte, fragte ich: »Warum triffst du dich mit einer Solon-Agentin?«

Ihre Augen wurden groß. »Woher weißt du von Bri?«

»Beantworte du meine Frage, dann beantworte ich deine.«

»Sie hat mich für die Schätzung einige ihrer Sammlungsstücke engagiert.«

Das klang zwar plausibel, aber wenn Solon im Spiel war, verhielt es sich selten so einfach. Die Organisation rekrutierte bevorzugt Leute mit Verbindungen und Beziehungen zu allen möglichen Gesellschaftsschichten, in der Regel Menschen wohlhabender Herkunft. Und sie kannte keine Skrupel, das Gesetz verbiegende Taktiken anzuwenden, um ihre Ziele zu erreichen.

»Und?«

Sie bedachte mich mit einem finsteren Blick. »Eine Antwort für eine Antwort.«

Ich wusste, dass ich ein wenig nachgeben musste. »Ich hab Bri bei ein paar Einsätzen geholfen.«

»Was für Einsätzen?« Die Besorgnis, die über ihre Züge huschte, verriet mir, dass sie von Bris Spezialisierung auf Fälle im Verbindung mit Menschenhandel wusste.

»Glaubst du etwa, ich kann nicht auf mich aufpassen, Isa?«

»Nein. Es ist nur ... sie arbeitet in der Regel an ziemlich gefährlichen Projekten.«

Ich ergriff ihre Hand, hob sie vor mein Gesicht und küsste ihre Fingerspitzen. »Denk dran, dass ich nur für dich Baz bin. In der Welt draußen bin ich Sebastian Weber, berüchtigter Geschäftsmann und jetzt auch Leiter einer der gefährlichsten Organisationen Europas. Mein Ruf ist nicht getürkt.«

Ein ungeduldiges Klopfen ertönte an der Tür.

»*Bella*, mach auf. Ich warte auf niemanden. Vögeln kannst du in deiner Freizeit«, rief eine Stimme mit italienischem Akzent auf Deutsch.

Isa stöhnte. »Die Rolle der verwöhnten italienischen Prominenten hat sie echt voll drauf. Niemand würde ihr zutrauen, dass sie mit zwei Bewegungen einen Menschen töten kann.«

»Davon hab ich gehört.«

»Mit dieser Unterhaltung sind wir noch nicht fertig.« Ich sah tief in Isas blaue Augen.

»Hätte ich auch nicht erwartet.« Isa ging zur Tür, schloss auf und öffnete für eine wunderschöne Frau mit einem Pelzmantel um die Schultern, einem Designer-Outfit frisch vom

Laufsteg und einer mehrere Hunderttausend Euro teuren Handtasche.

»Hallo, Herr Weber.« Ihr Akzent wechselte nahtlos zu dem einer deutschen Muttersprachlerin.

Sie wusste genau, dass Isa mir gehörte und was wir getrieben hatten, das verriet mir ihr verschmitzter Blick.

Was nur bedeuten konnte, dass ihre Anwesenheit Ärger bedeutete.

»*Signorina* Amici«, gab ich in perfekter italienischer Aussprache zurück.

Sie musterte mich von Kopf bis Fuß ab. Ihr Blick verweilte eine Spur zu lange auf meinem noch halbsteifen besten Stück, bevor sie mir schließlich in die Augen sah. »Die Ehe bekommt Ihnen.«

»Sollten Sie auch versuchen. Ich weiß, dass Ihr Auserkorener hocherfreut über ein offizielles Date wäre.«

Das spöttische Grinsen, das ihre Lippen umspielte, brachte mich beinah zum Lachen. Sie war einem der Söhne der blaublütigen Freunde ihres Vaters versprochen. Jemandem, den ich als Freund betrachtete und der zufällig denselben Tätigkeiten nachging wie ich. Interpol und Oberhaupt einer Familie des organisierten Verbrechens. Nur spezialisierte er sich eher darauf, Projekte anderer Clans zu finanzieren.

Bei einem unserer ersten gemeinsamen Einsätze für Solon hatte ich erfahren, dass Bri nichts von arrangierten Ehen hielt und nicht vorhatte, die ihre zu vollziehen. Um ihre ewige Verlobung zu rechtfertigen, hatte sie sich das überaus öffentliche Image einer verwöhnten reichen Göre erschaffen.

Zu ihrem Pech jedoch hatte ihr Verlobter vor, ihren Bluff demnächst auffliegen zu lassen.

»Ich lasse mir von Isa erzählen, ob es die Mühe wert ist, danach ziehe ich es vielleicht in Betracht.« Ihre Aufmerksamkeit heftete sich auf Isa. »Dafür also hast du meinen Vorschlag abgelehnt. *Bella*, ich hätte nie gedacht, dass du für einen großen Schwanz weich wirst.«

Isa lief hochrot an.

»Und damit überlasse ich die Damen ihren Angelegenheiten.« Ich ging zu Isa, legte ihr die Hand auf den Hinterkopf und zog sie für einen Kuss zu mir. »Deine geheimen Aktivitäten besprechen wir, wenn du nach Hause kommst.«

Bevor sie etwas erwidern konnte, schritt ich zur Tür hinaus.

13

Isa

»Woher kennst du Ba… Sebastian? Und warum musstest du seinen großen Schwanz vor ihm erwähnen?«

»Weil man ihm noch unübersehbar angemerkt hat, was ihr getrieben habt und wofür du mich hast warten lassen.«

Großer Gott, Bri hatte Baz' bestes Stück in Augenschein genommen. Hätte ich nicht gewusst, dass sie zumindest halb in ihren unerwünschten Verlobten verliebt war, ich hätte ich vielleicht eine verpasst.

Was wahrscheinlich keine gute Idee gewesen wäre. Immerhin war sie Agentin und könnte mich erledigen, ohne auch nur ins Schwitzen zu geraten. Die vermeintliche verwöhnte Prinzessin verkörperte in Wirklichkeit eine tödliche Waffe, die mir die meisten meiner Tricks beigebracht hatte.

»Und der erste Teil meiner Frage?« Es gelang mir nicht, meine Verärgerung zu verbergen.

Ein wissendes Lächeln umspielte Bris Lippen. »Meine Vorgesetzten haben ihn seit Jahren im Blick. Er ist ... Wie sagt man?« Sie tippte sich an die Lippen. »Eine Person von besonderem Interesse.«

Was für Quatsch.

Zwischen Baz und Bri bestand etwas, das mir überhaupt nicht schmeckte. Mich beschlich das Gefühl, dass sie mehr über meinen Ehemann wusste als ich.

Verdammt, wahrscheinlich stimmte das sogar.

Der Mann, mit dem ich mich die letzte Monate zum Kaffee getroffen hatte, war eine Lüge. Man konnte keine Mafiafamilie wie die von Sebastian leiten oder der Sohn eines Arschlochs wie Jonas Weber sein und gleichzeitig der Baz, in den ich mich verliebt hatte.

Die Zeit würde es wohl zeigen.

Mit Sicherheit wusste ich bisher nur, dass mein Ehemann mich wieder und wieder zum Kommen bringen konnte. Zumindest sexuell passten wir zueinander.

»Könntest du dich eigentlich noch vager ausdrücken?«

»Klar. Könnte ich.«

»Manchmal hasse ich dich wirklich. Kein Wunder, dass Ana bei euch ausgestiegen ist.«

»Ana hat gekündigt, weil der Grund, warum sie meinem Zirkus überhaupt beigetreten ist, zu ihr zurückgekehrt ist und sie geschwängert hat. Schwangerschaft und unsere Organisation sind keine gute Kombination.«

Sie musterte mich, bevor sie seufzte. »Und du wirst die Nächste. Versuch erst gar nicht zu leugnen, dass er es dir bei jeder sich bietenden Gelegenheit besorgt.«

»Wir sind noch nicht mal einen vollen Tag verheiratet.«

»Ich kenne da eine Frau, die ihre Ware vor dem Kauf begutachtet hat. Wolltest du ihn umbringen, als du herausgefunden hast, dass er sich nur als gewöhnlicher Geschäftsmann ausgegeben hat?«

Ich verengte die Augen zu Schlitzen und schlug mit der Hand auf den Schreibtisch. »Hast du mich etwa beschatten lassen?« Ich warf die Hände hoch. »Dann hättest du mir wenigstens die Demütigung ersparen können, es erst im Nachhinein herauszufinden. Verdammt, Bri, du solltest auf meiner Seite sein.«

Bri zuckte mit den Schultern. »Ich mag euch beide. Und du warst ja nicht in Gefahr. Weber schützt, was ihm gehört. Außerdem war es recht unterhaltsam, euch beide mal völlig offenherzig zu erleben.«

»Baz und ich sind keine verdammte Seifenoper zu deiner Unterhaltung.«

»Baz?«

Ich knirschte mit den Zähnen. »Du hast Glück, dass ich dich mag, sonst hätte ich schon vor Jahren aufgehört, dir zu helfen.«

»Du liebst mich, *Bella*. Gib's zu. Vor allem, weil ich dir immer Süßes aus deiner Lieblingsbäckerei in Mailand mitbringe.«

Sie holte eine Schachtel aus ihrer Handtasche hervor und reichte sie mir. Wer um alles in der Welt beförderte Backwaren in einer Handtasche, die mehr kostete als die Häuser der meisten Menschen?

Natürlich Briana Amici.

Ich nahm die Schachtel entgegen, öffnete den Deckel und atmete den süßen Duft von Cannolis mit Sahnefüllung und *Bomboloni* ein, einer italienischen Version von Donuts. Von Letzteren griff ich mir ein Stück, bevor ich die Schachtel in einer meiner Schreibtischschubladen verschwinden ließ und mir einen großen Bissen von dem himmlischen Kunstwerk aus Teig genehmigte.

Irgendwie verirrte sich mein Personal nach jedem von Bris Besuchen prompt in mein Büro und überredete mich, meine süße Beute zu teilen.

»Warum bist du hier, Bri? Abgesehen davon, mich auf die Palme zu bringen.«

Sie ging zur Tür, schloss sie und schlenderte dann zu dem Sitz vor meinem Schreibtisch, auf dem sie Platz nahm.

»Auf Sebastian ist ein Kopfgeld ausgesetzt.«

Ich hörte zu kauen auf und legte das Gebäckstück auf eine Serviette. »Sag das noch mal.«

»Du hast mich schon verstanden.«

»Woher weißt du das?«

»Unsere Technikgenies haben Gerüchte im Web aufgeschnappt.«

Mit »Web« meinte sie das Dark Web. Den Teil des Internets, auf den neunundneunzig Prozent der Welt nie zugriffen. Dort wurden die schmutzigsten, düstersten und gefährlichsten Geschäfte überhaupt abgewickelt – von Waffendeals über Mordaufträge bis hin zum Menschenhandel.

»Warum sagst du das mir und nicht ihm?«

»Weil unsere Verbindung nicht öffentlich bekannt ist.« Kurz verstummte sie, bevor sie fortfuhr. »Und er würde mir ohnehin nicht glauben. Dein Ehemann ist so gewohnt, eine wandelnde Zielscheibe zu sein, dass er eine einzelne neue Bedrohung nicht ernst nehmen würde. Bei ihm dreht sich alles ums Geschäft, außer bei dir. In letzter Zeit ist er von seinem Normverhalten abgewichen. Deinetwegen. Auf dich wird er hören.«

Das fiel mir schwer zu glauben.

Als hätte sie meine Zweifel bemerkt, fügte Bri hinzu: »Ich kenne ihn seit fünf Jahren. Normalerweise ist er effizient und zielstrebig. Du bist die Einzige, für die er alles auf Eis gelegt hat. Er hat Zeit mit dir verbracht, dich kennengelernt, dir eine Seite von sich gezeigt, die niemand, wirklich *niemand* je zuvor gesehen hat.«

Wie sie Sebastian beschrieb, erinnerte mich an Papa. Er wurde bei Mama und mir weich.

»Was erwartest du von mir? Wir sind noch nicht mal einen Tag verheiratet.«

»Du musst ihn aus der Stadt schaffen.«

»Ich kann nicht weg, verdammt. Ich habe mehrere Betriebe zu leiten.«

»Dein Personal ist mehr als kompetent genug, um damit zurechtzukommen, bis wir herausgefunden haben, wer ihm ans Leder will.«

»Warum ist dir das so wichtig?«

»Ich schulde ihm was, und ich begleiche meine Schulden *immer*.«

»Was hat er für dich getan?«

»Das musst du nicht wissen.« Sie stand auf, holte eine Mappe aus der Handtasche und warf sie auf meinen Schreibtisch. »Sieh dir die Sachen an und nenn mir einen Preis für die Schätzung.«

»Ich hab dir schon gesagt, dass ich das nicht machen kann.«

»Ich weiß aber, dass du es willst. Dir gefällt der Reiz daran, Fälschungen von Originalen zu unterscheiden.«

Sie hatte recht, was ich jedoch nicht zugeben würde. Als Geheimagentin eignete ich mich nicht wirklich, aber es bereitete mir unheimliches Vergnügen, meisterliche Fälscher zu entlarven, die alle anderen getäuscht hatten.

»Du bist so was von herrisch.«

»Anders kenne ich es nicht, *Bella*. Jetzt schaff deinen Mann aus der Stadt.«

»Du scheinst mir mehr zuzutrauen als ich mir selbst. Und welche Ausrede soll ich ihm auftischen?«

»Behaupte, du willst in die Flitterwochen. Du bist eine Prinzessin. Verhalte dich manchmal auch so.«

Ich ernüchterte, als mir klar wurde, warum Bri wollte, dass ich mit Sebastian verreiste. »Ich werd ihn nicht belügen. Durch Lügen ist das Chaos zwischen uns entstanden.«

»Mann, kannst du mit deiner Wahrheitsliebe nerven. Hin und wieder kann eine kleine Notlüge verhindern, dass Gefahr in jemandes Welt eindringt.«

»Manche Leute sind darauf geschult zu lügen. Ich nicht. Deshalb bin ich schlecht darin.«

»Das stimmt. Weißt du noch, wie ich dich mal gebeten habe, einem Kunsthändler einzureden, seine Statue wäre eine Fälschung, obwohl sie echt war? Du hast gestammelt ohne Ende und fast einen Herzinfarkt gekriegt.«

Ich kniff die Lippen zusammen. Damals hatte ich das einzige Mal von Angesicht zu Angesicht mit einer Zielperson gearbeitet.

»Ich konzentriere mich lieber auf meine Fähigkeiten als Scharfschützin, um zu verhindern, dass sich jemand mit gestohlener Ware aus dem Staub macht.«

»Du hast vom Dach des Gebäudes aus die Reifen seines Autos zerschossen. Dafür hab ich dir nicht in unzähligen Stunden den Umgang mit einem Langstreckengewehr beigebracht. Wenn du schon schießen willst, dann auf den Täter, nicht auf das Auto.«

»Du hast mir das Schießen vielleicht beigebracht, aber Ana hat mein Können vertieft.«

»Tja, sie ist weg, also hast du mich an der Backe.«

»Egal. Ich werde ihn nicht belügen.«

»Verlange ich ja gar nicht. Außerdem gleicht er einem menschlichen Lügendetektor.«

»Manchmal hasse ich dich wirklich.«

»Macht nichts. Dafür liebe ich dich immer.«

Sebastian

. . .

»WAS FÜR EIN NOTFALL LIEGT AN?«, fragte ich Lucas, als ich zu Jonas' Stadthaus zurückkehrte.

Unfreiwillig. Es war so ziemlich das Letzte, was ich wollte. Mir standen stundenlange Telefonate mit sämtlichen Verbündeten der Familie bevor, um sie über den Machtwechsel zu informieren.

Allerdings hatte mir Lucas eine kryptische Nachricht geschickt. *Dringend. Komm zurück zum Haus und lass deine Braut bewachen.* In Windeseile war ich losgefahren und hatte alles andere aufgeschoben.

Jemanden mit Isas Schutz zu beauftragen, war kein Problem. Ich hatte schon jemanden auf sie angesetzt, seit ich erfahren hatte, dass ich mit ihr verlobt war. Durch die Kombination meiner Leute und ihrer würde sie bestmöglich geschützt sein, ohne dass ich sie einsperren musste.

Statt meine Frage zu beantworten, erwiderte Lucas: »Wenn du ihn danach nicht umbringst, tu ich es. Es ist in seinem Schlafzimmer.«

Beim Gedanken, den Raum zu betreten, in dem sich der Alte in den Jahren seit Mamas Tod mit seinen fast minderjährigen Gespielinnen vergnügt hatte, brachte mich beinah zum Würgen. Keinen Monat nach der Beerdigung meiner Mutter war eine seiner Frauen durch das Haus stolziert, als wäre sie die Königin des Anwesens.

Wie entbehrlich sie war, erfuhr sie eine Woche später. Da wurde sie nämlich von einer anderen Schönheit mit einem Wahnsinnskörper abgelöst, deren einziges Ziel darin bestanden hatte, sich mit gespreizten Beinen einen reichen Mann zu angeln.

Wir traten den Weg in das stickige, überfrachtete Haus an. Als wir das Schlafzimmer betraten, räumte dort eine Gruppe unserer Soldaten die Schubladen leer und durchwühlte einen Tresor, der frisch installiert aussah.

»Bring sie her«, sagte Lucas zu Kurt, der leicht besorgt dreinschaute.

»Das müssen Sie sich ansehen.« Kurt reichte mir einen Aktenordner, bevor er einen aufgeklappten Laptop in meine Richtung drehte.

Die Mappe enthielt weitere Fotos von Isa, allerdings Aufnahmen, die zu einem Ermittlungsprofil ähnlich dem gehörten, das ich über sie hatte erstellen lassen. Nur behandelten die Informationen nicht ihre bevorzugten Aufenthaltsorte, sondern ihre sexuelle Vorgeschichte und ihre Körpermaße.

Die Kälte, die mich beim Anblick der Bilder an diesem Vormittag erfasst hatte, kehrte schlagartig zurück.

Hinten in der Mappe stieß ich auf die Abschrift eines Telefongesprächs, das Jonas vor etwas mehr als sechs Monaten mit Carson Malkovich geführt hatte, einem bekannten Mitglied einer russischen Familie, die in Deutschland Fuß zu fassen versuchte. Der Clan hatte sich darauf spezialisiert, was ich bei meinem letzten Einsatz verhindert hatte. Menschenhandel.

Darin ging es um vergangene Transaktionen und Zahlungen. Das Ende des Gesprächs jedoch erweckte in mir den Wunsch, den Drecksack aufzuspüren, so lange zu Brei zu schlagen, bis er um den Tod bettelte, und ihn dann am Flussufer erfrieren zu lassen.

Jonas: *Vierzig Millionen bei Abschluss. Sie ist ein erstklassiges Stück Fleisch, um Ihre nächste Generation hervorzubringen.*

Malkovich: *Ich will keine abgenutzte Frau. Ich will sie in makellosem zeugungsfähigem Zustand.*

Jonas: *Der Junge wird sie benutzen, aber ihr nicht wehtun – dafür ähnelt sie zu sehr seiner verhurten Mutter.*

Malkovich: *Welche Garantien habe ich, dass uns die Sache nicht um die Ohren fliegt?*

Jonas: *Ich kenne meine Organisation und meine Männer. Ihre Loyalität wird immer mir gelten. Sie werden mir einfach vertrauen müssen.*

Malkovich: *Ich vertraue niemandem.*

Jonas: *Sie schulden mir noch etwas dafür, was mit meiner Hannah passiert ist.*

Malkovich: *Ich schulde Ihnen gar nichts. Meine Männer haben getan, was Sie arrangiert haben. Sie waren dafür verantwortlich, dafür zu sorgen, dass Ihre Tochter bei Ihnen sein würde.*

Jonas: *Wollen Sie die Frau oder nicht?*

Malkovich: *Vierzig Millionen und die Frau. Sofort bei Lieferung.*

Jonas: *Hervorragend. Holen Sie sich den Jungen.*

Es kostete mich alle Selbstbeherrschung, die Wut zu bändigen, die mich durchströmte. Meine Gedanken überschlugen sich. All die Jahre der Ungewissheit, der Suche.

Ich ballte die Hände zu Fäusten. Jonas hatte Mamas und Hannahs Tod auf dem Gewissen. Er hatte eine großartige Frau und ein süßes kleines Mädchen auslöschen lassen.

Und nun wollte er meine Frau an einen Mann verkaufen, der nicht nur meine Mutter und meine Schwester getötet hatte, sondern auch jede seiner Frauen, nachdem er sie zuvor gefoltert hatte.

Im Raum wurde es totenstill. Alle warteten, wie ich reagieren würde. Allerdings hatte ich mich zu viele Jahre lang in Selbstbeherrschung geübt, um mir anmerken zu lassen, was in mir vorging.

Ich atmete tief durch, drehte mich Kurt zu und nahm den Laptop entgegen, den er hielt. Dabei wurde mir bewusst, dass sich nur jene unserer Leute im Zimmer befanden, die ich schon als Teenager gekannt hatte. Keiner von denen, die an diesem Morgen bei Jonas gewesen waren.

Lucas musste sie aussortiert haben. Vermutlich zweifelte er an ihrer Loyalität.

Ich sah Lucas an, der mit dem Kinn auf den Computer deutete. »Sieh dir an, was wir bei den Überwachungsaufnahmen vom Flugplatz der Familie gefunden haben. Eine Stunde, nachdem Jonas von hier aufgebrochen ist.«

Ich richtete den Blick auf den Bildschirm. Jonas stieg in ein Flugzeug.

»Das ist keiner unserer Jets.« Ich betrachtete das luxuriöse Fluggerät.

»Die Maschine gehört Malkovich.«

»Wer hat die Landeerlaubnis erteilt? Ben?«

Ben gehörte zu meinen Männern – er würde mich nie verraten.

Lucas' Blick verhärtete sich zusätzlich. »Nein. Andre hat

vor einer halben Stunde seine Leiche gefunden. Erschossen und mit aufgeschlitzter Kehle.«

Das Markenzeichen von Malkovichs Leuten.

Scheiße. Ben hatte eine Frau und Kinder gehabt. Wir hatten ihn extra zum Flugplatz versetzt, weil wir es dort für sicherer hielten als bei meinem Personenschutz.

Jonas hatte alles von Anfang an geplant gehabt. Er hatte bereitwillig einen guten Mann geopfert.

»Wieso zum Teufel sind wir nicht gewarnt worden, dass der Flugplatz in Betrieb ist?«

»Weil Jonas dafür gesorgt hat.« Kurt zeigte auf den Bildschirm.

Die Gesichter von Dax und Samuel Walter waren fett und rot eingekreist. Sie standen am Fuß der Treppe zum Flugzeug, in das Jonas eingestiegen war. Ihrem Verhalten nach zu urteilen, gehörten sie nicht nur zu Jonas, sondern auch zu Malkovich.

Wie lange arbeiteten sie schon für beide Seiten?

Der Verrat fühlte sich wie ein Schlag in die Magengrube an. Beide hatten hohe Positionen in der Organisation und waren schon dabei, als Opa noch das Familienoberhaupt gewesen war. Ich hatte ihnen vertraut. Nach der Ermordung meiner Mutter und meiner Schwester hatten sie mir geholfen, mich in den Griff zu bekommen. Und immer hatten sie betont, dass Loyalität zur Familie für sie über allem stand.

Lügner. Sie hatten das Leben eines unserer Männer geopfert und meine Frau in tödliche Gefahr gebracht.

Diese Drecksäcke würden erfahren, welchen Preis man bezahlte, wenn man die Familie verriet.

»Sind sie zurückgekommen, nachdem sie Jonas abgesetzt hatten?«, fragte ich in die Runde. Diesmal gelang es mir nicht, die in mir siedende Wut zu verbergen.

Lucas antwortete. »Ja. Sie sind im Keller. Ich lasse sie die Akten nach Informationen über Jonas' Verstecke durchsuchen.«

»Das hat ihnen bestimmt gefallen.«

Unter Jonas hatten Dax und Samuel an der Spitze der Hierarchie gestanden. Bei mir hätte das anders ausgesehen. Mir hätten sie erst beweisen müssen, dass sie ihre Positionen verdienten.

Was sich somit erledigt hatte.

»Sie haben nicht ganz kapiert, dass ich dein Stellvertreter bin und sie das Maul zu halten und zu gehorchen haben, selbst wenn ich ihnen befehle, die Toiletten zu schrubben.«

»Kurt, du hast hier das Sagen. Stell hier alles sicher. Ich denke, es ist an der Zeit für eine Unterhaltung mit den Gebrüdern Walter.«

Ohne darauf zu achten, ob meine Anweisungen befolgt wurden, wandte ich mich ab und trat den Weg in den Keller an.

Als ich mich näherte, hörte ich Dax sagen: »Das sind echte Schönheiten. Schade, dass sie nicht deinem Geschmack entsprechen.«

»Halt verdammt noch mal die Klappe. Wenn dich jemand hört, macht uns Weber alle, ohne mit der Wimper zu zucken«, gab Samuel zurück.

»Der Junge braucht uns. Wir kennen alle Geheimnisse seines Vaters. Wie soll er ihn sonst aufspüren?« Die Belustigung in Dax' Tonfall verriet mir, dass ihn keinerlei Gewissensbisse plagten, weil er mich hintergangen hatte.

Langsam betrat ich in den Raum. Meine Männer folgten mir lautlos. Weder Dax noch Samuel bemerkten mich.

»Du bist zu übermütig. Ist dir nicht aufgefallen, wie er seine Frau ansieht? Das wird nicht so einfach, wie alle glauben.« Samuel öffnete eine weitere Kiste. »Wozu braucht ein Mann den ganzen nutzlosen Scheiß?«

»Geht uns nichts an. Der Boss wollte es behalten. Du musst dich einfach nur an den Plan halten.«

Es schien an der Zeit zu sein, mich bemerkbar zu machen. »Weiht ihr mich in den Plan ein? Zumal ich euer Boss bin?«

Beide Männer erstarrten.

Ich ging auf sie zu. »Das war ein Befehl.«

Wie ihre Blicke hin und her schnellten, als suchten sie nach einem Fluchtweg, ließ mich beinah hoffen, sie würden etwas versuchen. Beide waren groß, aber nicht besonders fit, weil sie jahrelang nur noch Befehle erteilt hatten.

»Keine Ahnung, von welchem Plan du redest.« Dax erhob sich von einer Kiste und kam auf mich zu. »Wir befolgen nur Flynns Anweisung.« Bei seinem spöttischen Unterton musste ich mich schwer zusammenreißen, um ihn nicht zu ohrfeigen.

Stattdessen streckte ich eine Hand aus. Lucas reichte mir das Klappmesser, das Opa mir vor seinem Tod geschenkt hatte. Das, mit dem er früher für Disziplin unter seinen Männern gesorgt hatte.

Beim Geräusch des aufspringenden Messers rannte Dax

zum Fenster, dem einzigen Weg nach draußen. Er schaffte nur wenige Schritte, bevor ich ihn an den Haaren packte, ihn zu Boden schleuderte und die Klinge in die Hand rammte, mit der er sich hochstemmen wollte.

»Was ist bloß in dich gefahren, Junge?«, brüllte Dax.

Ich drückte ihm einen Fuß auf die Kehle, beugte mich über ihn und zog die Klinge heraus. Fast sofort trat Dax nach oben aus, wollte mich zurückstoßen. Ich wich ihm mühelos aus und rammte ihm das Messer zwischen die Rippen.

»Hör auf, dich zu wehren, sonst reicht eine Bewegung aus dem Handgelenk, um dich dein kurzes verbleibendes Leben lang aus einem Schlauch atmen zu lassen.«

Blut quoll aus Dax' Hand und aus der Wunde in seiner Seite, in der mein Messer steckte.

»Hör auf ihn, verdammt!«, brüllte Samuel. »Das Geld ist nicht dein Leben wert.«

Dax' Augen traten aus den Höhlen, als ich die Klinge tiefer in ihn presste, aber er rührte sich nicht.

»Und jetzt will ich, dass du uns alles erzählst. Lässt du irgendwas aus, bist du tot. Belügst du mich, bist du auch tot. Und du«, wandte ich mich an Samuel, der bei den Kisten geblieben war, die er geöffnet hatte. »Wenn er irgendwas auslässt oder mich daran hindert, meine Braut zu schützen, steht dir ein langsamer, qualvoller Tod bevor. Also achte besser darauf, dass er keine Einzelheit vergisst.«

Ich zog die Klinge heraus, wischte sie an Dax' Hemd ab, reichte sie Lucas und stand auf.

»Du weißt ja, wie es läuft. Holt jedes Detail aus ihnen raus und macht es schmerzhaft.«

»Ich kümmere mich darum.«

»Nimm auch Verbindung mit Benz auf. Ich will mich mit ihm treffen.« Mehr brauchte ich nicht zu sagen, das wusste ich. Lucas würde alles arrangieren.

Nun musste ich meine Frau überreden, das Land zu verlassen, ohne ihr mitzuteilen, dass mein Vater vorhatte, sie zu verkaufen, um sein Imperium zurückzuerobern.

14

Sebastian

Als ich kurz vor sechs Uhr abends in meinem Penthouse ankam, fand ich Koffer im Foyer vor. Einige gehörten mir, andere gehörten zu jenen, die Isa am Morgen unserer Hochzeit hatte herbringen lassen.

Wieso hatte sie für mich gepackt? Wo wollte sie mit mir hin?

Dann erstarrte ich. Hatte jemand angerufen und ihr gesagt, dass ich sie wegbringen wollte? Aber selbst das erschien mir unlogisch. Niemand hätte es gewagt, vor allem nicht Lucas und schon gar nicht, nachdem sich herumgesprochen hatte, dass Dax und Samuel dauerhaft aus dem Weber-Umfeld entfernt wurden.

»Isa.«

Keine Antwort. Ich trat den Weg zu unserem Schlafzimmer an. *Unser Schlafzimmer*. Genau das war es. Und ich wollte verdammt sein, wenn es das nicht bleiben würde. Wenn Jonas dachte, er könnte mich über den Tisch ziehen, sich das Geld krallen, das Opa ihm zugeteilt hatte, und trotzdem König bleiben, dann hatte er sich gründlich geschnitten.

Keine fünf Minuten nach dem Anblick der Bilder, die ihn beim Einsteigen in jenen Jet zeigten, hatte ich sämtliche Clans, ob Verbündete oder nicht, darüber informiert, dass ich jegliche Hilfestellung für Jonas Weber als Kriegserklärung betrachten würde.

Meine Mutter und meine Schwester waren Jonas' Machenschaften zum Opfer gefallen. Ich würde nicht auch noch Isa verlieren.

Um sie zu beschützen, hatte ich etwas getan, was niemand von mir erwartet hätte. Ich hatte mich an Russo Benz gewandt.

Der Mann hasste mich aus Prinzip. Dass ich nichts mit der Vereinbarung zu tun hatte, die mein Opa mit seinem Vater ausgehandelt hatte, änderte nichts an seiner Wut darüber, dass er die Kontrolle über das von ihm aufgebaute Imperium verloren hatte. Dabei hatte ich größten Respekt vor dem Mann – immerhin hatte er die kleine, von seinem Vater geerbte Organisation zehnfach vergrößert.

Er galt als harter, skrupelloser Knochen, doch für mich bestand kein Zweifel daran, dass er seine Tochter liebte und alles tun würde, um sie zu beschützen.

Als ich ihm erzählte, was Jonas vorhatte, wäre er beinah

ausgerastet und wollte Jonas nur noch vom Antlitz der Erde tilgen. Aber er kannte die Regeln. Er konnte nicht ohne Konsequenzen für den Rest von uns gegen meinen Vater vorgehen. Isa gehörte mittlerweile zu mir. Er hatte versprochen, über seine russischen Verbindungen ein Auge auf Jonas zu haben und auch mein Territorium im Blick zu behalten, während ich mit Isa weg sein würde.

Einen solchen Vertrauensbeweis hätte Benz kein anderer Boss einer Organisation meiner Größe entgegengebracht. Die Geste hatte etwas zwischen uns verändert, und ich wusste, dass ich einen Verbündeten gefunden hatte.

Als ich das Schlafzimmer betrat, dachte ich an Benz' letzte Worte zur mir, bevor ich sein Haus verlassen hatte.

Du musst drei Dinge tun, dann gehört dir meine Loyalität. Kümmere dich um meine Kleine, behandle sie gut und mach sie glücklich. Womit auch immer du sie verletzt hast, bring es in Ordnung. Ich weiß, dass sie dich schon vor dem gestrigen Tag gekannt hat. Hab ich ihr an den Augen angesehen, als sich die Türen zur Kapelle geöffnet haben. Ich will gar nicht wissen, woher. Ich nicht wissen, wie es angefangen hat. Ich will nur, dass sie wieder die Isa wird, die ich kenne.

Isa war sein Herzblut. Für ihn spielte keine Rolle, dass sie ihm und seiner Frau die ihr aufgezwungene Ehe noch nicht verziehen hatte. Sie war sein Baby, sein einziges Kind.

Mein Respekt vor ihm wuchs. Er betrachtete es nicht als Belastung, eine Tochter zu haben. Soweit man wusste, hatte sich Russo nie eine Geliebte genommen, um mit ihr andere Kinder zu zeugen. Obwohl das bei Familien des organisierten Verbrechens als durchaus gängige Praxis galt. Obwohl er ein

Mafioso war, sah er seine Ehe als heiligen Bund an. Damit hatte auch ich kein Problem.

»Isa?«, rief ich erneut. Dann hörte ich das Geräusch von rinnendem Wasser.

Als ich zum Badezimmer ging und die Tür aufschob, schlug mir eine Dampfwolke entgegen. Der Anblick von Isas kurvigen Umrissen durch die Milchglasscheibe der Duschkabine fühlte sich für mich wie eine Peepshow an. Die einzige, die ich je genießen wollte.

Besitzdenken erfüllte mich, als ich sie sah. So hatte ich schon an jenem ersten Abend in ihrem Club empfunden. Und zunehmend ausgeprägter bei unseren Verabredungen zum Kaffee. Seit wir verheiratet waren, reichte es bis in die Tiefen meiner dunklen Seele hinab.

Mein bestes Stück richtete sich auf, während ich beobachtete, wie sie Duschgel auf einen Schwamm auftrug und sich den Körper einseifte. Sie bewegte sich dabei nicht absichtlich verführerisch, doch das kümmerte meinem Körper nicht. Eigentlich sollte ich niemanden dermaßen begehren. Ich hatte es die ganze Nacht mit ihr getrieben.

Nein, eher sie mit mir. Ich hatte ihr – größtenteils – die Zügel überlassen, damit sie ihre Wut an mir ausleben konnte. Mittlerweile befanden wir uns auf neuem Terrain, auf dem wir uns beide erst zurechtzufinden mussten.

Sie setzte gern ihren Willen durch. Ich wusste, dass sie nicht dumm war – das konnte sie als Benz' geliebte Tochter gar nicht sein. Aber mittlerweile war sie meine Frau. Es würde sich einiges ändern müssen. Ohne angemessenen Schutz würde sie nirgendwo mehr hingehen können. Sie mochte eigene Leibwächter haben, doch ich würde ihr Leben niemandem außer meinen eigenen Leuten anvertrauen.

Sobald ich nackt war, bewegte ich mich masturbierend auf die Dusche zu. Sie hatte immer noch keine Ahnung, dass ich mich im Badezimmer befand und sie beobachtete.

Als ich die Tür öffnete, erschrak sie, ließ den Schwamm fallen und drehte sich zu mir mit dem Rücken zur Duschwand zu.

Die Strahlen der mehrfachen Duschköpfe prasselten auf ihre Haut ein und ließen sie buchstäblich wie einen feuchten Traum aussehen. Sie war perfekt, hatte die richtigen Kurven an den richtigen Stellen, besaß einen wie eigens zum Blasen geschaffenen Mund und Augen so blau, dass es sich anfühlte, als könnten sie in die Tiefen meiner Seele sehen.

Ihr musternder Blick wanderte nach unten und beobachtete, wie ich die Hand an mir vor und zurück gleiten ließ. Sie leckte sich über die Lippen, und ich hätte beinah gestöhnt. Ihre Nippel richteten sich auf, und ihre Haut errötete – nicht vom heißen Wasser, sondern von einsetzender Erregung.

Ich ließ mich los und schloss die Kabinentür, ohne die Aufmerksamkeit von ihr zu lösen.

Sie hob eine Hand, um mich auf Abstand zu halten. »Ich muss mit dir reden. Es ist wichtig.«

»Hat es was mit dem Gepäck am Eingang zu tun?« Ich näherte mich ihr, bis ihre Handfläche gegen meine Brust drückte.

»Ja. Wir müssen weg aus der Stadt. Bri hat gesagt, du schwebst in Gefahr.«

Was zum Teufel hatte Bri ihr erzählt, nachdem ich die beiden allein gelassen hatte?

Bri hörte immer das eine oder andere, das irgendjemand gegen den Weber-Erben plante. Dabei sollte sie eigentlich genauso gut wie ich wissen, dass meine Betreuer bei Interpol mich gewarnt hätten.

Ich würde Bri meinerseits davor warnen müssen, meine Frau in Panik zu versetzen. Allerdings kam es mir in diesem Fall tatsächlich zugute. Ich musste Isa weder zum Verreisen überreden, noch musste ich ihr erklären, warum ich sie aus der Stadt haben wollte.

Idiot. Eine Lüge durch Verschweigen ist trotzdem eine Lüge. Hast du vom ersten Mal nichts gelernt?

»Das gehört dazu, wenn man ein Weber ist, Isa. Du solltest du eigentlich wissen, immerhin gilt für deinen Vater dasselbe.«

»Bri sagt, diese Bedrohung ist konkret und glaubwürdig. Die Information stammt aus Korrespondenz im Dark Web.«

Ich leitete ihre Hand nach unten um, bis sie sich um meinen Ständer legte und ihn massierte.

»Du hörst mir nicht zu.«

Isa ließ mich los und wollte an mir vorbei, doch ich fing sie um die Taille ab und presste den erregten Körper an ihre klatschnasse Vorderseite.

»In meinem Leben dreht sich alles um Drohungen. Du bist diejenige, um die ich mir Sorgen machen muss. Wenn dich jemand bedroht, würde ich drastische Maßnahmen ergreifen müssen.« Ich schob meinen prallen Schaft zwischen ihre Beine und ihre sehnsüchtigen Schamlippen, rieb mich an ihr.

»Ich lasse mich von dir nicht dazu verführen, meine Besorgnis zu vergessen.« Ihre Stimme wurde zunehmend belegter. Ihr Verlangen gewann die Oberhand.

»Was soll ich deiner Meinung nach tun?«

»Ich will die Stadt verlassen.« Ihre Spalte wurde glitschiger, während ich sie mit der Eichel aufgeilte. »Bri ... Bri hat gesagt, sie meldet sich mit den Einzelheiten bei dir.«

Oh, ich würde mich meinerseits bei Bri melden. Aber vorerst wollte ich es nur mit meiner Frau treiben.

»Wenn ich zustimme, dass wir die Stadt verlassen, beruhigst du dich dann?«

»Nicht nur die Stadt. Wir müssen weg aus Europa.«

Eigentlich sollte ich mich schlecht dafür fühlen, dass ich es ihr überließ, genau das auszusprechen, was ich zu ihr sagen wollte. Aber einem geschenkten Gaul schaute man nicht ins Maul.

»Na schön. Aber ich hab eine Frage an dich.«

Ich fuhr mit der Hand seitlich an ihrem Körper entlang.

»Was?«

Ich legte die Finger an ihren Hals und spürte, wie sich ihr Herzschlag abrupt beschleunigte, als sich ihre kobaltblauen Augen weiteten. »Bedeutet deine Sorge um mich, dass dir etwas an mir liegt?«

Sie verengte die Augen zu Schlitzen. »Das weißt du.«

»Wirklich? Wenn ich mich recht erinnere, hast du gestern Nacht gesagt, dass du mich hasst.« Ich beugte mich vor und rieb die Bartstoppeln an ihrer Kieferpartie.

Ein Stöhnen entrang sich ihrer Kehle. Sie legte den Kopf schief, um mir besseren Zugang zu verschaffen. Gleichzeitig strichen ihre Handflächen über meine Brust nach oben, bevor sie die Arme um meinen Nacken schlang. Ich leckte Wassertropfen von ihrer Haut. Ihre Nippel verhärteten sich weiter.

»Ich hasse dich nicht. Sollte ich zwar, aber ich kann es nicht.«

Ich drehte mir ihr Gesicht zu. »Was empfindest du dann?«

»Was empfindest du denn für mich?«, konterte sie.

Ich wusste, dass sie dasselbe wie ich fühlte – etwas, das wir beide nicht in Worte fassen wollten. Etwas, durch das sie zu meiner größten Schwäche werden würde.

Wem wollte ich etwas vormachen? Sie *war* bereits meine größte Schwäche und der Grund, warum Jonas sie als Druckmittel gegen mich benutzen wollte.

Statt zu antworten, hob ich sie an den Schenkeln hoch, spreizte ihre Beine, brachte mich in Position und stieß zu.

»Baz.« Sie warf den Kopf zurück, krallte eine Hand in mein Haar und umklammerte mit der anderen meine Schulter.

Ich legte einen harten, rücksichtslosen Takt vor und spürte, wie die Wut über das zurückkehrte, was ich herausgefunden hatte.

»Sag es mir, Isa.«

»Nein.«

Ich rammte mich bis zum Anschlag in sie, ließ die Hüften kreisen, presste das Becken gegen ihre empfindsame Venusperle. Als ich spürte, wie sie innerlich erbebte, zog ich mich zurück und hielt mit der Eichel an ihrer Pforte inne.

»Hör nicht auf. Verdammt. Ich bin fast so weit.« Sie klatschte mir auf den Rücken und versuchte, mich mit den Beinen in sie zu drängen.

»Nicht, bevor ich die Worte höre.«

»Das ist unfair.« Sie schüttelte den Kopf. »Warum willst du so viel von mir, während du mir gar nichts gibst?«

Trotz der Strahlen der Dusche konnte ich ihre Tränen sehen.

Ich fädelte die Finger in ihr Haar und sah ihr tief in die Augen.

»Du gehörst mir, Isa.«

»Und was genau heißt das?«

Ich schüttelte das Wasser ab, das mir übers Gesicht lief, und senkte die Stirn auf ihre, ohne den Blick von ihren Augen zu lösen.

Die Gefühle, die ich für sie hatte, waren zu intensiv, um sie in Worte zu kleiden, doch ich wusste, dass ich es zumindest versuchen musste. Die letzten Monate hatten mir mehr bedeutet als irgendeine andere Zeit in meinem Leben.

»Es heißt, dass ich dich niemals gehen lasse.«

Stoß.

»Es heißt, dass ich jeden umbringen werde, der versucht, dich mir wegzunehmen.«

Stoß.

»Es heißt, dass du meine Schwäche bist. Ein Mann wie ich kann sich Schwächen nicht leisten.«

Stoß.

»Ich würde die Welt in Schutt und Asche legen, um dich zu schützen.«

Ihre Atmung wurde abgehackt, während ich sie bearbeitete und sie meinen Worten lauschte.

»Ich will nicht, dass du die Welt in Schutt und Asche legst. Ich brauche nur dich.«

Wieder hörte ich auf, mich zu bewegen.

»Und was genau soll das heißen, Isa?«

Ich bemerkte ihr Zögern, bevor sie erwiderte: »Es heißt ... dass ich dich liebe, Baz. Ich sollte dich dafür hassen, dass du mich belogen hast. Und für alles, was mir aufgezwungen worden ist. Aber das kann ich nicht. Ich hab mich in dich verliebt. Warum hast du mich dazu gebracht?«

Mein Herz explodierte bei ihren Worten beinah. Sie liebte mich. Endlich hatte ich jemanden, der mir gehörte. Wirklich mir.

»Weil du für mich geboren worden bist.« Meine Stimme klang belegt, doch das war mir egal.

Ich senkte die Lippen auf ihre und beschleunigte den Takt.

Dann fiel kein Wort mehr, weil uns der Drang überwältigte, zu kommen. Wir küssten uns nur, schmeckten uns und trieben es.

Ihre Nägel kratzten über meine Haut, und sie hielt jedem meiner Stöße fordernd entgegen.

»Oh Gott ... oh Gott. Baz. Ich komme gleich. Ich komme.«

»Ja, Schatz, komm, komm«, presste ich mit knurrendem Unterton zwischen zusammengebissenen Zähnen hervor.

Ihr gesamter Körper spannte sich an und umklammerte meinen Schaft derart heftig, dass ich Sternchen sah.

Mein Körper entlud sich zusammen mit ihrem, und ich spritzte tief in ihr ab.

Mir war bewusst, dass wir eigentlich verhüten sollten. Für die nächsten Schritte im Leben waren wir noch nicht bereit. Aber der Gedanke an sie mit meinem Kind im Leib beschwor das primitive Bedürfnis herauf, sie dauerhaft an mich zu binden.

»Gott. Du fühlst dich unglaublich an.« Mein Gehirn setzte vollständig aus. Es blieb nur das Verlangen, jeden Tropfen meines Samens aus mir zu pressen und in ihren Körper zu ergießen.

Als ich mich wieder rühren konnte, wurde mir klar, dass ich ihr nicht dieselben Worte geschenkt hatte wie sie mir. Ich war mir nicht sicher, ob ich dazu je in der Lage sein würde. Also würde ich es ihr einfach zeigen müssen, indem ich für ihre Sicherheit sorgte. Ich würde mein Leben opfern, um sie zu beschützen. Hoffentlich würde es nicht so weit kommen.

Isa

»WOHIN FLIEGEN WIR?«, fragte ich Sebastian zum zehnten Mal, seit wir vor etwas mehr als einer Stunde mit einem seiner Privatjets gestartet waren.

»An einen Ort, mit dem niemand rechnen würde.«

Ich schürzte die Lippen und starrte ihn mürrisch an, während er an einem Schreibtisch mir gegenüber Unterlagen überflog.

»Das sagt mir gar nichts.«

Das verhaltene Lächeln um seine Lippen verriet mir, dass er mich absichtlich hinhielt.

Brummelnd holte ich das Buch heraus, das Lilly mir in die Tasche gesteckt hatte, als ich im Büro vorbeigeschaut hatte, um ihr mitzuteilen sagen, dass wir für ein paar Tage verreisen würden.

Statt darüber zu murren, dass sie Bris Kunstsammlung allein schätzen musste, legte Lilly vor Freude beinah einen Luftsprung hin. Sie nahm an, wir würden in die Flitterwochen jetten. Ich hatte ihren Irrtum nicht korrigiert.

Lilly war eine hoffnungslose Romantikerin und brauchte jemanden, der ihr großes Herz verstand. Hoffentlich erkannte Kane das und gab ihr, was sie brauchte, statt ihr abwechselnd kalt und warm einzuschenken. Ich wusste kaum etwas über den Mann, nur, dass er Sebastians Club leitete. Ich würde Sebastian über ihn ausfragen.

Später. Sobald ich in Erfahrung gebracht hätte, wohin wir flogen. Sobald mir mein nerviger Ehemann einen Knochen zugeworfen hätte.

»Hör auf, mich so finster anzustarren. Es ist nichts dabei, manchmal nicht die Kontrolle zu haben. Ich bringe dich schon nirgendwohin, wo's dir nicht gefällt.«

»Sagt der Mann, der die ganze Kontrolle hat. Mich überrascht ja, dass du dich in unserer Hochzeitsnacht von mir hast flachlegen lassen.«

Seine dunklen Augen schauten auf. »Wie kommst du darauf, dass ich dabei keine Kontrolle hatte? Auch, wenn du obenauf bist, hast du nicht die Oberhand.«

Ich dachte daran zurück, wie er mich festgehalten hatte, während ich auf ihm geritten war, wie er meine Bewegungen gesteuert und mich zum Kommen gebracht hatte.

Mist. Er hatte recht.

Hitze stieg mir in die Wangen.

»Mir gefällt nicht, dass du die ganze Macht in unserer Beziehung hast. Das fühlt sich unausgeglichen an.«

Sebastian stand auf und kam wortlos auf mich zu. Als er mich erreichte, ging er in die Hocke und legte eine Hand auf meinen Oberschenkel. Die Berührung fühlte sich besitzergreifend an.

»Macht und Kontrolle sind zwei verschiedene Dinge.« Seine Finger strichen über meine Haut, bis sie den Saum meines Kleids streiften. »Kontrolle ist die Fähigkeit, sich auf die Bedürfnisse und Wünsche der Frau zu konzentrieren und sie ihr zu erfüllen, bevor man sich selbst die Erfüllung holt.«

Jeder Nerv in meinem Körper erwachte zum Leben, als seine Berührungen höher wanderten.

»Macht ist die Fähigkeit, einen Mann dazu zu bringen, für seine Frau alles beiseitezuschieben, worauf er sich je konzentriert hat.« Sein Daumen strich über den feuchten Schritt meines Slips. »Du hattest von Anfang an die gesamte Macht. Ich war deiner Gnade ausgeliefert. Ich war bereit, um ein bisschen von deiner Zeit, eine kleine Kostprobe von dir zu betteln. Monatelang hab ich mich damit begnügt, mich mit dir zum Kaffee zu treffen, obwohl ich mich lieber tief in dir vergraben hätte. Du hast mich dazu gebracht, mir Dinge zu wünschen, von denen ich nicht mal wusste, dass ich sie wollte. Wenn das keine Macht ist, dann weiß ich auch nicht.«

Seine Finger schoben sich unter meinen Slip und tauchten tief in mich, bevor sie sich spreizten. Mein Körper wölbte sich ihm entgegen, mein Kopf sank auf die Sitzpolsterung zurück. Das Buch auf meinem Schoß fiel mit einem dumpfen Laut zu Boden.

»Baz.« Ich schloss die Augen, verlor mich in den Freuden, die mir seine verruchte Hand bereitete.

»Du bist die Einzige, die mich mitten in einer Übernahme dazu bringen konnte, in ein Flugzeug zu steigen, obwohl ich gerade jetzt meine Autorität in meinem Territorium festigen müsste.«

Seine Hand bewegte sich vor und zurück, meine Erregung benetzte sie. »Du hast die ganze Macht, Isa.«

Meine Scheidenmuskeln erbebten, dann spannten sie sich an, als mein Orgasmus einsetzte.

»Aber ich kontrolliere deine Lust, und du kommst nur, wenn ich dich lasse.« Abrupt zog er sich zurück und ließ mich hängen.

»Nein. Baz. Was soll das?«

Grinsend hob er die Finger an den Mund und leckte meine Säfte davon ab.

»Das kann nicht dein Ernst sein. Du willst mich so hängen lassen?«

»Wären wir in unserer Kabine, dann s nicht, aber hier

kann dich jeder sehen.« Er beugte sich vor, eroberte meine Lippen mit einem leidenschaftlichen Kuss.

Ich konnte mich an ihm schmecken, was das unangenehme Verlangen tief in mir zusätzlich schürte.

Er richtete den Rock meines Kleids und hob mein Buch vom Boden auf. Sebastian las den Titel, schmunzelte und legte es mir auf den Schoß.

»Tolle Lektüre. Sag Lilly danke von mir.« Damit richtete er sich auf und kehrte zum Schreibtisch zurück. Kaum eine Sekunde später betrat Denise, die Flugbegleiterin, die Kabine mit einem Tablett voller Getränken und Essen.

»Mach dich auf was gefasst«, murmelte ich so, dass nur Sebastian es hören konnte. »Das gibt Rache.«

»Ich habe keine Zweifel daran, dass du's versuchen wirst«, gab er zurück, ohne darauf zu achten, dass Denise jedes Wort hören konnte. »Vergiss nur nicht, dass ich die Kontrolle habe.«

»Wie du meinst. Ich kann mich auch ohne deine Hilfe darum kümmern«, sagte ich zu Sebastian und lächelte Denise an, als sie meinen Drink und einen Teller mit Obst und Käse vor mir abstellte.

»Wirst du aber nicht.« Er nahm seinen Teller entgegen und platzierte ihn auf dem Schreibtisch.

Ich schnappte mir eine Weintraube und steckte sie mir in den Mund. »Und warum nicht?«

Er richtete den Blick der dunklen, fast schwarzen Augen auf mich. Die Intensität darin brachte Schmetterlinge in meinem Bauch zum Flattern. »Weil die Belohnung das Warten zehnfach wert sein wird.«

»Oh.« Ich biss in die süße Frucht. »Also ist das ein Spiel?«

»So ungefähr. Du wirst es nicht bereuen, das verspreche ich dir.«

Ich wusste, dass ich nicht bekommen würde, was ich wollte, und wenn sich mein Körper noch so sehr nach Entladung sehnte.

»Na schön. Ich warte.«

Sebastian grinste. »Tu das. Lies doch in der Zwischenzeit das Buch, das Lilly dir mitgegeben hat. Ich bin sicher, du wirst es faszinierend finden.«

Hörte ich da Humor in seinem Tonfall? Aber Rache würde ich nehmen, Orgasmen hin, Orgasmus her.

Ich griff nach dem Buch, das Lilly für mich ausgesucht hatte. Um ein Haar hätte ich laut gestöhnt. Es handelte sich um eine Kopie des *Kamasutras* mit Illustrationen und detaillierten Beschreibungen. Ich knirschte mit den Zähnen.

Beste Freundin hin, beste Freundin her, die Frau war unmöglich.

Ihr Glück, dass ich sie innig liebte.

15

Isa

»Isa. Zeit, aufzuwachen.«

»Nein.« Stöhnend drehte ich mich um. »Ich brauche noch ein paar Stunden.«

Sebastian lachte leise. »Du hast sieben Stunden geschlafen. Zeit, sich vorzubereiten.«

In dem Moment wurde mir bewusst, dass ich in einem Bett unter einer luxuriösen Decke lag. Der Stoff fühlte sich an meiner Haut wie die weichste, hochwertigste Baumwolle an, die es gab.

Abrupt öffnete ich die Augen. Sebastian beugte sich über mich. Sein Oberkörper war nackt, und er hatte einen dunklen Bartschatten, der ihm ein kantiges Aussehen verlieh.

Die nassen Haare verrieten mir, dass er gerade geduscht hatte.

Ich spähte über seine Schulter und betrachtete den opulenten Raum. Das Dekor war in dezenten, neutralen Tönen gehalten. Seine persönliche Kabine. Ich war schon mit Privatjets geflogen, aber noch mit keinem, der ein Schlafzimmer oder eine Dusche besessen hatte. Andererseits war ich bisher nur in Europa herumgeflogen, wo alles innerhalb weniger Flugstunden lag, abgesehen von einem Ausflug zu Ana nach Las Vegas. Aber das war ein Linienflug unter falschem Namen mit einem Pass gewesen, den Ana für mich besorgt hatte.

»Wie bin ich hier reingekommen? Ich weiß nur noch, dass ich mir einen der *Ocean's*-Filme angesehen habe.«

Vage wusste ich noch, dass ich mich an ihn geschmiegt hatte, als das Flugzeug in Turbulenzen geraten war. Danach war ich wieder eingeschlafen. Vielleicht waren es keine Turbulenzen gewesen, sondern Sebastian, der mich ins Schlafzimmer getragen hatte.

Er schüttelte den Kopf. »Du schläfst ganz schön tief. Hast dich kaum gerührt, als ich dich ausgezogen und ins Bett gebracht habe.«

In dem Moment verrutschten die Laken und entblößten meinen nackten Körper.

»Nackt? Wirklich?«

Er zog eine Braue hoch. »Ich schlafe nackt. Deshalb schläfst du auch so.«

Sein Blick wanderte zu meinen Brüsten. Sofort richteten sich meine Nippel auf.

»Hast du mich auch gleich zum Höhepunkt gebracht, wenn du schon dabei warst?« Ich sah ihn stirnrunzelnd an. »Aber ich wäre wohl aufgewacht, wenn's gut gewesen wäre.«

»Darüber bist du immer noch nicht hinweg, was?«

»Du bist ja nicht derjenige mit einem Fall von weiblichem Samenstau.«

Er ergriff meine Hand und legte sie auf seine Erektion, die ich bis dahin gar nicht bemerkt hatte.

»In dem Zustand hältst du mich schon, seit ich dich im Club kennengelernt habe. Egal, wie oft ich tief in dir komme, es ist nie genug.«

Statt aus dem Bett zu steigen, setzte ich mich rittlings so auf seinen Schoß, dass sich meine Schamlippen um seinen Ständer legten. Genau wie in unserer Hochzeitsnacht.

»Wir treiben es jetzt nicht, und wenn du noch so verführerisch bist«, sagte Sebastian, legte die Hände auf meinen Hintern. Meine Pussy rieb über ihn, benetzte ihn mit meiner Erregung.

Ich küsste seinen Hals, atmete seinen berauschenden Duft ein und knabberte mit den Zähnen an seiner Haut.

»Will ich auch gar nicht.« Ich drückte ihn auf den Rücken. »Jedenfalls nicht so, wie du denkst.«

Er entspannte sich auf dem Bett, verschränkte die Arme hinter dem Kopf.

»Nur zu. Wenn du mich lieber mit dem Mund zum Kommen bringen willst, hab ich auch nichts dagegen.«

Ich rutschte von seinem Körper und legte die Hand um seine dicke Härte. Verdammt, seine Männlichkeit war unglaublich. Dass er es mir besorgen konnte, ohne mich dabei zu zerreißen, grenzte an ein Wunder. Andererseits brachte er mich immer dazu, so bereit für ihn zu sein. Das leichte Unbehagen war das Vergnügen mehr als wert.

»Willst du ihn nur anstarren oder auch was damit machen?«

Sebastians Frage riss mich aus meinen Gedanken, und ich drückte ihn von der Eichel bis zum Ansatz. Prompt trat ein Lusttropfen aus. Mir lief bei dem Anblick das Wasser im Mund zusammen. Nur zu gern hätte ich davon gekostet. Doch statt meinem Verlangen nachzugeben, leckte ich an der dicken Ader entlang.

»Fuck, fühlt sich das gut an.«

Lächelnd setzte ich die Erkundung fort, bevor ich ihn vollständig in den Mund nahm, so tief, dass er an meine Kehle stieß. Tränen traten mir in die Augen, als ich versuchte, den Würgereflex zu unterdrücken.

Mein Unbehagen schien Sebastian zusätzlich zu erregen. Er wurde noch härter und praller. Mit jeder Abwärtsbewegung wurde es einfacher, ihn aufzunehmen. Als er die Hand in mein Haar krallte, um die Bewegungen meines Munds zu unterstützen, wusste ich, dass er kurz vor dem Höhepunkt stand.

Mit einem schmatzenden Laut löste ich mich von ich, befreite mich aus seinem Griff und ging ins Bad, ohne das Kribbeln auf meinen Lippen und die Nässe zwischen meinen Schenkeln zu beachten.

»Isa.« Sebastians Knurren klang animalisch.

»Wie du gesagt hast, ich habe die Macht. Vor allem, wenn ich dich im Mund habe. Jetzt leidest du genauso wie ich.«

Sebastian

»Nicht wütend sein. Du weißt selbst, dass du's verdient hast«, sagte Isa, als sie die Stufen zum Rollfeld des McCarran International Airport in Las Vegas hinunterstieg.

Es war kühl und trocken, völlig anders als bei meinem letzten Besuch. Vor Jahren hatte ich an der University of Nevada in Las Vegas studiert. Es war nicht die erste Wahl meiner Familie für mich gewesen, aber die wusste auch nicht, dass ich damals frisch von Interpol rekrutiert war und die Organisation eine ihrer besten Ausbildungsstätten in Nevada hatte.

»Ich bin nicht wütend.«

»Natürlich nicht.« Isa grinste, dann ließ sie zum ersten Mal seit der Landung die Berge und Gebäude in der Umgebung auf sich wirken.

Sie drehte sich mir zu, ihre Augen leuchtend vor Aufregung. »Wir sind in Las Vegas.«

Ihre Freude bremste die Irritation, die ich spürte, seit sie sich von mir entfernt hatte, bevor ich meine Ladung in ihre Kehle abfeuern konnte.

»Du musst dir was merken. Solange wir hier sind, treten wir als Sebastian und Isa Kohl auf. Weber und Benz existieren nicht.«

»So schlau wäre ich auch selbst gewesen. Kohl also. Aber ich muss dir was sagen.«

»Was?«

In dem Moment rollte ein Suburban mit getönten Scheiben auf uns zu und hielt an. Hagen und Persephone Lykaios stiegen aus. Hagen mit den sonnengebräunten, tätowierten Armen und seinem von Natur aus mürrischen Gesichtsausdruck ragte über seiner wunderschönen, dunkelhaarigen, zierlichen Frau mit ihrer einzigartigen Mischung aus griechischer und indischer Herkunft auf.

»Penny!«, rief Isa und rannte den Rest der Treppe hinunter, vergaß die an mich gerichteten Worte.

»Isa.«

Die beiden Frauen umarmten sich und plauderten. Den Großteil verstand ich nicht, weil sie nahtlos zwischen Deutsch und Englisch wechselten. Ich hatte nicht gewusst, dass Penny Deutsch beherrschte.

Aber warum überraschte mich das? Sie war ein Genie mit einem Intelligenzquotienten, wie ich ihn bisher nur bei einem anderen Menschen erlebt hatte – ihrem Bruder Adrian.

»Wir müssen hier Englisch reden. Du kennst die Regeln. Wir benutzen immer die Sprache des Lands, in dem wir gerade sind«, sagte Isa und ergriff Pennys Hände.

Isas Englisch übertraf meine Erwartungen – eloquent und mit einem leicht britischen Akzent. Lag vermutlich an den Jahren, die sie in Großbritannien studiert hatte.

Penny schürzte die Lippen. »Komm schon. Ich bin nicht

mehr in Deutschland gewesen, seit du deinen ersten Club eröffnet hast.«

»Regeln sind Regeln.« Isa zuckte mit den Schultern. »Und nicht ich habe sie aufgestellt. Du warst das.«

»Ich bin die Ältere. Also solltest du mir meinen Willen lassen.«

»Hat der Spruch schon mal bei jemandem funktioniert?«

Penny zuckte mit den Schultern. »War den Versuch wert. Komm, steigen wir ins Auto.«

Hand in Hand schlenderten die Frauen zum Wagen.

Isa hatte nicht übertrieben, als sie gemeint hatte, sie wäre mit Penny befreundet.

Hagen beobachtete mich mit Augen, die zu viel gesehen hatten. Den Großteil seiner Jugend hatte er als Vollstrecker der Mafia verbracht, bevor er redlich geworden war. Zumindest so redlich, wie man es in Las Vegas sein konnte.

Wir schlugen ein, als ich auf ihn zutrat, dann ließ ich mich von ihm in eine Umarmung ziehen.

»Ist lange her. Du hast also unsere Eloisa Wolff geheiratet.«

Wolff?

Isa drehte sich um und schaute zu mir, als sie ins Auto stieg. Belustigung sprach aus ihrer Miene, bevor sie die Aufmerksamkeit wieder Penny widmete.

Das also wollte sie mir mitteilen. Ich hätte mir denken können, dass Isa mit ihren Verbindungen nur herausrücken würde, wenn es nicht mehr anders ging.

»Ja, hab ich. Sie ist jetzt eine Kohl.«

Hagen schmunzelte. »Wenn wir es so spielen wollen, bin ich natürlich dabei.«

Hagen hatte als einer der Ersten herausgefunden, dass Adrian und ich keine gewöhnlichen Studenten waren. Er hatte unsere Geheimnisse bewahrt und nie gefragt, für wen wir eigentlich arbeiteten. Obwohl Adrian es ihm erzählt hatte, als er auch für ihn und seine Brüder tätig geworden war, hatte ich meine Verbindungen nie preisgegeben.

Trotzdem war ich mir sicher, dass er von Interpol und meiner Familie wusste.

»Wie geht's Adrian?« Ich hatte mich darauf gefreut, den Mann zu sehen, der in den letzten zehn Jahren mein bester Freund gewesen war.

Es war mich schwer getroffen, als er ausgestiegen war und den Kontakt zu mir abgebrochen hatte. Andererseits hatte er sich während des Großteils unserer Freundschaft als jemand anders ausgegeben und als verdeckter Agent gearbeitet. Er war bei der CIA gewesen. Die einzige Möglichkeit für einen Neubeginn bestand darin, sein früheres Leben einschließlich aller Beziehungen hinter sich zu lassen. So war es sauberer und sicherer.

»Er hält Ana davon ab, es zu übertreiben. Durch die Schwangerschaft ist sie ungeduldig geworden. Sie will auf Biegen und Brechen vor dem Geburtstermin sämtliche Projekte abschließen, und sie wird launisch, wenn wir sie auffordern, die Füße still zu halten. Den Großteil ihrer Wut kriegt Adrian ab.«

Bei Anas Namen zog sich mir innerlich alles zusammen. Da wir hier waren, könnte Isa herausfinden, dass ich mit einer ihrer engen Freundinnen geschlafen hatte. Aber das Risiko war ich bereit, einzugehen.

In der Nähe der Familien Lykaios und Kipos würde sie sicherer als irgendwo sonst sein. Sie beschützen ihre Lieben, wie ich es sonst nur von Familien des organisierten Verbrechens kannte.

Ich hatte Adrian mitgeteilt, dass wir unter dem Radar bleiben und in der Welt von Las Vegas abtauchen mussten. In dieser Stadt trieben sich zu jedem Zeitpunkt zu viele hochrangige Leute herum, als dass man zwei Deutsche bemerken würde.

»Ist alles arrangiert?«

»Ja. Solange ihr hier seid, wird ihr nichts passieren. Deine Männer sind eingetroffen und in Position.«

Was bedeutete, dass niemand ihre Anwesenheit bemerken würde, außer sie wollten es so. Es handelte sich um eine Mischung aus unseren eigenen Leuten und Mitarbeitern von Sicherheitsorganisationen, die zwischen Einsätzen als Freiberufler Aufträge annahmen.

»Ich bringe euch im Penthouse im *Ida* unter. Es hat einen eigenen Aufzug und Eingang.«

»Dafür bin ich dir echt dankbar.«

Hagen verengte die Augen zu Schlitzen. »Ich weiß, dass du geholfen hast, Ana zu retten, als ihr Einsatz in die Hose gegangen ist. Du warst dran beteiligt, sie zurück nach Hause zu bringen. Die Schuld kann ich nie zurückzahlen.«

Tja, damit hatte ich nicht gerechnet. Ich würde ihn nicht fragen, woher er von den Einzelheiten jenes Auftrags wusste

– der Umgang mit diesen Informationen oblag Adrian und Ana.

›Es ist keine Schuld. Ana gehört zu Adrian, und das ist alles, was zählt.«

›In dem Punkt müssen wir uns wohl darauf einigen, dass wir uns nicht einig sind.« Er wandte sich ab. »Bringen wir deine Lady in eure Unterkunft.«

16

Isa

Als wir in die gekrümmte Zufahrt zum *Ida Casino & Resort* einbogen, beeindruckte mich die schiere Größe der Anlage. Die Türme und Gebäude zeichneten sich wie eine elegante Skulptur vor den Lichtern von Las Vegas ab, ohne protzig zu wirken.

»Ziemlich unglaublich, nicht wahr?«, fragte Penny mit einem Anflug von Stolz in der Stimme. »Ihr solltet es mal vom Haupteingang aus sehen. Dort bekommt erst ein richtiges Gefühl für den Ort.«

Die Hotels und Casinos in Monte Carlo und Saint Tropez waren elegant und besaßen eine Aura alten Geldadels, durch den man sich unzulänglich fühlte, wenn man sie betrat. Diese Anlage hingegen lud einen ein und erweckte Lust darauf, sie zu erkunden.

»Ich führe sie im Hotel herum, sobald wir uns eingerichtet haben«, kündigte Sebastian an und ergriff meine Hand, als die Tür geöffnet wurde.

Die Angestellten eilten sofort auf uns zu, holten das Gepäck aus dem SUV und brachten es ins Hotel.

»Dann sehen wir uns morgen zum Mittagessen bei mir zu Hause«, sagte Penny. »Zieh nicht zu lange mit ihr um die Häuser, Sebastian.«

»Ich kann nichts versprechen.« Sebastian stieg zuerst aus, bevor er mir hinaushalf.

Ich winkte Penny zu, als das Auto davonfuhr. Dabei schmiegte ich mich in Sebastians Arm. Er führte mich in die Lobby des Apartmentbereichs. Unwillkürlich bekam ich bei dem außergewöhnlichen Kronleuchter an der Decke große Augen. Die imposante Mischung aus durchsichtigem und rötlich-goldenem Glas nahm beinah die gesamte Fläche ein.

»Heilige Scheiße.« Ich legte den Kopf in den Nacken, während ich ihn betrachtete.

»Hast du nicht gesagt, du wärst schon in Vegas gewesen?«

»Ja, aber getarnt und noch nie als Gast im Hotel. Ich hab damals in dem Apartment gewohnt, das Ana vor der Hochzeit mit Adrian hatte. Wir haben jeden Ort gemieden, an dem uns die Gebrüder Lykaios hätten sehen können.«

»Wann hast du sie dann kennengelernt?«

»Beim Sonntagsbrunch. Den veranstalten sie einmal im Monat. Wir hatten eine Menge Spaß. Ich habe die Brüder beim Pokern geschlagen. Sogar gegen Penny hab ich gewonnen, und sie ist bei dem Spiel ein echter Hai. Nur gegen

Henna hab ich jedes Mal verloren. Karten müssen die Bibel dieser Frau sein.«

Sebastian starrte mich an, als wären mir zwei Köpfe gewachsen.

»Was ist?«

»Du hast gegen die Lykaioses gepokert?«

»Warum überrascht dich das so? Sie spielen immer nach dem Brunch, wenn die kleineren Kinder schlafen.«

»Und du hast sie geschlagen?«

»Alle außer Henna.«

»Wer hat dir das Spiel beigebracht?«

»Papa. Er ist ein großartiger Stratege. Er sagte mir immer eingebläut, vorauszudenken und kühlen Kopf zu bewahren. Genau das hab ich gemacht.«

Sebastian zog mich zu sich und küsste mich auf den Kopf. »Du bist verrückt.«

»Tja, muss ich wohl sein. Immerhin bin ich mit dir zusammen.«

Bevor er etwas erwidern konnte, näherte sich uns ein großer Mann mit goldbrauner Haut in Hoteluniform. »Mr. und Mrs. Kohl. Ich bin Eduardo, Empfangsleiter. Willkommen im *Ida Residence*. Ihr persönlicher Aufzug ist da drüben. Wenn Sie mir bitte folgen.«

Wir hielten an einer Nische, die einen einzigen Aufzug beherbergte.

»Mr. Kipos hat den Code für den Fahrstuhl und das Penthouse nach ihrem Wunsch programmiert. Genießen Sie den Aufenthalt.«

Sebastian nickte zum Dank, dann legte er mir die Hand

aufs Kreuz und führte mich in den Aufzug. Als sich die Türen schlossen, betrachtete ich Sebastian in den Spiegeln der Kabinenwände.

Verdammt, war er heiß. Nicht nur durch sein Aussehen, sondern auch durch sein Auftreten. Er besaß eine gefährliche Aura, die wohl jede Frau anlocken würde. Vermutlich hatte genau das auch mich ursprünglich zu ihm hingezogen. Wenn ich nur darauf vertrauen könnte, dass die Sache zwischen uns nicht einseitig war. Sebastian hatte mich dazu gebracht, ihm meine Gefühle zu gestehen, er selbst hingegen hatte nicht ausgesprochen, was er empfand.

Ich brauchte die Worte. Aber könnte ich sie glauben, selbst wenn er sie sagte?

»Was ist?«, fragte er und bedachte mich mit einem neugierigen Blick.

»Ich bewundere nur den Mann, der mir gehört. Du bist wunderschön.«

Seine Lippen krümmten sich zu einem verhaltenen Lächeln, während er mir in die Augen sah. »Du bist hier die Wunderschöne. Diese Augen, die einen tieferen Blauton annehmen, wenn du erregt bist. Der Mund, der in einem Mann unweigerlich Visionen von deinen Lippen um sein bestes Stück auslöst. Und ein Körper, wie für die Sünde gemacht.«

Er drehte sich um, packte mich an der Taille und drängte mich mit dem Rücken gegen die Kabinenwand.

»Dann ist da noch dein Temperament. Die Leidenschaft, die alles verzehrt und unkontrollierbar wird, wenn du sie entfesselst.«

»Baz«, flüsterte ich, hob das Gesicht, gab mich der Verführung seiner Worte und dem Wunsch hin, ihn zu küssen.

Bevor sich unsere Lippen berühren konnten, öffneten sich die Türen und durchbrachen die Trance, in der wir uns befanden.

Als ich das Penthouse betrat, schnappte ich nach Luft.

Etwas Vergleichbares hatte ich noch nie gesehen. Die schiere Größe war unglaublich. Die verglasten Außenwände boten eine Aussicht auf jeden Winkel von Las Vegas und die umliegende Wüste.

Ans Wohnzimmer schloss ein Balkon an, der mit seinen Blumen und Pflanzen an einen Wellnessbereich erinnerte und den Sinnen wahrscheinlich eine Pause von der Hektik der Stadt unten verschaffen sollte.

Die Küche war nach dem neuesten Stand der Technik ausgestattet, die modernen Möbel passten ideal zum Look der restlichen Anlage.

Es handelte sich um kein gewöhnliches Penthouse, das man mieten konnte. Es musste jenes sein, das Ana zufolge Hagen gehörte und das sie benutzt hatte, bevor sie in ihr Haus gezogen war.

»Beeindruckend, nicht wahr?« Sebastian kam auf mich zu und legte mir eine Hand auf den Rücken.

»Das ist noch untertrieben.« Ich schaute zu ihm auf. »Das hier kann es mit unserem Apartment in Berlin aufnehmen.«

»Aber unsere Aussicht ist besser.«

Er hatte recht. Unser Penthouse bot einen Blick auf den Fluss und hatte eine beruhigende Wirkung auf die Sinne. Die

Aussicht auf den Strip konnte überwältigend sein, besonders für jemanden, der viel Zeit mit einsamer Arbeit verbrachte.

»Stimmt. Kurzfristig finde ich den Wahnsinn von Las Vegas ja ganz unterhaltsam, aber mehr als ein, zwei Wochen wären mir zu viel.«

»Wenn du in Las Vegas eine Bleibe für Kurzausflüge willst, bin ich sicher, jemand aus dem Lykaios-Clan hat etwas Passendes für dich.«

»Nicht nötig. Und wenn ich mir was kaufen wollte, würde ich mich an Henna wenden. Die Frau kennt sich mit Immobilien aus.«

Henna Anthony-Lykaios war Anas Halbschwester und mit Zack Lykaios verheiratet. Früher war sie Zacks Konkurrentin auf dem Immobiliensektor gewesen. Dann hatten sie sich ineinander verliebt. Mittlerweile hatten sie es sich zum Ziel gesetzt, Nevada mit ihrem Nachwuchs zu bevölkern. Gerüchten zufolge war Henna mit dem sechsten Baby schwanger. Dabei hatte sie erst vor vier Monaten ein kleines Mädchen zur Welt gebracht.

»Verstehe. Also, worauf hast du heute Abend Lust?«

Auf mehrere Orgasmen, hätte ich gern gesagt, weil sich mein Körper noch immer nicht von der Enttäuschung im Flugzeug erholt hatte. Stattdessen antwortete ich: »Du entscheidest.«

»Wie wär's, wenn wir uns Hagens Club ansehen?«

Ich lächelte. »Großartige Idee.«

»Heilige Scheiße. Du siehst umwerfend aus.«

Ich strahlte über Sebastians Reaktion, als ich eine Stunde später das Wohnzimmer im Penthouse betrat.

Er kam auf mich zu und bot mir die Hand an. Ich strich mit den Fingern darüber und spürte ein knisterndes Kribbeln zwischen uns.

»Siehst selbst nicht allzu übel aus.« Ich ließ den Blick über seinen Körper wandern.

Der treffendere Ausdruck für sein Aussehen wäre *heiß* gewesen. Verdammt heiß. Mit dreifachem Ausrufezeichen.

Der Mann strahlte von Kopf bis Fuß reinen Sexappeal aus. Sein enganliegendes, schwarzes, strukturiertes Hemd und die dunkle Jeans betonten seinen durchtrainierten Körper und seine Größe. Die Ärmel hatte er so hochgeschoben, dass man seine tätowierten Unterarme sah.

Meine Libido sprang an, und ich wollte ihn auf mir, in mir, wie auch immer ich ihn kriegen konnte.

»Wie wär's, wenn wir den Club sausen lassen und uns ausziehen?«

»Geil, Süße?«

Ich runzelte die Stirn. »Das weißt du genau. Worauf warten wir noch? Wir sind frisch verheiratet. Wir sollen es treiben wie die Karnickel.«

»Das nennt man Belohnungsaufschub.«

»Pfeif auf Belohnungsaufschub.« Ich stapfte zum Aufzug und zog Sebastian hinter mir her. »Komm, lass uns Frust abbauen.«

Sebastian folgte mir wortlos.

Sobald wir das *Nyx* betraten, jenen weltberühmten

Nachtclub, verflog meine Verärgerung über meinen Ehemann und meine Hormone.

Die Bilder, die ich gesehen hatte, wurden dem Ort nicht gerecht. Die geraden Linien und das neutrale Interieur der Anlage flossen auch in den Club ein, der jedoch mit einer sinnlicheren Stimmung aufwartete. Von den Lampen bis zu den Statuen beherrschten überall rötlich-goldene Akzente die Umgebung.

»Heilige Scheiße. Die sind echt.« Ich zeigte auf eine Reihe griechischer Figuren in einer Wandnische über der Tanzfläche. »Die müssen zehn Millionen pro Stück wert sein.«

»Dann kannst du wohl doch nicht als Einzige behaupten, Originalkunstwerke in deinen Clubs zu haben.«

»Damit werbe ich ja nicht. Ich habe es nur für passend gehalten und hatte die Stücke ohnehin.«

»Komm, lass uns tanzen.«

Wir traten den Weg zur Tanzfläche an, wo mich Sebastian sofort an sich zog.

»Als wir zuletzt getanzt haben, musste ich dich gehen lassen. Heute Nacht begleite ich mit dich nach Hause.«

»Schade, dass Sex nicht auf dem Programm zu stehen scheint.«

Wir ließen die Hüften kreisen, bewegten die Körper im Rhythmus der Musik, völlig aufeinander abgestimmt.

Er tanzte wie ein Mann, der wusste, was er tat. Selbstsicher, zugleich sinnlich, beinah verführerisch.

Wir blieben drei Songs lang auf der Tanzfläche, ließen uns vom Beat mitreißen.

Sebastians Hände wanderten an meinen Seiten hoch.

Dann fädelte er eine Hand in mein Nackenhaar, während er die andere auf mein Kreuz senkte und mich an ihn presste.

»Du bist meine lebendig gewordene Fantasie.«

Er war erregt. Die Lust in seinen dunklen Augen ließ meine Atmung unstet werden. Gleichzeitig wurde ich feucht vor Verlangen.

Er hatte mich den ganzen Tag hängen lassen, und ich sehnte mich nach einer Entladung.

»Baz, ich will ins Bett.«

»Bist du sicher?«

Ich rieb das Becken an seiner prallen Härte. »Vollkommen sicher.«

»Dann lass uns gehen.« Er ergriff meine Hand und küsste meine Finger, bevor er sie mit seinen verschränkte und mich aus dem Club führte.

17

Sebastian

»Bist du immer noch sauer auf mich?«, fragte ich Isa, als wir zu Adrians und Anas Anwesen fuhren, wo der Lykaios-Kipos-Clan uns erwartete.

»Nicht mehr so wütend, aber du bist auch gerade nicht mein Lieblingsmensch. Was du getan hast, war auf so vielen Ebenen falsch.«

Beinah hätte ich über den ungläubigen Blick gelacht, den Isa mir zuwarf.

Unsere Nacht hatte nicht wie von ihr erwartet geendet. Statt ihr die Kleider vom Leib zu reißen und mich tief in ihr zu vergraben, wie ich es eigentlich wollte, half ich ihr beim Ausziehen und brachte sie ins Bett.

Ich wusste, dass sie verdattert und stinksauer war, aber

sie hatte sich gefügt. Zweifellos plante sie bereits eine ähnliche Rache wie jene an Bord des Jets.

Dass sie wenige Minuten, nachdem ich das Licht ausgeschaltet hatte, eingeschlafen war, spielte keine Rolle. Sie war trotzdem mit übler Laune aufgewacht und hatte den ganzen Morgen kaum zwei Worte mit mir gewechselt.

Ich wusste, dass ich vorsichtig sein musste. Also entschied ich mich für etwas, bei dem ich überzeugt war, dass es sie milder stimmen würde. Ich war mit ihr zu dem Schießstand gefahren, auf dem Adrian und ich uns bei der Ausbildung kennengelernt hatten. Betrieben wurde er in Kooperation beider Behörden – CIA und Interpol – unter dem Deckmantel eines privaten Schützenvereins.

Kaum hatte Isa erkannt, wo wir uns befanden, verschwand ihre mürrische Miene und wurde von einer stillen Begeisterung abgelöst, die ich zugleich beunruhigend und faszinierend fand.

Dieses Faible für Schusswaffen bei jemandem, der als verwöhnte Prinzessin geboren worden war, verwirrte mich ziemlich. Keine Ahnung, wie sie von Bri unterwiesen worden war, jedenfalls hatte sich Isa zur Fanatikerin entwickelt. Dabei ging es ihr mehr um die Beherrschung einer Fertigkeit, weniger darum, sie zur Verteidigung einsetzen zu können.

Bisher hatte ich über ihr Können nur gelesen, doch es live zu erleben, hatte sich als äußerst beeindruckend erwiesen. Sie dabei zu beobachten, wie sie jedes einzelne Mal ins Schwarze traf, hatte mich auf unheimliche Weise erregt. Wenn ich ihr das verriete, würde sie wahrscheinlich meinen, ich hätte es verdient.

Wäre sie nicht meine Frau und hätte ich sie ein paar Jahre früher kennengelernt, ich hätte sie für die Behörde rekrutiert.

Bei dem Gedanken wurde mir klar, dass sie bereits für eine andere Organisation arbeitete – Solon. Bei genauerer Überlegung hatte ich von einer Antiquitätenexpertin aus Deutschland gehört, die das Berliner Büro von Interpol bei manchen Fällen hinzuzog.

Das musste Isa sein. Wir würden noch ein ausführliches Gespräch über ihre »Kunden« führen müssen.

Aber bevor ich das Thema anschneiden konnte, musste ich Isa die Wahrheit über meine Tätigkeit für Interpol sagen. Und vor allem darüber, was mit Ana und Adrian bei unserem letzten Einsatz passiert war.

Ich verdrängte das Unheil, das eher früher als später über mich hereinbrechen würde, und konzentrierte mich vorerst auf das Spiel zwischen Isa und mir.

»Ich verspreche dir, das Warten wird sich lohnen.«

Sie murmelte etwas vor sich hin, als wir vor ein großes, zweigeschossiges Haus mit Stuck, spanischem Ziegeldach und einem riesigen Vorgarten rollten, Letzterer so gestaltet, dass er sich in die Wüstenlandschaft einfügte.

»Verdammt. Der Ort wird mich immer wieder beeindrucken.« Isa rutschte zur Autotür, als sie sich öffnete.

Ich stieg zuerst aus und reichte ihr die Hand, um ihr herauszuhelfen. Kaum hatte Isa sie ergriffen, zog ich sie zu mir und küsste sie.

Als ich mich zurückzog, loderte wieder Lust in ihren blauen Augen. »Soll ich dir auch so was bauen?«

Sie schüttelte den Kopf. »Nein, unser Penthouse ist

perfekt. Ich bin ein Stadtmädchen. Außerdem sind mir tödliche Waffen als Geschenke lieber als Villen.«

Sie tätschelte ihre Handtasche, in der sie die Pistole aufbewahrte, die ich ihr bei einem Händler in der Nähe des Schießstands gekauft hatte.

»Du bist definitiv die perfekte Frau für mich.«

Damit zauberte ich ein Lächeln auf ihre Lippen.

»Wollt ihr den ganzen Tag draußen stehen und euch gegenseitig anschmachten, oder kommt ihr rein? Im Haus ist eine Schwangere, die jeden Moment rauskommt und euch hineinschleift«, warnte Penny durch die offene Haustür.

Isa

UNWILLKÜRLICH LÄCHELTE ich über Pennys schnippischen Ton.

»Wir haben über Waffen gesprochen«, rief ich zurück. »Du weißt, wie sehr ich Waffen mag.«

Penny schnaubte und sah Sebastian mit hochgezogenen Brauen an. »Kann mir vorstellen, dass du seine Waffe magst.«

Die Frau war unverbesserlich.

»Offensichtlich. Sonst hätte ich ihn nicht geheiratet.«

Penny verdrehte die Augen. »Und du bist sicher, dass es nichts mit der überholten europäischen Tradition arrangierter Ehen zu tun hatte?«

»Völlig sicher.«

»Komm, ich will dir meinen kleinen Bruder Adrian vorstellen. Bestimmt weißt du, dass er und Sebastian sich schon lange kennen. Sie haben zusammen an der UNLV studiert.«

Als sich Adrian näherte, bewunderte ich unwillkürlich seine maskuline Schönheit. Der Mann war athletisch gebaut und fast schon zu gutaussehend, vor allem durch den zusätzlichen Effekt der dunklen Schatten seines Barts und eine leichte Narbe am Kinn.

Verdammt, Ana hatte es gut getroffen.

»Hallo, Isa. Bei deinem letzten Besuch hatte ich keine Gelegenheit, dich kennenzulernen. Wie ich höre, bist du ein richtiger Profi mit den Karten. Hoffentlich bekomme ich dein Können live zu sehen.«

»Man kann nie wissen.«

Als ich das Haus betrat, hielt ich inne und beobachtete, wie sich Adrian und Sebastian mit der Ghettofaust begrüßten und anschließend umarmten.

»Schön, dich wiederzusehen.« Sebastian klopfte Adrian auf den Rücken.

»Ist zu lange her.«

Sebastians Ton wurde beinah zu einem Flüstern. »Ich hatte mich schon richtig dran gewöhnt, deine hässliche Visage fast jede Woche zu sehen.«

»Ist besser so. Für Ana tue ich, was ich muss. Sie ist immer noch dabei zu verarbeiten, was passiert ist.«

Sebastian wusste, was Ana widerfahren war? Wir würden ernsthaft miteinander reden müssen.

»Hast du's ihr gesagt?«, fragte Adrian, als sie sich voneinander lösten.

Als Sebastian den Kopf schüttelte, hörte ich Adrian murmeln: »Idiot. Damit schaufelst du dir dein Grab.«

Worum ging es da?

Bevor ich die Männer über den ungewöhnlichen Wortwechsel befragen konnte, wurde ich von einer Flut von Umarmungen und Begrüßungen überrollt. Hagen, Pierce, Zack und Henna bestürmten mich.

Bei ihnen fühlte es sich immer an, als käme ich nach Hause. Sie freuten sich jedes Mal, mich zu sehen, und nahmen mich herzlich auf. Schon seit unserer ersten Begegnung. Vor allem die Brüder waren als harte Kerle verschrien, doch mir gegenüber verhielten sie sich ausschließlich liebevoll. Anfangs dachte ich, es läge daran, dass ich die Freundin ihrer Halbschwester Ana war, aber irgendwann wurde mir klar, dass sie mich wirklich mochten.

Wann immer es jemand vom Lykaios-Clan in die Nähe von Deutschland verschlug, trafen wir uns. Am öftesten kam Hagen zu Besuch. Er hatte mich damals beraten, als ich mit meinen Clubs angefangen hatte.

»Wo ist Ana?« Ich versuchte, über die Schultern der Männer zu spähen, doch es kam dem Versuch gleich, über eine fast zwei Meter hohe Mauer aus Muskelmasse zu linsen. »Ihr seid ein echt toller Anblick, aber ich muss jetzt meine Freundin sehen.«

»Der demnächst gestrandete Wal ist hier drüben«, sagte Ana und geriet in Sicht, als ihre Brüder zur Seite traten.

»Von wegen gestrandeter Wal. Du siehst umwerfend aus.« Ich ging zu ihr und schlang die Arme um sie.

Meine Worte waren nicht geschmeichelt. Ana sah aus, als wäre sie einem Hochglanzkatalog für Umstandsmode entstiegen. Die einzigartig goldene Schattierung ihrer Haut, die sie von ihrem indischen Vater und ihrer griechischen Mutter geerbt hatte, verstärkten ihre Schönheit zusätzlich. Sie glich einer Fruchtbarkeitsgöttin aus Fleisch und Blut.

Ich befand mich in einem Haus voller Menschen, die aussahen, als wären sie von griechischen Göttern erschaffen worden.

»Du tust meinem Ego gut. Womöglich lasse ich dich nicht mehr zurück nach Hause.«

»Wo Isa hingeht, da gehe ich auch hin.« Sebastian trat hinter mich.

Dann folgte eine Art stumme Unterhaltung mit Ana. Ihre bernsteinfarbenen, fast tigerartigen Augen weiteten sich. Kurz blitzte Verärgerung darin auf, bevor sie den Kopf schüttelte.

»Was entgeht mir gerade?«, fragte ich die beiden.

Kaum hatte ich die Worte ausgesprochen, fügten sich die Teile in meinem Kopf zusammen.

Sebastian hatte mir erzählt, dass er mit Bri zusammengearbeitet hatte. Ich hatte angenommen, als Informant oder Berater wie ich. Was nicht zutreffen konnte, wenn er Adrian bis vor kurzem fast jede Woche gesehen hatte. Dann war da noch der Umstand, dass Sebastian wusste, was bei Anas letztem Einsatz passiert war. Ich hatte davon nur erfahren, weil es ansatzweise in der Akte einiger Kunstwerke standen, die ich nach Abschluss des Falls beurteilen musste. Allerdings waren meine Informationen begrenzt, und ich konnte nur erahnen, was mit Ana passiert sein könnte.

Sebastian kannte eindeutig mehr Einzelheiten als ich.

Was nur bedeuten konnte, dass Sebastian der Mann war, der Ana gerettet hatte, nachdem sie bei dem schiefgegangenen Einsatz entführt worden war. Es hatte sich um einen gemeinsamen Fall von Solon, Interpol und CIA gehandelt. Ana war als Vertreterin von Solon dabei, Adrian als CIA-Agent. Somit blieb noch Sebastian.

Er musste zu Interpol gehören.

Mein Ehemann, ein Mafiaboss, war Agent einer Behörde. So ergab der Gefallen, den er Bri erwiesen hatte, einen Sinn. Er hatte mitgeholfen, eine von deren Agentinnen zu retten. Ana.

Ich musterte Sebastians besorgte Miene.

Irgendetwas übersah ich immer noch. Ich schaute zwischen Ana, Adrian und Sebastian hin und her.

»Ich denke, wir drei sollten uns in einen anderen Raum zurückziehen und uns unterhalten.« Ana warf Sebastian einen finsteren Blick zu, als sie sich bei mir einhängte und mich in den hinteren Bereich der Villa zu einer offenen Tür führte.

Adrian folgte uns. Zu viert betraten wir einen Raum, der wie eine Bibliothek aussah.

Nachdem wir die Tür verriegelt hatten, platzte ich heraus: »Du arbeitest für Interpol.«

»Ja«, antwortete Sebastian.

»Ich weiß, dass Ana bei Solon ist.« Ich sah sie an.

»Früher. Ich bin ausgestiegen.«

Dann verlagerte ich die Aufmerksamkeit auf Adrian. »Und du bist bei der CIA.«

»Im Ruhestand.«

Ich ging hinüber zu einem Fenster mit Blick auf die Wüste. »Und ihr drei wart bei Anas letztem Fall dabei.«

Ich versuchte, mich an alles zu erinnern, was ich darüber gehört und in der Fallanalyse gelesen hatte. Sie hatten den Auftrag, einen Menschenhändlerring zu zerschlagen. Ana sollte sich als eines der Opfer ausgeben und war dann tatsächlich entführt worden. Zwei Agenten hatten sich als Käufer ausgegeben.

»Du hast mit Ana geschlafen. Stimmt's?«

Mich überkam ein so heftiger Anflug von Eifersucht, dass ich mich am liebsten übergeben wollte. Ich respektierte Ana, schaute zu ihr auf. Sie war buchstäblich eine knallharte Spionin.

»Ja.« Sebastian trat einen Schritt auf mich zu, aber ich schüttelte den Kopf.

Er durfte mich in dem Moment nicht anfassen.

»Wie oft?«

»Einmal.«

Aus dem Augenwinkel sah ich, wie sich Ana mit besorgter Miene und Adrians Hand auf der Schulter den Bauch rieb.

Sie war in der Zeit schwanger geworden, daran bestand für mich kein Zweifel.

»Könnte das Kind von dir sein?«

Überraschung blitzte in Sebastians Zügen auf. »Nein. Sicher nicht.«

»Auf keinen Fall«, fügte Adrian hinzu, aber ich ignorierte ihn, blieb auf Sebastian konzentriert.

»Warum hast du's mir nicht gesagt?«

»Ich wusste nicht, wie ich dir erklären sollte, dass ich dienstlich mit einer deiner engen Freundinnen geschlafen habe, ohne dir zu verraten, für wen ich arbeite, und ohne dich zu verletzen.«

»Ich hätte es lieber von dir gehört, als es so zu erfahren.« Eine Träne kullerte mir über die Wange. »Hast du nicht gelernt, dass es für mich genauso verletzend ist, wenn du mir was verheimlichst, wie wenn du mich belügst?«

»Süße, es wird immer Dinge geben, die ich dir nicht erzählen kann.«

Ich knirschte mit den Zähnen. »Davon will ich nichts hören. Zwischen dem Geschäft und dem Schlafen mit meiner Freundin besteht ein scheiß Unterschied.«

Er musste mich für eine Idiotin halten. Ich kannte die Regeln und wusste, dass ich manches über die Familie nie erfahren würde.

Mein Blick fiel auf Ana. »Du hast meine Recherchen über Sebastian torpediert. Du hast gewusst, dass ich ihn heiraten würde.«

Sie nickte. »Ich hatte keine andere Wahl. Aber ich kann dir versichern, dass ich dir alles über ihn gegeben habe, was nicht geheim war.«

»Also war es geheim, dass du es mit meinen künftigen

Ehemann getrieben hast.« Es gelang mir nicht, die Kränkung und Wut aus meinem Ton zu verbannen.

»Isa, du weißt, wie es läuft.« Ana seufzte. »Manchmal muss man Dinge tun, die einem in der gewöhnlichen Welt im Traum nicht einfallen würden. Wir haben verdeckt gearbeitet. Uns ist keine Wahl geblieben. Wir hatten ein Publikum und mussten es echt aussehen lassen.«

Ich erschauderte beim Gedanken, was sie erlebt haben musste.

Natürlich wusste ich, dass manche Agentinnen und Agenten so tief vordrangen, dass sie ausleben mussten, wofür sie entsandt wurden. Aber Ana war entführt worden und hätte verkauft werden sollen. Adrian und Sebastian hatten alles getan, um sie zurückzuholen.

»Ich hab die Geheimnisse einfach so satt.«

»Isa, unser Leben besteht aus Geheimnissen.« Sebastian trat vor mich hin. »Können wir unter vier Augen reden?«

Ich nickte. Aus dem Augenwinkel sah ich, wie Ana und Adrian aufstanden.

Führte ich mich zu dramatisch auf?

Vielleicht.

Womöglich schürte Eifersucht den Schmerz.

Nein, ich war belogen worden. Schon wieder.

Es verärgerte mich unheimlich, dass jemand, den ich kannte, Sebastian nackt gesehen hatte, seine Berührungen gespürt hatte und wusste, wie es sich anfühlte, ihn tief in sich zu spüren. Noch mehr jedoch traf mich, dass Sebastian es mir verheimlicht hatte. Ein weiteres Häkchen in der Spalte

»Ich hab keine Ahnung, ob der Mann, den ich liebe, echt ist oder nur ein Hirngespinst«.

»Isa?«

Ich sah Ana an.

»Wenn du dich dann besser fühlst, lasse ich dich mit Adrian schlafen.«

»Den Teufel wird sie tun.« Sebastians wirkte so aufgebracht, dass es beinah komisch anmutete. Wenn ich nicht so stinkwütend gewesen wäre, hätte ich gelacht.

»Ana, Schatz«, ergriff Adrian in leicht amüsiertem Ton das Wort. »Das kann wohl kaum die Lösung sein. Und wenn mein bestes Stück nur in die Nähe einer anderen Frau käme, würdest du es mir abschneiden.«

»Da hast du wohl recht. Bei der Vorstellung muss ich tatsächlich an ein Messer denken.«

Miteinander redend verließen sie die Bibliothek.

Sebastian ging zur Tür und verriegelte sie, bevor er zu mir zurückkam.

»Wir müssen was klarstellen.« Er ragte über mir auf. »Es gibt nur eine Frau, mit der ich es für den Rest meines Lebens treiben will. Und das bist du.«

Ich öffnete den Mund, um zu widersprechen, schloss ihn jedoch wieder. Er hatte recht. Eifersüchtig auf etwas zu sein, das passiert war, bevor wir uns kennengelernt hatten, war lächerlich. Auch ich hatte vor ihm Beziehungen und Lover gehabt. Obwohl ich eher nicht wollte, dass Sebastian je einem davon begegnete.

»Nichts zu sagen?«

»Sollen wir einfach so tun, als wäre zwischen dir und Ana

nie etwas passiert?«

»So funktioniert das nun mal. Wenn ein Fall abgeschlossen ist, gibt's eine Nachbesprechung, und anschließend lassen wir ihn hinter uns.« Er ergriff mein Kinn und neigte sich mein Gesicht zu.

Ich blickte in seine dunklen Regenbogenhäute. Der Schmerz einer weiteren Lüge ließ mich anzweifeln, ob eine echte Beziehung mit ihm überhaupt möglich war.

»Isa, als Jonas mich gezwungen hat, unsere Ehe zu akzeptieren, war ich wütend und fest entschlossen, so weiterzuleben wie bisher. Das hätte bedeutet, mich ganz auf meine Arbeit zu konzentrieren und meine Ziele mit allen Mitteln zu erreichen.

Ich hab nicht damit gerechnet, dass ich so für dich empfinden würde. Aber jetzt, da du mir gehörst, haben sich meine Prioritäten verschoben. Ich werd dich nie gehen lassen. Du bist alles für mich.«

Nicht ganz eine Liebeserklärung, aber immerhin etwas.

Nur hatte ich es so satt, im Dunkeln zu tappen. Ich wollte Offenheit zwischen uns. Obwohl ich natürlich nicht die Möglichkeit hatte, ihn zu verlassen.

»Du musst mir was versprechen.«

»Und was?« Eine leichte Furche bildete sich zwischen seinen Brauen.

»Lüg mich nie wieder an.«

»Ich hab dich nicht belogen.«

»Eine Lüge durch Verschweigen ist trotzdem eine Lüge.«

Er nickte. »Dann sollte ich dir wohl besser noch was erzählen.«

»Meinst du den Grund, warum du so bereitwillig zugestimmt hast, Deutschland zu verlassen? Oder dass du in weniger als einer Stunde ein Flugzeug, ein Reiseziel und eine Route parat hattest und dich nicht darüber gesorgt hast, wer in der Zwischenzeit deinen Betrieb leiten soll?«

Sebastian zuckte zusammen. »Das ist dir also aufgefallen.«

»Ich bin nicht dumm. Es wäre selbst für einen Blinden offensichtlich gewesen. Was ist los, Baz?«

»Ich halte dich für alles andere als dumm. Setzen wir uns dafür lieber.« Er führte mich zu einer Stuhlreihe in unserer Nähe.

Statt mich auf einem eigenen Sitz Platz nehmen zu lassen, setzte er sich und zog mich auf seinen Schoß. Er legte eine Hand auf meine Oberschenkel, die andere auf meinen Rücken und zog mich an sich.

Dann schwieg er, als wartete er auf irgendein Zeichen.

»Raus mit der Sprache«, verlangte ich.

Er atmete tief ein. »Jonas hat den Mord an meiner Mutter arrangiert.«

Damit hatte ich nicht gerechnet. »Was? Wie hast du das erfahren?«

»Wir haben es herausgefunden, nachdem ich Jonas aus dem Haus geworfen hatte.«

»Warum hast du es mir nicht schon früher gesagt? Ich hatte die ganze Zeit den Eindruck, dass es dir gut geht.«

»Ich habe die letzten zehn Jahre um meine Mutter und meine Schwester getrauert. Mein Bauchgefühl hat mir immer gesagt, dass Jonas irgendwie die Finger dabei im Spiel hatte, aber ich hab versucht, es zu ignorieren. Die Wahrheit zu kennen, ändert nichts daran, dass sie tot sind. In gewisser Weise hat es mir einen Abschluss verschafft.«

Seine Worte klangen so ruhig, doch es konnte ihn unmöglich kalt lassen, dass sein Vater für den Tod seiner Mutter und seiner Schwester verantwortlich zeichnete.

Manchmal überraschte mich, wie sehr Sebastian meinem Papa ähnelte. Er hatte keine Träne vergossen, als Opa gestorben war. Stattdessen hatte er wie üblich weitergemacht. Dass Opa ihm fehlte, merkte man ausschließlich daran, dass er jeden Morgen im Vorbeigehen sein Bild an der Wand im Flur berührte.

»Ein Abschluss bedeutet ja nicht, dass man nichts mehr fühlt. Die Neuigkeit muss dich niedergeschmettert haben.«

»Es wäre gelogen zu behaupten, ihr Verlust würde nicht mehr schmerzen. Aber mich davon überwältigen zu lassen, würde sie nicht zurückbringen. Der Grund, warum ich Jonas am liebsten mit bloßen Händen umbringen will, ist die Gefahr für dich.«

»Gefahr?«

»Jonas hat uns von Anfang an beschatten lassen. Er hatte Fotos von uns bei *Emmas* und in meinem Club. Er hat gewusst, dass wir schon vor der Hochzeit Zeit miteinander verbracht haben. In dir hat er das perfekte Druckmittel gegen mich gefunden. Du bist die Einzige, für die ich alles tun würde, um sie zu schützen.«

Durch die Intensität seiner Worte und seinen tiefen Blick in meine Augen wusste ich, dass er die Wahrheit sagte.

Ich brach den Blickkontakt ab und fragte: »Und?«

»Und er hat ausgehandelt, dich an Malkovich zu verkaufen, den Boss einer russischen Organisation, die ihren Einfluss in Deutschland ausweiten will. Als Gegenleistung will er seine Unterstützung beim Versuch, die Familie von mir zurückzuerobern.« Er knirschte mit den Zähnen. »Im Augenblick kursiert der Befehl, dich mit allen Mitteln zu schnappen und zu Malkovichs Familiensitz außerhalb von Moskau zu bringen.«

»Das versteh ich nicht. Warum sollte er mich wollen? Soweit ich weiß, hab ich bei meiner Arbeit noch nie mit irgendwelchen Russen zu tun gehabt.«

»Wir haben Abschriften von Gesprächen gefunden, die Jonas aufgezeichnet hat. Malkovich will von dir Nachkommen für die nächste Generation seines Clans. Du stammst aus einer der mächtigsten Familien Europas. Er will sich in Deutschland festsetzen, und du scheinst für ihn der Schlüssel dafür zu sein.«

Wie bitte?

»Das wird nicht passieren. Nie im Leben würde ich mich von ihm anfassen lassen.«

Sebastian verstärkte den Griff um mich. »Wenn dich der Drecksack in die Finger bekäme, würde er mit allen Mitteln dafür sorgen.«

Ein Schauder lief mir über den Rücken. Wer auch immer dieser Mistkerl sein mochte, er würde mich vergewaltigen, um seine durchgeknallte Vision zu verwirklichen.

»Als ich das Land unbedingt verlassen wollte, hast du also zugestimmt, weil es dir in die Karten gespielt hat und du mir nicht mal davon erzählen musstest.«

»Ich wollte dich nicht ängstigen.«

»Angst hatte ich ohnehin schon. Immerhin hatte ich diese verrückte Unterhaltung mit Bri, bei der sie mir gesagt hat, dass ein Kopfgeld auf dich ausgesetzt ist.«

Er schüttelte den Kopf. »Ich wünschte, sie hätte den Scheiß für sich behalten. Seit ich in der Grundschule war, hat es immer der eine oder andere auf mich abgesehen gehabt. Das gehört zu dem Leben, das wir führen.«

»Ich hätte da eine Frage. Welche Rolle spielt es für deine Arbeit bei Interpol, dass du ein Weber bist?«

»Durch meine Verbindungen kann ich denen Zugang zu Orten verschaffen, die für sie unerreichbar wären. Im Gegenzug lassen sie mich in Ruhe meinen Betrieb führen. Eine für beide Seiten vorteilhafte Vereinbarung.«

»Aber du bist sowohl Agent als auch ...« Ich wusste nicht recht, wie ich es ausdrücken sollte.

»Oberhaupt einer Familie des organisierten Verbrechens«, beendete er den Satz für mich. »Es gibt Grenzen, die von den meisten Syndikaten in Europa nicht überschritten werden. Ich hab's auf die abgesehen, die es tun.«

Er meinte Menschenhandel. So viel hatte Ana mir über ihn verraten. Sebastian Weber duldete niemanden, der mit dieser Welt zu tun hatte. Also erschien es nur logisch, dass er an Anas Einsatz beteiligt gewesen war.

Mir schmeckte zwar immer noch nicht, dass mein Mann mit einer meiner Freundinnen geschlafen hatte, aber darüber würde ich hinwegkommen müssen. Adrian schien seinem Verhalten gegenüber Sebastian nach zu urteilen kein Problem mit der Vergangenheit zu haben. Alles deutete darauf hin, dass sie nach wie vor befreundet waren, auch wenn sie nicht mehr in denselben Kreisen verkehren konnten.

»Hast du irgendwas ausgelassen? Etwas, das mich an ein Messer denken lassen würde, wie Ana es ausgedrückt hat?«

»Nein.«

Gern hätte ich geglaubt, dass es nicht mehr geben könnte, aber es gehörte zu seinem Job, Geheimnisse zu bewahren.

»Ich mein's ernst. Es gibt Grenzen dafür, was ich ertragen kann.«

Er beugte sich näher. »Du hast mich um ein Versprechen gebeten. Hier kommt es. Ich verspreche, dich nie zu belügen, sei es durch Verschweigen oder sonst wie. Wenn ich dir etwas nicht anvertrauen kann, dann sage ich es rundheraus.«

Ich war mir nicht sicher, was ich von dem letzten Zusatz halten sollte, aber mehr würde ich nicht kriegen. Wenigstens wusste ich nun, was er mit den vielen Gesichtern gemeint hatte. Oberhaupt einer Familie des organisierten Verbrechens, Interpol-Agent und Baz. Solange er unter all dem mein Baz blieb, konnte ich es verkraften.

Das Vertrauen würde sich mit der Zeit einstellen müssen.

»Okay.«

Er lächelte, und zum ersten Mal, seit wir die Bibliothek betreten hatten, erreichte es seine Augen.

Mein Herz setzte einen Schlag aus.

Ich nahm sein Gesicht in die Hände und zog ihn für einen Kuss zu mir.

Diese Sache mit der Ehe entpuppte sich als komplizierter, als ich es mir je hätte vorstellen können.

18

Isa

Kurz vor acht Uhr abends trafen wir wieder im *Ida* ein. Was ursprünglich als Brunch geplant war, hatte sich zu einem überraschend entspannten, vergnüglichen Tag mit Essen, Pokern und viel Gelächter entwickelt.

Ich fand es aufschlussreich zu sehen, wie Sebastian mit allen umging. Mit der Familie Lykaios-Kipos verband ihn eine über ein Jahrzehnt zurückreichende Geschichte. Außerdem linderte die ungezwungene Atmosphäre zwischen Adrian und Sebastian die Reste meiner Eifersucht wegen des Vorfalls zwischen Ana und Sebastian.

Es schien niemanden zu beirren, dass wir so abrupt in die Bibliothek verschwunden und erst eine Stunde später wieder daraus aufgetaucht waren. Das überraschte mich ziemlich. Es war, als käme so etwas regelmäßig in diesem Haus vor. Andererseits handelte es sich auch um eine überaus lebhafte, intensive Familie.

Hoffentlich würden wir noch mehrere solche Treffen erleben, bevor Sebastian und ich wieder nach Hause mussten.

Als der Fahrer in die Zufahrt zum Wohnbereich der Anlage bog, fragte Sebastian: »Bist du müde?«

Ich legte den Kopf schief. »Nein. Was hast du vor?«

Ich wusste, dass es nicht Sex sein würde. Aus irgendeinem Grund wollte mich der Mann auf Entzug halten.

»Ich würde gern etwas aufgreifen, das wir in unserer Hochzeitsnacht begonnen, aber nie beendet haben.«

Mein Herz schlug wie eine Trommel in der Brust. Ich spürte das Dröhnen sogar im Kopf. Vielleicht würde es ja doch zu heißem, hemmungslosen Sex führen.

»Bist du dabei?«

Eine Mischung aus Anspannung, Aufregung und Vorfreude breitete sich durch mich aus.

»Ja.«

»Dann komm mit.« Er reichte mir die Hand, und wir stiegen aus dem Auto, sobald sich die Tür öffnete. Wir marschierten am Empfang vorbei direkt in den Hauptbereich der opulenten Anlage.

»Wohin gehen wir?«

Er führte mich an Spielautomaten und Kartentischen vorbei. »Vertraust du mir?«

»Ja«, antwortete ich, bevor ich hinzufügte: »Mein Körper vertraut dir.«

Das entsprach zwar nicht dem, was er hören wollte, aber wir hatten noch einiges aufzuarbeiten. Um ihm blind vertrauen zu können, war zu viel passiert. Unser Gespräch von vorhin hatte etwas zwischen uns verändert. Ich wusste, dass er sein Wort nicht brechen würde. Von nun an würde er offen zu mir sein.

Obwohl ich nicht so naiv war zu glauben, ich würde alles erfahren, was in seiner Welt vor sich ging. Aus meinem Elternhaus wusste ich, dass es manchmal besser war, nichts zu wissen.

Vollständiges Vertrauen würde sich mit der Zeit einstellen. Vorerst genügte mir, dass unter allem anderen immer mein Baz da sein würde.

Schließlich blieb Sebastian stehen und drehte sich mir zu. Bei der Intensität seines Blicks stockte mir der Atem. Er wirkte nicht verärgert über meine Worte, schien sie zu akzeptieren.

»Eines Tages wirst du mir uneingeschränkt vertrauen.« Er nahm mein Gesicht in die Hände. »Du sollst nur wissen, dass du mein bist, Isa. Ich werde dich beschützen und schätzen. Dein Vergnügen ist Balsam für meine schwarze Seele.«

Ich packte ihn am Handgelenk und legte die andere Hand auf seine Brust. »Deine Seele ist nicht so düster, wie du glaubst.«

Seine schlichte Anerkennung meiner Gefühle durchbrach die Mauer, die ich um mein Herz aufgebaut hatte, seit die Wahrheit über die Ereignisse bei dem Einsatz mit Ana ans Licht gekommen war.

»Du bist also nicht mehr sauer auf mich, weil ich dir den Orgasmus verweigert habe?«

Ich konnte mir ein Lächeln nicht verkneifen. »Bist du noch sauer auf mich, weil ich dich mit einem pulsierenden Ständer zurückgelassen habe?«

»Nicht, wenn ich es heute Nacht in dir zu Ende bringen kann. Das habe ich nämlich vor, und wir werden beide heftiger kommen als je zuvor.«

»Tja, wenn du es so ausdrückst, habe ich keinerlei Einwände dagegen, was auch immer du vorhast.«

Seine Mundwinkel krümmten sich zu einem Lächeln und betonten sein umwerfendes Aussehen zum Niederknien.

Die Aufzugtüren öffneten sich, als wir den Hauptbereich des Hotels erreichten.

Sebastian ergriff meine Hand und strich mit dem Daumen über den Diamanten meines Eherings. »Dann folgen Sie mir, Frau Kohl.«

»Nach Ihnen, Herr Kohl.«

Kaum hatten wir das Casinoareal betreten, fühlte ich mich überwältigt. In einem Bereich standen reihenweise Spielautomaten, in einem anderen Tische mit allen möglichen Spielen, von Poker über Blackjack bis hin zu Roulette.

Die helle Umgebung bestach durch klare, moderne Linien. Die einzigen Farbkontraste bildeten Akzente satter Bernsteintöne. Dann fiel mir ein, dass die gesamte Hotelanlage als Hommage an Penny entworfen worden war, bevor Hagen und Penny überhaupt zueinandergefunden hatten.

Der Mann hatte ein hundert Millionen Dollar teures Projekt um die Frau seiner Träume herum gebaut.

»Ziemlich unglaublich«, befand Sebastian. »Du solltest mal das sehen, das Henna gebaut hat. Es stellt dieses hier noch in den Schatten.«

»Wir sollten uns vornehmen, es uns morgen anzusehen. Als ich das letzte Mal hier war, hat Henna mir einen Tag in ihrem luxuriösen Spa versprochen, sobald die Anlage in Betrieb ist.«

Ein Wellness-Tag wäre nach der Achterbahn der Gefühle der letzten Woche großartig. Schon allein dafür, was ich an diesem Tag durchgemacht hatte.

Er starrte mich an.

»Was ist?«

»Ich sehe dich gern so.«

»Wie?«

»Entspannt, nicht so kontrolliert.«

»Ich gebe mich ja gerade als jemand anders aus. Also kann ich ein bisschen lockerer sein.«

»Ich möchte, dass du mit mir zusammen immer so bist.«

»Das ist nicht möglich, wie du weißt. Sobald wir wieder in Deutschland sind, ändern sich die Dinge.«

»Müssen Sie nicht.«

Ich zog an ihn, ließ ihn anhalten und legte ihm eine Hand auf die Brust. »Inzwischen verstehe ich es wirklich. Wir müssen unsere Rollen spielen. Aber ich verspreche dir etwas.«

Er legte die Hand auf meine. »Und was?«

»Wenn wir allein sind, wenn keine Blicke auf uns

gerichtet sind, dann sind wir Isa und Baz. Zwei Menschen, die sich ineinander verliebt haben und perfekt füreinander sind.«

In seinen dunkelbraunen Augen blitzte etwas auf. »Abgemacht. Jetzt will ich dir was zeigen, das dir mit Sicherheit gefallen wird. Die meisten Leute wissen nicht mal davon.«

Wir folgten einem von den Düften frischer Blumen und Pflanzen erfüllten Weg. Ich vermutete, dass er zu dem botanischen Garten führte, von dem Penny mir bei meinem letzten Besuch erzählt hatte.

Schließlich näherten wir uns einem gutgekleideten, hünenhaften Kerl an einer verzierten Wand.

Er musterte uns kurz, bevor er sagte: »Name?«

»Sebastian Kohl.«

Der Mann blickte auf sein Handy, nickte und drückte mit der Handfläche auf eine Platte an der Wand. Ein Abschnitt geriet in Bewegung. Zum Vorschein kam ein schwach beleuchteter Gang.

Tja, damit hatte ich nicht gerechnet. Andererseits befanden wir uns in einer für ihre Einzigartigkeit berüchtigten Lykaios-Anlage.

»Genießen Sie den Abend.«

Die entfernten Klänge von Musik verrieten mir, dass es auf der anderen Seite so etwas wie eine Lounge geben musste. Die Einrichtung und die diskrete Lage des Otts erinnerten mich deutlich an Sebastians Club.

Dann ereilte mich eine Erkenntnis. Sebastian brachte mich gerade in einen BDSM-Club.

Der Gang mündete in einen Raum mit Paaren und Grup-

pen, die Cocktails und Essen genossen. Was mich überraschte, war die Art ihrer Kleidung. Die Frauen trugen alles
Mögliche, von Abendkleidern bis hin zu knappen Dessous.

»Ist in den Clubs hier Alkohol erlaubt?«

Lilly hatte mir erzählt, dass es in Sebastians Club keinen
gab. Nur Limonade und Mocktails.

»Ausschließlich in der Lounge. Wer an einer Szene teil-
nehmen will, muss einen Alkotest ablegen. So wird sicherge-
stellt, dass beim Spielen alle nüchtern sind. Zur Sicherheit
aller.«

»Trinken wir etwas?«

»Nein.«

Mein Herzschlag beschleunigte sich. »Heißt das, wir
werden spielen?«

Sebastian legte mir die Hand aufs Kreuz, beinah so, als
wollte er mir durch den Stoff meines Kleids ein Brandzeichen
aufdrücken. Dann beugte er sich zu meinem Ohr und flüsterte: »Ja, das heißt es. Ich will die Fantasie umsetzen, die du
im Kopf hast. Und wenn ich damit fertig bin ...« Er
verstummte.

»Was wirst du tun, wenn du damit fertig bist?«

»Dann vögle ich dich um den Verstand.«

»Oh.« Intensives Verlangen pulsierte in meinem Inneren.
»Damit kann ich umgehen.«

»Das freut mich.«

Sebastian setzte den Weg eine Treppe hinauf fort. Was
ich erblickte, als wir oben ankamen, versetzte mein Blut in
Wallung.

Überall um uns herum spielten sich Szenen verschiedener Art in durch Glasfenster einsehbaren Räumen ab. Manche Paare spielten mit Wachs, andere trieben es ungeniert.

Der Club ähnelte stark dem von Sebastian, nur in größerem Stil.

Meine Aufmerksamkeit erregte ein an einen Tisch gefesselter Mann, der von seiner Herrin mit schwarzen Handschuhen gestreichelt wurde.

Ich wusste, worum es sich handelte – Vampirhandschuhe. Davon hatte Lilly mir erzählt. Sie wiesen winzige, Reißzwecken ähnliche Dornen im Leder auf. Die Spitzen sollten die Haut stimulieren und die Erregung steigern, aber nicht schmerzen. Es sei denn natürlich, man wollte es.

Der Mann wölbte sich der Berührung seiner Herrin entgegen. Durch den Stoff seiner Hose zeichnete sich eine pralle Erektion ab.

»Soll ich mir solche Handschuhe zulegen?« Sebastian legte einen Arm um meine Taille und zog mich zurück wie in der ersten Nacht, in der wir zusammen gewesen waren.

»Ja.«

»Das muss ich mir merken. Bist du bereit für deine eigene Szene?«

Plötzlich kam mir ein Gedanke. »Doch nicht öffentlich, oder?«

Er legte mir die Hand an den Hals und neigte mein Gesicht so, dass er mir in die Augen blickte. »Niemand außer mir darf dich kommen sehen.«

Bei den besitzergreifenden Worten breitete sich eine kribbelnde Gänsehaut über meinen Rücken aus.

»Jetzt komm mit.« Er löste die Hand von meinem Hals und führte mich in einen abgelegenen Winkel.

Dort gab er einen Code in ein Tastenfeld ein, und eine versteckte Tür öffnete sich. Wir folgten einem weiteren Gang und betraten schließlich einen von Kerzen erhellten Raum.

Sofort wurde meine Atmung flacher, und meine Erregung steigerte sich zu einem regelrechten Pochen in meiner Klitoris.

Sebastian schloss die Tür, verriegelte sie jedoch nicht. Ich war mir nicht sicher, ob man das überhaupt konnte. Von Lilly kannte ich die Regeln in solchen Clubs. Es wurde nie abgesperrt, nur für den Fall, dass die Dinge aus dem Ruder liefen und ein Safeword nicht respektiert wurde.

Der Gedanke ließ mich fragen: »Werden uns Leute zuhören?«

»Das gehört zu ihrem Job, Süße. Aber sie haben keine Ahnung, wer im Raum ist. Sie sollen nur für die Sicherheit der Anwesenden und dafür sorgen, dass alles einvernehmlich bleibt.«

»Ist das nicht auch öffentlich?«

»Nein, Schatz. Bei den Leuten, die zuhören, ist es kein Voyeurismus wie bei den öffentlichen Szenen. Für sie sind wir wie alle anderen Mitglieder des Clubs – namenlose, gesichtslose Gäste. In Kontakt würden wir mit ihnen nur dann kommen, wenn sie das Gefühl hätten, die Szene beendet zu müssen.«

»Aber wir sprechen Deutsch. Woher sollen sie wissen, was wir sagen?«

Sebastian schlang einen Arm um mich und zog mich

vorwärts. »Die Lykaioses haben hier genug Technologie eingebaut, um zu wissen, wann, wo was gesagt wird. Sprachen sind dabei kein Hindernis. Adrian ist ein Genie wie seine Schwester und das Superhirn der gesamten Technik der Lykaios-Holding.«

Bevor ich eine weitere Frage stellen konnte, legte Sebastian mir einen Finger an die Lippen. »Ab jetzt redest du nur noch, wenn ich dich etwas frage.«

Bei der Veränderung in seiner Stimme ging mir ein Kribbeln durch den Nacken.

»Wenn ich dich loslasse, ziehst du dich aus und kniest dich auf das Kissen am Kreuz.«

Ich warf einen Blick in Richtung des Andreaskreuzes.

Es würde wirklich passieren. Ich hatte es so gewollt. Ich wollte die Euphorie dabei spüren, jemand die vollständige Kontrolle über meine Lust zu überlassen. Sebastian hatte mich von Anfang an dominiert, aber es war ein ständiges Hin und Her zwischen uns gewesen. An diesem Ort würde ich ihm die Zügel in die Hand geben.

»Hast du verstanden, Isa?« Sebastians Frage riss mich aus meinen Gedanken.

Ich schluckte und nickte.

»Lass mich die Worte hören.«

»Ja, ich verstehe.«

»Wie lautet dein Safeword?«

Täuschung kam mir in den Sinn, doch ich verdrängte es. Das passte nicht mehr. Dann fiel mir das richtige Wort ein. Es erschien mir logisch. Andere hielten unseren Bund für erzwungen, doch die wahre Verbindung zwischen uns hatte sich vom ersten Moment an eingestellt.

Ich schaute zu ihm auf. »Schicksal.«

Er packte mich am Haar und zog mich zu einem animalischen Kuss zu sich, der mich halb um den Verstand brachte, bevor er mich losließ und in den hinteren Teil des Raums ging.

»Zieh dich aus und knie dich vors Kreuz.«

Die Energie schlug in etwas um, das ich nicht beschreiben konnte, aber es versetzte jeden Nerv meines Körpers in höchste Bereitschaft.

Ich fasste hinter mich, zog den Reißverschluss meines Kleids auf, stieg heraus und legte es auf einen nahen Tisch. Dann entfernte ich den BH und den Slip.

Als ich mich bückte, um die Schnallen meiner Sandalen zu öffnen, sagte Sebastian: »Lass sie an.«

Meine Nippel richteten sich als Reaktion auf das raue Timbre seiner Stimme auf, und eine Gänsehaut überzog meinen Körper.

Ich bewegte mich auf das Kissen zu und sank mit den Knie darauf. Da ich mir nicht sicher war, welche Position ich einnehmen sollte, spreizte ich leicht die Oberschenkel und ließ mich mit dem Hintern auf die Fersen nieder, wie ich es bei einigen Frauen in den öffentlichen Szenen gesehen hatte.

»Wunderschön.«

Sein Lob fühlte sich wie Balsam für meine angespannten Nerven an.

Ich senkte den Blick, starrte auf den Boden.

»Sieh mich an. Du sollst nie das Gefühl haben, du dürftest mir nicht in die Augen sehen. Wir sind gleichberechtigt, Isa. Du überlässt mir lediglich die Kontrolle als Gegenleistung für das Vergnügen, das ich dir bereiten kann. Vergiss nicht, dass sich hier alles um dich dreht. Du bist die mit der Macht.«

Er kam auf mich zu. »Wenn du das nächste Mal so vor mir kniest, beenden wir, was du in der Kabine an Bord des Jets begonnen hast.«

Beinah hätte ich gelächelt, aber ich verzog keine Miene.

Sebastian streckte mir die Hand entgegen, und ich strich mit den Fingern darüber. Er führte mich zum Andreaskreuz und platzierte meinen Rücken an der gepolsterten Mitte. Erst hob er meine Arme und fesselte sie mit den oben hängenden Manschetten, bevor er sich bückte, um meine Fußgelenke an den unteren Balken zu fixieren.

Auf einmal verstand ich, warum er wollte, dass ich die hochhackigen Schuhe anbehalten hatte. Durch sie war ich gerade groß genug, um entspannt stehen zu können.

»Wenn es dir zu irgendeinem Zeitpunkt zu viel wird, sagst du das Safeword. Dann hören wir sofort auf.«

Da er auch in unserer Hochzeitsnacht auf mein Safeword gehört hatte, vertraute ich ihm. Er würde mich nicht weiter drängen, als ich es verkraften konnte. In Hinblick auf Sex und mein Leben konnte ich ihm bedingungslos vertrauen. An allem anderen würden wir noch arbeiten müssen.

»Ich weiß.«

Seine Züge wurden milder, und er strich mir mit dem Daumen über die Unterlippe, bevor er mich zärtlich küsste.

»Ich kann nicht so gut mit Worten, Isa. Du sollst nur wissen, dass ich noch nie jemandem so viel von mir gegeben habe.«

In meiner Kehle brannte es, als ich die Emotionen aus seinen Worten heraushörte. Eines Tages würde er mir hoffentlich alles von sich geben.

»Ich weiß.«

»Ich werde dich bis zu meinem letzten Atemzug beschützen.«

»Und ich dich.«

»Dazu wird es nie kommen.« Er küsste mich erneut. Diesmal verschwand die Zärtlichkeit und wurde von vollständiger Kontrolle abgelöst.

Er streckte die Hand zu einem nahen Tisch aus und ergriff einen Flogger wie jenen, den der Dom im Club an seiner Sub benutzt hatte. Der Griff war schwarz, die Vielzahl der Lederriemen wies verschiedene Rottöne auf.

»Bist du bereit?«

»Ja.«

»Dann fangen wir an.«

Ich rechnete mit dem Biss des Floggers. Stattdessen spürte ich, wie der glatte Griff über meine Nippel fuhr, sie umkreiste und anschließend tiefer wanderte, bis er zwischen meine Schamlippen glitt und meinen Kitzler streifte.

Verlangen flutete mich, und ein Stöhnen entrang sich mir.

Eine ungewisse Zeitlang reizte er meinen Körper mit dem Griff, lullte mich in einen halb tranceartigen Zustand.

Als der erste Schlag kam, rechnete ich nicht damit und schnappte scharf nach Luft. Meine gefesselten Armen zuckten, und ich schrie unwillkürlich auf, als der Schmerz durch meinen Körper blitzte. Genauso schnell klang er zu einem dumpfen Pochen ab.

»Atme, Süße.«

Ich stieß die unbewusst angehaltene Luft aus.

Mein Körper stand in Flammen, und ich wollte mehr davon.

»Mehr, Baz.«

Der nächste Schlag mit dem Flogger benebelte meinen Verstand zu gleichen Teilen vor Schmerz und Lust. Hatte ich je etwas so Unglaubliches gefühlt? Nach dem Brennen würde ich mich wieder und wieder sehnen.

Sebastian verfiel in einen Takt, bei dem ich mich jedem Kuss der Lederriemen entgegenwölbte. Jeder Quadratzentimeter meiner nackten Haut loderte vor einem Lustschmerz, wie ich ihn mir nie hätte vorstellen können.

»Soll ich aufhören? Sag einfach das Wort.«

War er verrückt?

Meine Miete triefte vor Verlangen nach diesem Mann und danach, was er mit dem Flogger anstellte.

»Nein. Bitte, ich brauche mehr.« Ich flehte ihn sowohl mit Worten als auch mit den Augen an.

In dem Moment bemerkte ich die Ausbuchtung im Schritt von Sebastians Hose. Ihn erregte es genauso sehr wie mich.

»Wie du willst, Liebste.«

Und so küsste der Flogger mich weiter um den Verstand. Ich hatte das Gefühl, jeden Moment zum Höhepunkt zu kommen.

»Bitte Baz. Ich will ... will ...« Verloren in geistlosem Verlangen wand ich mich am Kreuz.

Sebastian ließ den Flogger fallen und presste den Körper leidenschaftlich gegen meine schmerzende Haut. Mir liefen Tränen übers Gesicht. »Was willst du?«

»Dich. Bitte. In mir.«

»Wie du willst«, wiederholte er, trat zurück, entledigte sich der Kleidung und kehrte splitternackt zurück.

Er setzte die pralle Eichel an meiner feuchten Mitte an.

»Fuck. Du triefst ja förmlich.« Damit versenkte er sich bis zum Anschlag in mir, bevor er ausholte und erneut zustieß.

Er besorgte es mir hart und schnell, katapultierte mich der Entladung zu.

Schon bald zog sich mein Inneres zuckend und bebend um seine Härte zusammen.

Er machte unerbittlich weiter, trug mich von einem Orgasmus zum nächsten.

Als Sebastian schließlich selbst kam, hatte ich mich hoffnungslos und benommen in der unglaublichsten Erfahrung meines Lebens verloren.

19

Sebastian

Ich hielt Isa fest, als wir den Club verließen. Sie schwebte noch im Rausch unserer Session. Nachdem ich sie vom Kreuz befreit hatte, ließ ich sie eine Stunde lang in meinen Armen schlafen, bevor ich ihren Körper versorgt, sie gebadet und angezogen hatte. Wir hatten eine leichte Mahlzeit eingenommen, damit sie die Flut der Endorphine leichter verkraftete.

Diese Frau akzeptierte sämtliche Teile von mir, sogar jene, die der Welt, in der wir lebten, völlig widersprachen. Warum auch immer Opa und Mama meine Heirat mit Isa arrangiert hatten, mittlerweile war ich ihnen unendlich dankbar.

Sie war wirklich die perfekte Frau für mich.

Während Isa schlief, zapfte ich meine Kontakte bei Interpol an, um herauszufinden, ob sie mir gegen die Bedrohung für Isa helfen und ein Auge auf Jonas haben könnten.

Die Macht konnte er nur zurückerlangen, indem er mich ausschaltete. Dafür wiederum würde er jemanden in meiner Organisation brauchen – und ich hatte ausgemistet. Meinen Aufenthaltsort kannten nur die engsten Vertrauten unter meinen Leuten.

Falls es noch Ratten in meiner Infrastruktur gab, gehörten sie nicht den oberen Rängen an und würden nur begrenzte Informationen besitzen. Irgendwann würde ich auch sie ausmustern.

Vorerst wollte ich Isa ein wenig Zeit mit ihren Freunden gönnen, die zufällig auch meine waren. Danach würde ich den Plan in Gang setzen, um Jonas, die Russen und jeden sonst auszuschalten, der uns bedrohte.

»Baz«, sagte Isa, als wir das Hotel verließen und zum Gehweg schlenderten. Er führte zur demnächst beginnenden Springbrunnenshow einer anderen Anlage am Strip.

»Ja?«

»Ich möchte, dass unsere Ehe funktioniert. Ich will keine Ehe, wie deine Eltern sie hatten.«

Der Gedanke an den Schmerz und das Leid meiner Mutter weckte in mir den Wunsch, Jonas aufzuspüren und ihm in den Schädel zu schießen.

»Das kann ich dir reinen Gewissens versprechen. Abgesehen davon, dass unsere Ehe arrangiert worden ist, haben wir rein gar nichts mit Mama und Jonas gemein. Zwischen ihnen hat keinen Tag lang Liebe geherrscht. Er hat für meine

Mutter nie auch nur ansatzweise dasselbe empfunden wie ich für dich.«

»Und was empfindest du für mich?«

Da war es wieder. Sie wollte die Worte.

Ich sah tief in die blauen Tümpel ihrer Augen. »Ich liebe dich, Isa. Mehr als du je ahnen kannst.«

»Ich weiß.« Ein Lächeln breitete sich in ihrem Gesicht aus. »Ich wollte es nur von dir hören.«

»Du hast mich gezwungen, mich es auszusprechen, obwohl du gewusst hast, was du mir bedeutest?«

Sie stellte sich auf die Zehenspitzen und küsste mich. »Jetzt schau nicht so grummelig. Eine Frau muss so was hören.«

Sie schob ihre Clutch zurück, schlang die Arme um meine Taille und vergrub das Gesicht an meiner Brust.

Ich wartete darauf, die Worte erneut von ihr zu hören, doch sie blieben aus. Unwillkürlich verspürte ich Enttäuschung.

Sie liebte mich. Das wusste ich. Aber ich hatte sie verletzt, indem ich ihr Dinge verheimlicht hatte. Es würde eine Weile dauern, ihr Vertrauen zurückzugewinnen und sie wieder gestehen zu hören, dass auch sie mich liebte.

»Komm jetzt, Schatz. Wir haben zu der Stelle mit der besten Aussicht noch fünf Minuten Fußmarsch vor uns.«

Isa löste sich aus meinem Griff und hängte sich bei mir ein.

Wir hatten noch keine zwei Schritte zurückgelegt, als Isas Augen groß wurden und sie sagte: »Was macht Kane hier?«

Ich folgte ihrem Blick und sah den Mann, der einige

meiner Betriebe für mich leitete. Eigentlich sollte er mitten in der vierteljährlichen Ausgabenprüfung stecken, statt auf Urlaub zu sein. Und dass es ihn zur gleichen Zeit wie Isa und mich nach Las Vegas verschlagen hatte, konnte kein Zufall sein.

Wo wir uns aufhielten, hätte er nur von Lilly erfahren können. Und Lilly würde Isa niemals verraten.

»Er hat eine Waffe!«, hörte ich unsere Bodyguards brüllen. »Bewegung!«

Bevor ich reagieren konnte, griff Isa in ihre Handtasche, zog die Pistole heraus, die wir am Vortag gekauft hatten, zielte und schoss.

Im selben Moment wurden wir beide zu Boden gerissen, und um uns herum fielen weitere Schüsse.

»Boss, unten bleiben.«

Gebrüll ertönte ringsum, bis Stille einkehrte. Sogar die eigentlich nie endende Geräuschkulisse von Las Vegas schien zu verstummen.

»Wir haben ihn«, rief eine amerikanische Stimme. »Der Bereich ist gesichert.«

Es musste einer der Männer der Gebrüder Lykaios sein.

Das Gewicht auf meinem Rücken verschwand, und ich rührte mich, kletterte von Isa. »Schatz. Ist alles in Ordnung?«

»Alles gut. Mir fehlt nichts«, stieß sie hervor. »Baz, ich hab Lilly heute angerufen, um mich nach einem Projekt zu erkundigen.«

Ihr ging dasselbe durch den Kopf wie mir. Lilly oder irgendjemand sonst musste Kane unseren Aufenthaltsort verraten haben.

»Ich weiß, dass nicht Lilly dahintersteckt. Sie ist naiv. Sie ...« Abrupt verstummte sie und schloss die Augen.

In dem Moment bemerkte ich Blut an meiner Hand, die auf ihrer Seite ruhte.

Kane hatte sie getroffen. Der Drecksack hatte sie angeschossen.

Alles in mir starb ab.

ETWAS STAND FÜR MICH FEST – Kane Mancheski war so gut wie tot. Genau wie die Leute, für die er arbeitete. Hätte Isa nicht regungslos dagelegen, ich wäre im Verhörraum gewesen und hätte jede noch so kleine Information aus ihm herausgeholt. Jahrelang hatte ich dem Mistkerl vertraut. Verdammt, sein Vater hatte dem inneren Zirkel meines Großvaters angehört.

Statt loyal zur Familie zu sein, hatte er uns verraten. Und am schlimmsten fand ich, dass er Isa benutzt hatte, um an mich ranzukommen.

Ich umklammerte Isas Hand, während sie in dem provisorischen Krankenzimmer lag, das Ana und Adrian in einem Flügel ihrer Villa in der Wüste von Vegas für uns eingerichtet hatten.

Zusammen mit den Gebrüdern Lykaios hatten sie uns die nötige Deckung gegeben, um dem Chaos zu entkommen, das nach der Schießerei am Strip ausgebrochen war. Die Polizei und die Medien hatten sich auf den Bereich gestürzt. Zum Glück konnte Adrian dank seiner technischen Fähigkeiten sämtliches Videoüberwachungsmaterial in der Umgebung löschen. Er war sogar so weit gegangen, Isas Blut vom Beton zu beseitigen, wo wir gefallen waren.

»Sie wird wieder gesund«, sagte Adrian, als er den Raum betrat. »Es war ein glatter Durchschuss. Ihr Zustand ist normal nach einem größeren Blutverlust. Außerdem hat sie eine Kopfverletzung vom Aufprall beim Sturz.«

Ich starrte ihn finster an. »Hat es dich etwa kalt gelassen, als Ana damals verletzt worden ist? Willst du behaupten, du hättest den Wichser nicht wiederbeleben gewollt, obwohl Ana ihn bereits erledigt hatte, damit du ihn selbst hättest umbringen können?«

Ich konnte die heiß durch meine Adern strömende Wut nicht verbergen.

»Nein. Natürlich hätte ich den Scheißkerl noch mal dafür umgebracht, dass er sie angefasst hatte. Aber du musst dir vor Augen halten, dass Isa genauso stark ist wie Ana.«

»Habt ihr aus dem Arschloch was rausbekommen?« Ich ballte die freie Hand zur Faust.

Seit meine Leute Isa und mich von dem entschieden zu gut sichtbaren Gehweg um das *Ida* herum weggebracht hatten, ging meine Zeit dafür auf, sicherzustellen, dass Isa überleben würde. Ich wusste, dass Adrian jedes nötige Mittel einsetzen würde, um die Informationen aus Mancheski herauskriegen.

»Es wird dir nicht gefallen.«

»Als ob mir irgendwas an dieser scheiß Situation gefällt.«

»Jonas und Malkovich stecken dahinter.«

»Keine große Neuigkeit.«

»Nein, die Sache war von Anfang an eine Falle. Mancheskis Mutter ist eine entfernte Cousine von Malkovich. Er hat sich bewusst an Isas Freundin Lilly rangemacht, bevor Jonas dich gezwungen hat, Isa zu heiraten.«

»Warum sollte der Penner das getan haben?«

»Ich erzähle dir die Geschichte so, wie sie Mancheski uns erzählt hat. Danach sagst du mir, ob sie Sinn ergibt.«

Na schön. Ich sah Isa an, die sich noch keinen Zentimeter gerührt hatte, seit ich sie gestern ins Bett gelegt hatte.

In den nächsten zwanzig Minuten schilderte mir Adrian die Geschichte meiner Familie, die ich zwar kannte, aber nicht in allen Einzelheiten.

Mir war durchaus bekannt, dass meine Mutter und Jonas zur Heirat gezwungen worden waren. Allerdings hatte ich nicht gewusst, dass Mama es aus Verzweiflung getan hatte. Ihre Hochzeit mit Andrew sollte in der Woche stattfinden, in der er umgebracht worden war. Kurz danach hatte sie erfahren, dass sie schwanger war.

Mit mir.

Jonas hatte angenommen, ich wäre sein Kind, bis meine Schwester Hannah geboren worden war. Sie war ihm wie aus dem Gesicht geschnitten gewesen, ich hingegen meinem Onkel Andrew.

Eigentlich hätte sich die Information wie ein Schlag anfühlen müssen. Stattdessen schien sie nur zu erklären, warum ein Mann, den ich als Vater kannte, mich so abgrundtief hasste.

Jonas hatte mich immer wie eine unerwünschte Last behandelt. Nur in Gegenwart meines Großvaters nicht. Opa hingegen hatte mich seit meiner frühesten Erinnerung wie seinen Erben behandelt und sogar meine Ausbildung im Familienbetrieb über die von Jonas gestellt.

»Was hat das alles mit dem Anschlag auf Isa zu tun? Ich weiß, dass Jonas vorhatte, sie Malkovich zu übergeben.«

Adrian schüttelte den Kopf. »Der Anschlag hat nicht Isa gegolten, sondern dir. Tatsächlich haben wir vor einer Stunde herausgefunden, dass mindestens zehn Killer auf dich angesetzt sind.«

»Und was hat Isa damit zu tun?«,

»Isa wäre im Erfolgsfall die Belohnung gewesen. Malkovich will sie schon, seit ihre Familie sie in die Gesellschaft eingeführt hat. Sie war mit sechzehn genauso umwerfend, wie sie es jetzt ist. Anscheinend hat Benz nichts davon gehalten, dass Malkovich eine Hochzeit mit seiner minderjährigen Tochter aushandeln wollte. Umso weniger bei Malkovichs Ruf für den Umgang mit seinen Geliebten. Benz mag ein skrupelloser Mistkerl sein, aber er würde sein einziges Kind nie an ein Arschloch wie Malkovich verkaufen, um keinen Preis. Isa ist der Grund für die Rivalität zwischen Benz und Malkovich.«

Den Gedanken, dass Malkovich meiner Isa auch nur ein Haar krümmen könnte, fand ich unerträglich.

»Und was hat das mit unserer aktuellen Lage zu tun? Das ergibt keinen Sinn.«

»Mann, so begriffsstutzig kannst du doch nicht sein. Schon klar, du bist durcheinander, weil Isa angeschossen worden ist, aber komm schon. Du bist der beste Stratege, den ich kenne.«

»Zwing mich nicht, dich zu schlagen, du Arsch. Spuck's einfach aus.«

»Jonas kriegt als dein Onkel einen Scheißdreck. Du bist seit deiner Geburt der Weber-Erbe. Dein Großvater hat das gewusst, deine Mutter auch. Der Ehevertrag zwischen Isa und dir sollte Isa vor Malkovich und dich vor Jonas schützen. Glaub bloß nicht, Jonas hätte erst kürzlich von dem Vertrag erfahren. Dafür hat er die Sache viel zu raffiniert eingefädelt.«

Ich versuchte zu verarbeiten, was Adrian mir mitgeteilt hatte. Durch den Ehevertrag hatte Jonas Millionen erhalten. Ohne ihn hätte ihm nur der Treuhandfonds zugestanden, den mein Großvater für jeden seiner Söhne eingerichtet hatte. Er wäre der Ersatzsohn geblieben. Und Jonas war kein Typ, der wie Onkel Fredrik einen eigenen Weg ohne die Hilfe des Familiennamens zustande gebracht hätte.

Als mein vermeintlicher Vater hatte er bekommen, was ihm als zurückgetretenes Familienoberhaupt zustand. Durch die beauftragten Anschläge auf mich wollte er sich nicht nur das Geld, sondern auch die Rückkehr ans Ruder der Familie sichern.

Jonas war nicht der Typ, der die Drecksarbeit selbst erledigte. Er wusste, dass ihm jede Verbindung zwischen ihm und meinem Tod mehr schaden als nützen würde. Ihm würde Vergeltung aus der Weber-Organisation heraus drohen.

In Jonas' Leben drehte sich alles um Geld und Macht. Für mich bestand kein Zweifel daran, dass Mama sterben musste, weil er gewusst hatte, dass ich nicht sein Kind war. Er wollte jeden beseitigen, der die Wahrheit beweisen konnte.

Der Drecksack musste sterben.

»Meine Frau und Lilly waren nur Bauern in Jonas' Spiel.« Ich achtete auf einen ruhigen Ton und hoffte, so die in mir kochende Wut zu bändigen.

Es war an der Zeit, Jonas Weber für immer loszuwerden. Und Malkovich. Letzterer würde zuerst den Untergang seiner Organisation miterleben, bevor ich mich um ihn selbst kümmerte.

»Ja.« Adrian fuhr sich mit der Hand durchs Haar. »Scheiße, ich weiß, was dir gerade durch den Kopf geht.«

»Denk nicht mal dran, dazwischenzugehen.«

Zuerst würde ich mir Mancheski vorknöpfen, danach Jonas und Malkovich. Über die Welt verteilt gab es genug Leute, die mir den einen oder anderen Gefallen schuldeten. Ich hatte vor, so einige einzufordern.

»Verdammt, Sebastian. Du bist bei Interpol, bist praktisch ein Bulle.«

»Der unlängst die Gesetze etlicher Länder gebrochen hat, um unseren letzten gemeinsamen Einsatz erfolgreich abzuschließen.«

Resigniert stieß Adrian den Atem aus. »Du weißt, dass Ana mir die Hölle heiß machen wird.«

»Ich bitte dich nicht um Hilfe. Bleib bei deiner schwangeren Frau. Sie braucht dich hier.«

»Das hast du falsch verstanden. Sie wird mir die Hölle heiß machen, weil sie nicht mitmachen kann.«

Ich lächelte und wusste, dass Isa wahrscheinlich genauso reagieren würde. Beim Gedanken an sie sah ich sie an.

Sie schlief immer noch, hatte dunkle Ringe unter den Augen. Meine Frau brauchte Ruhe. Die Heimreise konnte sie im Augenblick unmöglich antreten. Hier unter dem Schutz einer ehemaligen Agentin von Solon würde sie sicherer als irgendwo sonst sein. Schwanger hin, schwanger her, Ana war gefährlich.

Hinzu kamen ihre Brüder – sie würden nie zulassen, dass Isa etwas zustieße.

»Dir ist schon klar, dass wir vor unseren Frauen kriechen werden müssen, wenn wir zurückkommen, oder?«, sagte Adrian, der ahnte, was ich vorhatte, und offenbar mitmischen wollte.

»Kriechen führt zu phänomenalem Sex. Das Risiko gehe ich ein.«

20

Isa

»K omm nach Hause, Schatz«, redete Mama übers
Telefon auf mich ein, während ich den Gürtel
meines Mantels zuband und mich gegen den
Balkon meines Zimmers in Anas Haus lehnte.

Nach allem, was passiert war, verstand ich mittlerweile
besser, warum sie und mein Großvater die Ehe mit Sebastian
arrangiert hatten. Meine Mutter wollte mich dadurch
beschützen. Ihr Baby. Ihr einziges Kind.

In den letzten acht Monaten war ich so oft wütend auf sie
gewesen. Nach einem Gespräch mit Sebastian war davon
nichts mehr übrig. Unsere Mütter und Großväter hatten
versucht, Sebastian und mich am Leben zu erhalten.

Wäre toll gewesen, darüber Bescheid zu wissen, was sich hinter den Kulissen abgespielt hatte. Ebenso wäre es besser gewesen, es von meinem Mann zu erfahren, bevor er zu seiner »Mission« aufgebrochen war, wie er es nannte.

Aber das konnte ich ihm nicht verübeln. Ich war nicht bei Bewusstsein gewesen, als sich Adrian und Sebastian aufgemacht hatten, um sich Jonas und Malkovich vorzuknöpfen.

Ich war erst zwei Tage nach Sebastians Rückkehr nach Deutschland aufgewacht. Danach hatte ich weitere zwei Wochen gebraucht, um mich von der Schussverletzung und der Gehirnerschütterung zu erholen.

Mittlerweile waren zwei volle Monate vergangen, seit ich Sebastian zuletzt gesehen hatte und Ana ihren Adrian. Die ständige Sorge um unsere Männer schlauchte. Für Ana war es noch schlimmer – sie stand kurz vor der Geburt und erlebte einige der Höhepunkte der Schwangerschaft ohne Adrian. Zwar hatte sie ihre verrückte Familie um sich, doch das war kein Ersatz für den eigenen Mann.

»Bald, Mama.«

»Sag mir wenigstens, wo du bist. Hast du eine Ahnung, wie besorgt wir sind? Oma sitzt ständig in der Kapelle und betet. Und dein Vater ...« Sie verstummte, als müsste sie sich sammeln. »Er ist nicht er selbst.«

Sebastian hatte mir bei einem unserer ersten Telefonate nach seiner Ankunft in Deutschland erzählt, dass Papa drauf und dran war, gegen Malkovich in den Krieg zu ziehen, als er erfahren hatte, dass ich angeschossen worden war. Er war sogar so weit gegangen, ein Treffen aller Oberhäupter verbündeter Familien einzuberufen, um sich Unterstützung für eine Übernahme ohne Vergeltungsmaßnahmen zu sichern.

Zum Glück hatte Sebastian meinem Vater einen unverhohlenen Kampf ausgeredet, der sehr öffentlich und brutal, mit weiß Gott wie vielen Opfern abgelaufen wäre. Dadurch hätten sich nur die Behörden eingeschaltet, was allen Beteiligten haufenweise Probleme verursacht hätte. Sebastian hatte Papa davon überzeugt, sich nichts anmerken zu lassen, während Sebastian ihre gebündelten Verbindungen nutzte, um Malkovichs Organisation von innen heraus zu stürzen.

Darauf beschränkte sich, was er mir erzählt hatte. Er wollte mich weitgehend aus der Sache raushalten.

Im Wesentlichen war ich untergetaucht. Ich saß auf Anas und Adrians mit modernster Sicherheitstechnik und reichlich Wachpersonal ausgestattetem Grundstück fest. Allerdings konnte ich über den Aufenthalt in der Villa nicht wirklich klagen.

Und ich konnte mit den Mitarbeitern meiner Clubs kommunizieren, um den Betrieb zu besprechen. Natürlich half auch, dass Sebastian regelmäßig vor Ort vorbeischaute und überprüfte, ob alles reibungslos lief.

Sebastian fehlte mir so sehr. Die sporadischen Anrufe reichten mir nicht. Ich sorgte mich um ihn und zerbrach mir ständig den Kopf darüber, was er tat, damit unser Leben wieder sicher wäre. Er würde nicht aufhören, bis er sein Ziel erreicht hätte.

Die Zeit der Trennung ließ mich erkennen, dass ich ihm vertraute. Uneingeschränkt, aus ganzem Herzen.

Seit wir das letzte Mal zusammen gewesen waren und er

mir gesagt hatte, dass er mich liebte, beendete er jeden Anruf mit den Worten.

Ich hatte mich bisher zurückgehalten.

Obwohl kein Zweifel daran bestand, dass ich ihn liebte, scheute ich mich davor, es auszusprechen, weil ich fürchtete, wieder verletzt zu werden.

»Tut mir leid, Mama. Ich kann nicht.«

»Hast du mit ihm gesprochen?«

»Ja. Er ruft mich fast jeden Abend an.«

Obwohl er diesmal mehr Zeit verstreichen ließ. Mittlerweile drei Tage.

»Also stimmen die Gerüchte. Er tut das alles für dich.«

»Was alles?«

Den Informationen nach, die ich täglich recherchierte, tobten in den Großstädten Deutschlands erbitterte Revierkämpfe. Allerdings nicht in Form eines offenen Kriegs, wie die meisten Menschen glaubten, sondern durch strategisch geplante Anschläge auf ausgewählte Akteure mit einer geringen Anzahl an Opfern. Es entstand nie ein Chaos, das die Behörden aufräumen mussten, aber man merkte, dass etwas vor sich ging.

»Er hat es dir nicht gesagt?«

»Mir was nicht gesagt?«

»Gestern Nacht hat man die Leiche deines Schwiegervaters gefunden.«

Mein Magen krampfte sich zusammen. Auch wenn Jonas nicht Sebastians Vater war und den Tod von Sebastians Mutter und Schwester auf dem Gewissen hatte, wollte ich nicht, dass sein Blut an den Händen meines Ehemanns klebte.

»Wie?«

»Malkovich. Soweit ich gehört habe, hat Malkovich ihn für den Krieg in seinem Gebiet verantwortlich gemacht. Jonas' Leiche ist am Ufer der Spree angespült worden.«

Ich sollte es nicht als gerecht empfinden, dass ihn dasselbe Schicksal ereilt hatte wie – durch seine Schuld – seine Frau und seine Tochter.

»Was ist mit Malkovich? Lebt er noch?«

»Ja, leider.« Mamas Tonfall bei den Worten verdeutlichte, wie sehr sie den Mann hasste.

»Also kommt er damit davon, was er uns angetan hat. Damit, dass er uns Kane auf den Hals gehetzt hat. Damit, was Kane mit Lilly gemacht hat.«

Mein Herz fühlte mit meiner besten Freundin. Lilly hatte sich über Nacht praktisch in eine Einsiedlerin verwandelt. Sie machte sich schwerste Vorwürfe dafür, dass Kane uns ihretwegen aufgespürt hatte. Bei der Durchsuchung von Lillys Wohnung waren mehrere Aufzeichnungsgeräte und Sender entdeckt worden. Lilly hatte wichtige Informationen über mich und meine Beziehung zu Sebastian preisgegeben, ohne es bemerkt zu haben. Ich war mir nicht sicher, ob Lilly sich das je verzeihen könnte.

»Nein, er ist nicht damit davongekommen«, sagte eine tiefe Stimme hinter mir. »Ich hab dafür gesorgt, dass Malkovich weder jetzt noch in Zukunft ein Problem sein wird. Und um Kane hat sich Lillys Vater gekümmert, wie du weißt.«

Ich erstarrte. Meine Haut kribbelte. »Mama, ich muss auflegen.«

»Was ist los? Bist du in Sicherheit?«

»Ja, ich denke, ich bin so sicher, wie ich nur sein kann.« Ohne ein weiteres Wort legte ich auf und drehte mich um.

Sebastian lehnte am Rahmen der Balkontür. An der Schläfe und der Wange hatte er einen abklingenden Bluterguss. Er hatte die Stoppeln, die er immer trug, zu einem Vollbart wachsen lassen, wodurch er beinah wie ein Pirat aussah.

»Baz.« Meine Stimme wurde brüchig.

»Du hast einen Mann angeschossen.«

»Ja. Und ich würde es wieder tun.«

Seine Mundwinkel krümmten sich nach oben. »Soll mir recht sein, solange nicht ich das Opfer bin.«

Ich trat einen Schritt auf ihn zu, doch er hob die Hand und bremste mich.

»Ich habe eine Bitte.«

»Okay.«

»Wenn ich dir das nächste Mal sage, dass ich dich liebe, darfst du dich nicht anschießen lassen. Das erträgt mein Herz nicht. Und ...«

»Und was?«

»Und du musst mir sagen, dass du mich auch liebst.«

»Damit hab ich kein Problem.« Meine Lippen bebten, als die aufgestauten Emotionen der letzten Wochen hochkamen.

Ich wollte nie wieder von ihm getrennt sein. Jedenfalls nicht so.

Sebastian stürmte auf mich zu und schloss mich in die Arme. »Gott, Schatz. Du hast mir so gefehlt.«

Meine Tränen flossen in Strömen, während ich Sebastian umarmte.

»Ich liebe dich, Isa.«

Noch mal würde ich ihm die Worte nicht vorenthalten. Er brauchte sie genauso sehr wie ich.

Ich löste mich etwas von ihm und sah ihm in die dunklen Augen. »Ich liebe dich. Mehr als du je ahnen kannst. Mit allen guten und schlechten Seiten und dem Baz in dir.«

Ein Lächeln erschien auf seinen Lippen. »Und dem Baz?«

Er trug mich zu einem Stuhl mit Blick auf die Wüste und setzte sich mit mir auf seinen Schoß.

Unwillkürlich erwiderte ich sein Lächeln. »Zu viel?«

»Nicht im Geringsten.« Er zog mich an sich und drückte mein Gesicht an seine Brust.

»Ist Adrian mit dir zurückgekommen?«

»Ja. Er ist bei Ana.« Kurz verstummte er grinsend und fügte dann hinzu: »Kriechend.«

Ana hatte mir in den letzten Wochen mehrfach gesagt, dass sie Adrian für ihre Vergebung arbeiten lassen würde. Was für sie Sex bedeutete. Hoffentlich würden sie damit keine vorzeitigen Wehen auslösen.

Ich verdrängte den Gedanken und konzentrierte mich auf den Mann, der mich an sich drückte.

»Apropos Kriechen. Das würde dir auch nicht schaden.«

»Ich hab gerade einen Monat damit verbracht, einen Revierkrieg aufzuräumen. Ich kann dir versichern, dass ich nichts getan habe, wofür ich kriechen müsste.«

»Du hast mich ohne ein Wort zurückgelassen.« Ich verlagerte das Gewicht so, dass ich rittlings auf ihm saß, ein Knie auf jeder Seite seiner Oberschenkel, dann schlang ich die Arme um seinen Nacken.

Sebastian packte mich an der Taille. »Dem würde ich entgegenhalten, dass du geschlafen hast und nicht für eine Unterredung verfügbar warst.«

»Solche Nebensächlichkeiten sind unwichtig.«

»Wie möchtest du denn, dass ich krieche? Sag es, und ich mache es.«

Nach kurzer Überlegung sagte ich zu ihm: »Ich will noch eine Nacht in dem Club im *Ida* verbringen.«

Lust flammte in Sebastians Augen auf und verursachte ein Kribbeln tief in mir.

»Wie wär's mit dem, den du in Berlin besucht hast? Ich kenne den Besitzer.«

Ich leckte mir über die Lippen und beugte mich vor, um mit dem Mund den seinen zu streifen. »Lass uns heute hier spielen und morgen den in Berlin besuchen.«

»Was immer du willst, *Prinzessin.* Dein Wunsch ist mir Befehl.«

Bereit für mehr von der Familie Lykaios?
Dann erwartet dich Nyx' und Simons Abenteuer, bei dem sie in Meister der Schicksals von Feinden zu Geliebten werden.

Lies auch das Buch, mit dem alles begonnen hat – Pennys und Hagens verbotene Liebesgeschichte: Meister der Sünde.

Meister der Schicksals

Er war mein Feind, der meine Geheimnisse erfuhr und meine Freiheit in den Händen hielt.

Ich wurde geboren, um nach bestimmten Regeln zu leben, eine bestimmte Rolle zu spielen. Und niemand weiß, dass es eine Lüge ist.

Außer ihm.

Simon Drakos ist düster, gefährlich, die Verbindung zu einem Leben, dem ich verzweifelt entkommen will. Er verkörpert alles, was ich nicht wollen sollte, und eine Verlockung, der ich nicht widerstehen kann.

Mit einem Blick legt er die Falle. Nach einem Kuss bin ich gefangen.

Jetzt befinden wir uns in einem Spiel, in dem Verlieren keine Option ist. Aber gewinnen kann ich nur durch vollständige Unterwerfung.

ENDE

Lies auch das erste Buch der Reihe *Die Götter von Vegas*:
MEISTER DER SÜNDE

Meister der Sunde

Es war immer er ...
Der Mann, den ich nicht wollen, nicht begehren sollte, weil
er mein so sorgsam aufgebautes Leben zerstören könnte.
Hagen Lykaios verkörperte den Inbegriff von Sünde,
Dekadenz und Gefahr – von allem, was ich meiden sollte.
Nur eine unerwartete Berührung war nötig, und schon
verzehrte er mich, erfüllte mich mit Sehnsucht und dem
unbändigen Verlangen nach mehr.

Er hat gesagt, wenn ich mich auf seine Welt einließe, würde er mich verderben, mich besitzen und alles verändern, was ich je gekannt hatte ... Und was soll ich sagen? *Ich habe mich trotzdem darauf eingelassen.*

https://geni.us/MeisterDerSunde

DIE AUTORIN

Inspiriert durch ihre Jahre im amerikanischen Wirtschaftsleben erzählt Sienna mit Vorliebe Geschichten, die sich um selbstbewusste, erfolgreiche Frauen drehen, die wissen, was sie wollen und wie sie es bekommen – und nicht nur im Schlafzimmer.

Ihre Heldinnen sind modern, gebildet und finden Liebe und Romantik oft unter ungewöhnlichen Umständen. Sienna verwöhnt ihre Leserinnen und Leser mit verführerischer, heißer Romantik, gepaart mit Machtspielen und dekadenter Befriedigung.

Sienna reist sehr gern und ist abenteuerlustig. Sie hat vor, selbst die entferntesten Winkel der Welt zu besuchen und freut sich darauf, unterwegs die Vielfalt der Kulturen zu erleben. Wenn sie nicht gerade schreibt oder reist, arbeitet Sienna mit ihrem Mann und ihren Kindern an ihrem persönlichen Happy End.

Du bist herzlich eingeladen, dich für ihren Newsletter anzumelden, um immer auf dem Laufenden über Neuerscheinungen, Sonderangebote, Events und vieles mehr zu bleiben.

http://www.siennasnow.com/newsletter

authorsiennasnow@gmail.com

Goodreads

Facebook

Twitter

Instagram

BÜCHER VON SIENNA SNOW

<u>Die Götter von Vegas</u>

Meister der Sünde

Meister der Spiele

Meister der Rache

Meister der Geheimnisse

Meister der Kontrolle

Meister der Schicksals